古典文獻研究輯刊

二六編

曾永義 主編

第9冊

唐代文士與《周易》
——白居易對《周易》的接受研究(下)

譚 立 著

國家圖書館出版品預行編目資料

唐代文士與《周易》——白居易對《周易》的接受研究（下）
／譚立 著 -- 初版 -- 新北市：花木蘭文化事業有限公司，
2022〔民 111〕
目 4+170 面；19×26 公分
（古典文學研究輯刊 二六編；第 9 冊）
ISBN 978-986-518-999-0（精裝）
1.CST：（唐）白居易 2.CST：易經 3.CST：研究考訂
820.8   111009915

ISBN-978-986-518-999-0

古典文學研究輯刊
二六編 第 九 冊   ISBN：978-986-518-999-0

唐代文士與《周易》
——白居易對《周易》的接受研究（下）

作 者 譚 立
主 編 曾永義
總 編 輯 杜潔祥
副總編輯 楊嘉樂
編輯主任 許郁翎
編 輯 張雅淋、潘玟靜、劉子瑄 美術編輯 陳逸婷
出 版 花木蘭文化事業有限公司
發 行 人 高小娟
聯絡地址 235 新北市中和區中安街七二號十三樓
電話：02-2923-1455 ／傳真：02-2923-1452
網 址 http://www.huamulan.tw 信箱 service@huamulans.com
印 刷 普羅文化出版廣告事業
初 版 2022 年 9 月
定 價 二六編 23 冊（精裝）新台幣 62,000 元

唐代文士與《周易》

——白居易對《周易》的接受研究（下）

譚立　著

目

次

第 7 章　白居易與《周易》「易簡」「樂天」觀念

　　白居易主張「不凝滯於物，必簡易於事。」〔註1〕「君子樂天，固宜知命。」〔註2〕論及白居易，除對其現實主義思想研究較為深透之外，受到後世激賞的是其「簡易」「平常」的表達方式和「樂天安命」的思想理念、生活態度。究其根源，可以見出上述思想觀念源於《周易》。白居易詩文以「通俗」「平易」見稱，與其深刻領會與具體應用《周易》「易簡」原理密切相關。白居易根據《周易》原理分析人生境遇，選擇人生道路，充分理解「居易」「行簡」「樂天」「安命」的內涵，白居易內心世界的充實與和諧源自《周易》思想，具有對生命認識的自覺和對生活方式的主動選擇。

7.1　白居易對《周易》「易簡」觀念的接受

　　《周易》有三義：簡易、變易、不易。《周易》之所以包羅萬象成為「群經之首」「大道之源」的根本在於「簡易」二字。乾坤簡易而統領萬類，綜其要旨，拾其綱領，故非簡易不足以歸納包容萬物，不足以駕馭萬類。萬物紛繁蕪雜，共性簡略，非「簡易」無以舉其共性以統率綜合。簡易之於繁雜，是為道之與器，形而上較之形而下的區分。「簡易」為事方能涵蓋萬方、通達雅

〔註1〕〔唐〕白居易著，謝思煒校注，《白居易文集校注》，第1版，北京：中華書局，2011年版，第41頁，參見附錄1第344條。
〔註2〕〔唐〕白居易著，謝思煒校注，《白居易文集校注》，第1版，北京：中華書局，2011年版，第1689頁，參見附錄1第5條。

俗、籠罩寰宇、總領潮流，故「大道至簡」，非為「簡易」莫可引為至理。

7.1.1　白居易的處世之道：不凝滯於物，必簡易於事

　　簡易行止、淡泊心境、尊奉儒道、清廉自守，順適所遇、樂天安命是白居易出入朝堂丘樊隨心所欲、遊刃有餘的重要原因。宋代洪邁《容齋隨筆》曰：

　　　　白樂天仕宦，從壯至老，凡俸祿多寡之數，悉載於詩，雖波及他人亦然。其立身廉清，家無餘積，可以槩見矣。〔註3〕

　　人類居於世界之中，雖然首當其衝的是生存問題，但若對外在條件要求甚高，則人之心緒凝聚於外物之需索，對內心世界純粹靜一、潔淨空靈產生諸多無法逾越之障礙。只有當身形處於相對自由，心緒居於平淡的狀態下，方能凝聚思慮對宇宙世界進行綜合完整把握。白居易《大巧若拙賦》曰：

　　　　大小存乎目擊，材無所棄；取捨資乎指顧，物莫能爭。然後任道弘用，隨形製器。信無為而為，因所利而利。不凝滯於物，必簡易於事。〔註4〕

　　巧、拙之間，一如陰陽相生。但凡對於外物的依賴，對條件的藉重，均難於產生十分抽象的純粹理性，同時更難於形成具有普遍意義的理論思想。「簡易」的意義在於易於生而利於行，了無累贅，得靜處之玄機，有普適之功效。利於在簡靜的氛圍之中養精蓄銳、涵養性靈，有無所不適、無所不往的妙用。其形也靜，其實也動，動靜之間，生命生生不息，延綿邈遠。白居易文章詩作以平易、簡略、通俗見稱，絕少詰屈聱牙、寒瘦崎嶇的表述，與其生活實踐尚「簡易」密切相關。《中庸》曰：

　　　　君子素其位而行，不願乎其外。素富貴，行乎富貴；素貧賤，行乎貧賤；素夷狄，行乎夷狄；素患難，行乎患難；君子無入而不自得焉。在上位不陵下，在下位不援上，正己而不求於人則無怨。上不怨天，下不尤人。故君子居易以俟命，小人行險以徼幸。」〔註5〕

　　此段論述，庶幾可與白居易生活實踐相對應。「居易以俟命」謂君子安處

〔註3〕〔宋〕洪邁撰，孔凡禮點校，《容齋隨筆》，第1版，北京：中華書局，2005年版，第921頁。

〔註4〕〔唐〕白居易著，謝思煒校注，《白居易文集校注》，第1版，北京：中華書局，2011年版，第41頁，參見附錄1第344條。

〔註5〕〔宋〕朱熹撰，《四書章句集注》，北京：中華書局，1983年版，第24頁。

於平實簡約的位置，不苛求外在條件的優裕，心安理得靜候天命的降臨。若此則可去除雜念，專一德業，純粹精神。儒、道、釋三家以濟世救民、守道安心、解脫天下蒼生之苦厄為己任，具備強大的心理指向和意義世界的宏大圖景，殊途同歸，其共同指向的是一種以萬物和諧為根本的世界。

《周易‧繫辭下》曰：

> 夫乾，確然示人易矣；夫坤，隤然示人簡矣。〔註6〕

《周易》高度抽象，高度概括，具有強大的理性力量，社會各個階層人士均可依據自身秉性與修養，在世界觀、人生觀、價值觀等諸方面，從中尋找理論依據和支撐。從《周易》取象的規則看來，定位於可知、可感、可理解、可模擬的天地自然萬物的範疇，是一種實實在在的客觀存在，由此上升至於理論的高度，具有普遍意義，並以此指導社會實踐。《周易‧繫辭上》曰：

> 乾以易知，坤以簡能；易則易知，簡則易從；易知則有親，易從則有功；有親則可久，有功則可大；可久則賢人之德，可大則賢人之業。易簡，而天下之理得矣；天下之理得，而成位乎其中矣。〔註7〕

簡易之樞機又在於天生萬物之有度，人慾無節而不厭，若要使天地「生生」之大德發揚光大，唯有簡易行止、淡泊身心，在簡約之間達成天長地久、生生不息的目標。大和三年（829），白居易作《僧院花》曰：

> 欲悟色空為佛事，故栽芳樹在僧家。細看便是華嚴偈，方便風開智慧花。〔註8〕

「方便」二字其文淺切，其味悠長，其神無孔不入、無處不存。行得方便，其精髓即是「簡易」大道，空靈順暢毫無牽掛阻滯，即可於時時見禪機，於處處得妙境。悟得「方便」之道，白居易順理成章安適當下，注重現實，不做非分之想，氣定神閒於所見所聞，愜意貽心於所觸所感，毫無阻隔於心。白居易澄澈心境，便是幾近真如妙境，體味得禪機無形，功在自我，佛力常在，智慧無涯。白居易如此不拘於形色境遇的方便之門，可摒棄一切人間繁

〔註6〕〔清〕阮元校刻，《十三經注疏‧周易正義》（清嘉慶刊本），第1版，北京：中華書局，2009年版，第179頁。

〔註7〕〔清〕阮元校刻，《十三經注疏‧周易正義》（清嘉慶刊本），第1版，北京：中華書局，2009年版，第157頁。

〔註8〕謝思煒撰，《白居易詩集校注》，第1版，北京：中華書局，2006年版，第2092頁。

雜塵囂，無所謂利祿之厚薄，名望之高下，更無患得患失的憂鬱，便可得大
自在，遠遠超越了安適順境的存身之道。《周易・繫辭下》曰：

> 夫乾，天下之至健也，德行恒易以知險；夫坤，天下之至順也，
> 德行恒簡以知阻。〔註9〕

「乾」之剛健與「坤」之柔順，在於行平易而知艱險，行簡約而明阻滯。
簡易囊括萬物，兼容並包，於簡易之中多拓展開創空間。《周易・繫辭上》曰：

> 夫《易》廣矣大矣！以言乎遠則不禦，以言乎邇則靜而正，以
> 言乎天地之間則備矣。夫乾，其靜也專，其動也直，是以大生焉；
> 夫坤，其靜也翕，其動也闢，是以廣生焉。廣大配天地，變通配四
> 時，陰陽之義配日月，易簡之善配至德。〔註10〕

「至德」為聖德之意，大人君子之謂，中樞之道。從《乾》卦此一「《易》
之門戶」可見出「至德」的本意。《禮記》曰：「天道至教，聖人至德。」〔註11〕
孔穎達疏曰：「『天道至教』者，謂天垂日月以示人以至極而為之教。『聖人至
德』者，聖人法天之至極而為德。」〔註12〕之所以曰「易」，首先在於「順」。
「順」為《周易》中重要概念，順應天地萬物之理，得天地萬物所賜之利。在
於「簡」，即簡略平常，不加桎梏，免其繁縟，而行之順遂。適其天地自然之
狀、人道本心，匹合庶眾心源，故勉之不為其難，行之可得其「易」。《禮記・
禮器》曰：

> 孔子曰：「吾觀於鄉，而知王道之易易也。」〔註13〕

孔穎達疏曰：

> 謂孔子先觀鄉飲酒之禮而稱知王道之易易，故記者引之結成鄉
> 飲酒之義。「吾觀於鄉」者，鄉，謂鄉飲酒。言我觀看鄉飲酒之禮，
> 有尊賢尚齒之法，則知王者教化之道，其事甚易，以尊賢尚齒為教

〔註9〕〔清〕阮元校刻，《十三經注疏・周易正義》（清嘉慶刊本），第1版，北京：
中華書局，2009年版，第189頁。

〔註10〕〔清〕阮元校刻，《十三經注疏・周易正義》（清嘉慶刊本），第1版，北京：
中華書局，2009年版，第162，163頁。

〔註11〕〔漢〕鄭玄注，〔唐〕孔穎達正義，呂友仁整理，《禮記正義》，第1版，上海：
上海古籍出版社，2008年版，第1005頁。

〔註12〕〔漢〕鄭玄注，〔唐〕孔穎達正義，呂友仁整理，《禮記正義》，第1版，上海：
上海古籍出版社，2008年版，第1006頁。

〔註13〕〔漢〕鄭玄注，〔唐〕孔穎達正義，呂友仁整理，《禮記正義》，第1版，上海：
上海古籍出版社，2008年版，第2294頁。

化之本故也。不直云「易」，而云「易易」者，取其簡易之義，故重
言「易易」，猶若《尚書》「王道蕩蕩」「王道平平」，皆重言，取其
語順故也。〔註14〕

「簡易」為《周易》「三義」之中重要一義。「變易」闡明天地萬物變動
不居的現象，「簡易」則詮釋萬事萬物的運行規律以及有序的存在狀態。萬
物如此紛繁複雜，天地大道的根本核心在於兼容並包，即將萬事萬物之本質
的共性凝聚於一端。此即為以簡馭繁、以約理豐、以寡統群、以孤臨眾之道。
其中的「簡」「約」「寡」「孤」其勢為虛、為弱、為簡，王弼《周易略例・明
象》曰：

物无妄然，必由其理。統之有宗，會之有元，故繁而不亂，眾
而不惑。故六爻相錯，可舉一以明也。剛柔相乘，可立主以定也。
〔註15〕

「簡易」之本意，固然在於《周易》之為書，以普遍可感知的現象作為
依據，以簡略的引述與推衍，而得出普遍適用的哲理。在現實生活之中，「簡
易」用於指導生活實踐，則並不超越其原本具備的意義。就物質世界相對於
精神世界的作用而言，「簡易」的意義實為重大。唯有單純、簡約的生活方式，
以應對人類不可遏止的生物性要求，方有可能接近靜一與真實，達到純粹理
性的思想境界。經典思想所展現的奇妙之道，是以簡略的存在，產生出深邃
玄妙的思想和真理。《禮記・樂記》曰：「大樂必易，大禮必簡。」〔註16〕「禮
樂」為治理國家的根本大道，其本質即為「易簡」。唯因其「簡易」則可以涵
蓋包容一切，臻於事物的本質。

白居易作為帝王近臣和參與治政的官員，「易簡」始終是其行政思想的重
要組成部分。在具體的行政事務和社會實踐之中，白居易始終奉行「簡易」
原則。其擬就書表、銘誄、詔制之中，多有褒揚簡易恬淡、寬厚清儉的表述。
白居易《有唐善人碑》曰：

公為人，質良寬大，體與用綽然有餘裕。為政廉平易簡，不求

〔註14〕〔漢〕鄭玄注，〔唐〕孔穎達正義，呂友仁整理，《禮記正義》，第 1 版，上海：
　　　　上海古籍出版社，2008 年版，第 2294 頁。
〔註15〕〔魏〕王弼撰，樓宇烈校釋，《周易注校釋》附《周易略例》，第 1 版，北京：
　　　　中華書局，2012 年版，第 269 頁。
〔註16〕〔漢〕鄭玄注，〔唐〕孔穎達正義，呂友仁整理，《禮記正義》，第 1 版，上海：
　　　　上海古籍出版社，2008 年版，第 1472 頁。

赫赫名。與人交，外淡中堅，接士多可而有別，稱賢薦能未嘗倦。
〔註17〕

白居易讚譽李公秉性外淡中堅，居家清廉自守，為官易簡寬大，體用卓然有餘。白居易《唐故銀青光祿大夫秘書監曲江縣開國伯贈禮部尚書范陽張公墓誌銘（并序）》曰：

> 翃公為人溫良沖淡，恬然有君子德。立朝直清貞諒，肅然有正人風。在官寬重易簡，綽然有長吏體。〔註18〕

文中盛讚張公為人溫良恬淡，為官寬厚簡略，有君子之德。白居易《孟簡賜紫金魚袋制》曰：

> 常州刺史孟簡，簡易勤儉，以養其人。政不至嚴，心未嘗怠。
> 曾未再稔，績立風行。歲課郡政，毗陵為最。方求共理，實獲我心。
> 宜加命服，以示旌寵。庶俾群吏，聞而勸焉。〔註19〕

常州刺史孟簡自律勤謹、治民簡易，政績頗優，深得帝王首肯，特加表彰，以為勸勉，並以此作為示範，使得群吏效法。

白居易認為官員品性對行政理念具有重要影響，居上位簡易行政，則能夠提綱挈領，宏觀整體駕馭大局。上簡易則下具備發揮空間、騰挪餘地，宜於因人、因時、因地隨機應變，為「苟日新，日日新，又日新」創造條件。易簡之於治國，老子形象地表述為「治大國若烹小鮮。」〔註20〕王弼注曰：「不撓也。躁則多害，靜則全真。故其國彌大，而其主彌靜，然後乃能廣得眾心矣」。〔註21〕老子主張「無為而治」即為行政「易簡」的具體體現。簡易行政，使得兆民具有安居樂業、休養生息的廣闊空間。簡易並非不作為，在於繁簡得當。貼近民生的基層行政做到深思熟慮、詳盡周全。白居易為官，聽取百姓訴求不厭其煩，體恤民間疾苦無微不至，著有大量極具現實意義和民本思

〔註17〕〔唐〕白居易著，謝思煒校注，《白居易文集校注》，第1版，北京：中華書局，2011年版，第164，165頁。

〔註18〕〔唐〕白居易著，謝思煒校注，《白居易文集校注》，第1版，北京：中華書局，2011年版，第1975頁。

〔註19〕〔唐〕白居易著，謝思煒校注，《白居易文集校注》，第1版，北京：中華書局，2011年版，第999，1000頁。

〔註20〕〔魏〕王弼注，樓宇烈校釋，《老子道德經注》，第1版，北京：中華書局，2011年版，第162頁。

〔註21〕〔魏〕王弼注，樓宇烈校釋，《老子道德經注》，第1版，北京：中華書局，2011年版，第162頁。

想的詩文，若《秦中吟》與《新樂府》等風行朝野的作品。

白居易處世之道奉行「不凝滯於物，必簡易於事」的觀念，認為「簡易」是治國理政的重要原則，同時也是人類社會與天地自然萬物和諧相處的本質要求。《周易》「易簡」之道具有深邃的道德內涵，超前的整體視野，是最為合乎天道的關於物質與精神之間平衡的詮釋。天地自然萬物先於人類而存在，人類並無凌駕於萬物之上理由。東方文明的顯著特徵，並非是完全否定人類的基本需要，而是將人類的發展，置於宇宙萬物同等的地位，力求在不擾外物的前提下實現自我的完善與性靈、精神的圓成。在此一命題上，儒、道、釋三家的思考方向高度一致，唯有著輕重緩急程度之別，並無本質的分野。經典思想中，在對外在物質的要求方面，有意識地自覺控制人類的欲望。這是一種前瞻的智慧、博大廣闊的視野和崇高的道德思想。人類的睿智是一把雙刃劍，既可以將人類的自我意識充分放大和發揮，將人類個性自由發揮到極致，同時人類此一特殊群體的高度自由，其負面作用亦顯而易見，即人類物質上的每一個進步和超越，均是建立在對自然世界的過度索取，對其他物種生存空間的侵蝕、壓縮與剝奪的基礎之上。既要人類自身的解放和自由，又要兼顧世界宇宙萬物不受攪擾地生存與均衡發展，此一亙古難解的命題，從人類自身以外尋求答案，無法作出滿意的解答。《周易》為代表的中國經典思想，為解決此一曠古難題提供了有益的嘗試。在「簡易」狀態中思想更為精一純粹，行為更加自然守常。人類並無超越本分凌駕於萬物之上的權利，這是人類社會得以永續的基礎。擺脫人類一己之私、征服自然的妄念，居於宇宙、天地、自然萬物平等的高度，形成道法自然、天人合一的理念，是人類對自身、世界、宇宙的認識的難能可貴的仁德和睿智，同時也是人類自身福祉的集中體現。

從人類社會長遠發展看來，其基礎條件就是萬物的和諧共生，彼此尊重不相攪擾。經典思想注重控制人類智慧的濫用。先賢高度前瞻地認識到人類智慧的雙重性，在人類意欲自我提升的同時足以加劇道德頹敗和自然毀滅的可能性。人類智慧的不斷發展進步的奧秘和結局為先聖所洞察，即其發展進步的趨勢並不是以人類整體的發展進步為目的，而是部分人群的存在為前提；更不是以整體世界，以自然萬物的共同繁衍發展、共生共存為出發點，而是以部分族群的狹隘利益為皈依，上述行為與道德良知的提升南轅北轍。在此種判斷之下，人類欲望的自覺控制，人類社會的可持續發展，其意義指向就更為睿智、偉大和高尚。

7.1.2　白居易的君臣之道：君簡臣繁，上簡下繁

「易簡」是白居易參與理政治國的重要思想之一，其擬就的策論、書表、詔制中，多處運用「易簡」思想立論。白居易《策林・政化速成》曰：

> 夫欲使政化速成，則在乎去煩擾，弘簡易而已。臣請以齊、魯之事明之。臣聞伯禽之理魯也，變其禮，革其俗，三年而政成。太公之理齊也，簡其禮，從其俗，五月而政成。故周公歎曰：「夫平易近人，人必歸之。魯後代其北面事齊矣！」此則煩簡遲速之效明矣，伏惟陛下鑒之。〔註22〕

科考目的在於發現拔擢良才，首當其衝就是考察政治理念與行政素質，並依此評選等第，量才錄用。政治理念與行政方略，作為選拔官員的重要依據，白居易對此高度重視、反覆鑽研。就「政化速成」此一論題，進行了深入分析，提出了自己獨特見解。文中以歷史經驗論證「繁簡」關係到國家興亡，簡易行政是治國安邦的根本大道。白居易《策林・論刑法之弊》曰：

> 蓋刑罰者，君子行之則誠信而簡易，簡易則人安。〔註23〕

白居易縱論雖有貞觀之法，卻無貞觀之吏，導致訴訟繁劇、刑罰失和。《貞觀政要・赦令》曰：

> 貞觀十年，太宗謂侍臣曰：「國家法令，惟須簡約，不可一罪作數種條。格式既多，官人不能盡記，更生奸詐。若欲出罪即引輕條，若欲入罪即引重條。數變法者，實不益道理，宜令審細，毋使互文。」〔註24〕

白居易之論與唐太宗李世民有關訴訟、刑罰尚簡易的觀點高度一致。文末論「貞觀之吏」曰：「臣伏思之，亦何代無其人哉？在乎求而用之，考而獎之而已。」〔註25〕此言與唐太宗關於人才的論述更是一脈相承。《貞觀政要・擇官》載太宗言曰：「且何代無賢，但患遺而不知耳！」〔註26〕白居易

〔註22〕〔唐〕白居易著，謝思煒校注，《白居易文集校注》，第1版，北京：中華書局，2011年版，第1383頁。

〔註23〕〔唐〕白居易著，謝思煒校注，《白居易文集校注》，第1版，北京：中華書局，2011年版，第1553頁。

〔註24〕駢宇騫譯注，《貞觀政要》，第1版，北京：中華書局，2011年版，第552頁。

〔註25〕〔唐〕白居易著，謝思煒校注，《白居易文集校注》，第1版，北京：中華書局，2011年版，第1554頁。

〔註26〕駢宇騫譯注，《貞觀政要》，第1版，北京：中華書局，2011年版，第187頁。

認為簡易行政是唐太宗君臣開創「貞觀之治」的重要因素之一。唐太宗率先垂範，推行簡易行政措施，從帝王名諱起始。《貞觀政要‧禮樂》載太宗初即位下詔，曰：

> 依《禮》，二名義不偏諱，尼父達聖，非無前指。近世以來，曲為節制，兩字兼避，廢闕已多，率意而行，有違經語。今宜依據禮典，務從簡約，仰效先哲，垂法將來，其官號人名及公私文籍，有『世』及『民』兩字不連讀，並不須避。〔註 27〕

太宗在皇帝名諱問題上通達開明，效法前古帝王，下詔簡易其事。「世」「民」二字在文章中極為尋常，此詔避免了諸多行文顧忌，實在是體諒臣僚兆民的仁政之一。

白居易元和元年科考答卷《才識兼茂明於體用科策一道》對君臣繁簡之道闡述詳盡，曰：

> 有執契垂衣之道，委下專上之宜，敦儒學而業衰，責課實而政失者……臣聞上下異位，君臣殊道。蓋大者簡者，君道也；小者繁者，臣道也。臣道者，百職小而眾，萬事細而繁，誠非人君一聰所能徧察，一明所能周覽也。故人君之道，但擇其人而任之，舉其要而執之而已矣。昔九臣各掌其事，而唐堯乘其功以帝天下；十亂各效其能，而周武總其理以王天下；三傑各宣其力，而漢高兼其用以取天下。三君者不能為一焉，但執要任人而已。亦猶心之於四肢九竅百骸也，不能為一焉，然而寢食起居、言語視聽皆以心為主也。故臣以為，君得君之道，雖專之於上，而下自有以展其效矣；臣得臣之道，雖委之於下，而人亦無以用其私矣。〔註 28〕

白居易認為君簡臣繁、上簡下繁是治國行政的重要原則。《周易‧繫辭下》曰：「黃帝、堯、舜垂衣裳而天下治，蓋取諸《乾》《坤》。」〔註 29〕上古帝王「垂衣而治」，是簡易行政而致天下太平的典範。白居易在闡明君臣上下之職分之後，引經據典，援引唐堯、周武王、漢高祖此三位絕世雄主以為實證，闡釋君王治國，大道至簡之理，相對應列舉「九臣」「十亂」「三傑」闡

〔註 27〕駢宇騫譯注，《貞觀政要》，第 1 版，北京：中華書局，2011 年版，第 495 頁。
〔註 28〕〔唐〕白居易著，謝思煒校注，《白居易文集校注》，第 1 版，北京：中華書局，2011 年版，第 413，414 頁，參見附錄 1 第 93 條。
〔註 29〕〔清〕阮元校刻，《十三經注疏‧周易正義》（清嘉慶刊本），第 1 版，北京：中華書局，2009 年版，第 180 頁。

述用人之道。從君臣位勢之異，所執權柄之不同，明確各自職分之所在。其表為承應天道，各安其位，各司其職。其潛在意義在於，無論君臣，當有自知之明，具備知人之智。唐太宗曰：「故良匠無棄材，明主無棄士」。〔註30〕良禽擇木而棲同樣是亙古不變的真理。所寄非人，無論如何絕佳材質，也難免明珠暗投，一事無成。文中白居易高度認同「垂衣而治」的「易簡」之道，反覆論證曰：「夫執契之道垂衣不言者，蓋言已成之化，非謀始之課也。」〔註31〕「夫垂衣不言者，豈不謂無為之道乎？」〔註32〕白居易認為君主居於中樞要衝，握其綱領，有陟罰臧否之權，須以簡易而臨萬機，逸於理事，勞於求賢，使得天下賢良有其位，居其位者盡其才，則大道普施化成，天下安定和平。白居易《才識兼茂明於體用科策一道》徵引前代帝王得失，論君王「繁簡」之道曰：

> 光武督責而政未甚美者，非他，昧君臣之道於小大繁簡之際也。
> 漢元優游而業以浸衰者，非他，昧無為之道於始終勞逸之間也。二
> 途得失，較然可知。〔註33〕

白居易認為位勢的不同，是為君臣職責區分的因由。萬物紛繁蕪雜，故非簡易不足以歸納包容萬物，不足以駕馭萬類。《禮記·曲禮》曰：「天子穆穆，諸侯皇皇，大夫濟濟，士蹌蹌，庶人僬僬。」〔註34〕帝王居中而沉靜肅穆，臣僚四圍而活躍靈動。周行者變幻不居、縱橫捭闔；樞機居中而柔順持重、沉穩深邃。君臣各安其位、各司其職、各用其能，庶幾形成國泰民安、天下大治的理想社會。

《貞觀政要·刑法》載，貞觀十一年，魏徵上疏曰：

> 《禮》云：「為上易事，為下易知，則刑不煩矣。上人疑則百姓
> 惑，下難知則君長勞矣。」夫上易事，則下易知，君長不勞，百姓

〔註30〕〔唐〕李世民、武則天撰，王健、劉振江注譯，《帝範·臣軌》，第1版，鄭州：中州古籍出版社，1994年版，第15頁。

〔註31〕〔唐〕白居易著，謝思煒校注，《白居易文集校注》，第1版，北京：中華書局，2011年版，第413頁。

〔註32〕〔唐〕白居易著，謝思煒校注，《白居易文集校注》，第1版，北京：中華書局，2011年版，第413頁。

〔註33〕〔唐〕白居易著，謝思煒校注，《白居易文集校注》，第1版，北京：中華書局，2011年版，第414頁，參見附錄1第93條。

〔註34〕〔漢〕鄭玄注，〔唐〕孔穎達正義，呂友仁整理，《禮記正義》，第1版，上海：上海古籍出版社，2008年版，第194頁。

不惑。故君有一德，臣無二心，上播忠厚之誠，下竭股肱之力，然
後太平之基不墜，「康哉」之詠斯起。〔註35〕

　　帝王駕馭海內，尚簡易去繁冗。簡易囊括萬物，兼容並包，帝王簡易則
臣僚多拓展創造空間。傳統治國方略，歷來主張「治大國若烹小鮮」，實施
「與民休息」政策，避免行政繁劇。為官使百姓順從常規，安居其所，勤於
其業，此為長治久安的基本要求。白居易深刻領會上述理論思想，成為其後
來拾遺補缺、輔弼君王治理國政的重要原則之一。唐太宗李世民之所以開創
「貞觀之治」，自身憂勤惕懼、善於自省、明於繁簡之理為一重要原因，《貞
觀政要・務農》曰：

　　　　貞觀二年，太宗謂侍臣曰：「凡事皆須務本。國以人為本，人以
　　衣食為本，凡營衣食，以不失時為本。夫不失時者，在人君簡靜乃可
　　致耳。若兵戈屢動，土木不息，而欲不奪農時，其可得乎？」〔註36〕

　　白居易嚮往「貞觀之大和，開元之至理」，〔註37〕對唐太宗等的為君之道
稱頌有加。太宗時代之所以維持長盛不衰的大好局面，與擁有一批忠貞篤實
臣僚明察時變、直言進諫，太宗自始至終簡易行政、兼聽明達相關。《貞觀政
要・慎終》載貞觀十三年魏徵諫曰：「陛下貞觀之始，視人如傷，恤其勤勞，
愛民猶子。每存簡約，無所營為。」〔註38〕可見唐太宗之「簡靜」「簡約」與
「貞觀之治」具有密切的因果關係。

　　相對於帝王之簡易，百官之首的宰輔職分則實為繁雜詳盡。白居易《策
林・君不行臣事》曰：

　　　　臣聞建官施令者，君所執也；率職知事者，臣所奉也。臣行君
　　道則政專，君行臣道則事亂。專與亂，其弊一也。然則臣道者，百
　　職至眾，萬事至繁，誠非一人方寸所能盡也。故王者但操其要，擇
　　其人而已。將在乎分務於羣司，各令督責其課；受成於宰相，不以
　　勤倦自嬰。然後謹殿最而賞罰焉，審幽明而黜陟焉，則萬樞之要畢
　　矣。故失君道者，雖多夕惕若屬之慮，而彝倫未必序也。行臣事者，

〔註35〕駢宇騫譯注，《貞觀政要》，第 1 版，北京：中華書局，2011 年版，第，538
　　　　頁。
〔註36〕駢宇騫譯注，《貞觀政要》，第 1 版，北京：中華書局，2011 年版，第 520 頁。
〔註37〕〔唐〕白居易著，謝思煒校注，《白居易文集校注》，第 1 版，北京：中華書
　　　　局，2011 年版，第 1484 頁。
〔註38〕駢宇騫譯注，《貞觀政要》，第 1 版，北京：中華書局，2011 年版，第 656 頁。

雖多日昃不食之勤，而庶績未必凝也。得其要，逸而有終；非其宜，
勞而無功故也。〔註39〕

　　較之君主的簡約，宰相統領百官，管理庶眾，天下紛繁複雜種種事由，
均需宰輔治下有司具體辦理妥帖。白居易《為宰相讓官表》亦有此類論述，
曰：「臣聞上理陰陽，下平法度，外撫夷狄，內親黎元，使百官各修其職，一
物不失其所，此宰相之任也。」〔註40〕故此君臣之間，君主在於擇人而用，
宰輔在於敦促相應僚屬盡職盡責，督查考績，奏請君王褒賢貶庸、獎勤罰懶。
宰輔並不以瑣屑細故而忽略其總領群僚、居中協調的職守。白居易認為，失
其君道，即便朝乾夕惕、憂勤無倦，若宰輔不得其人，將至倫常無序、朝政紊
亂；失臣軌者，雖夜以繼日奔走不息，往往勞而無功，事與願違。

　　白居易認為，君臣、上下為相對概念，陰陽交互表現為「上」與「下」
當視「位」而定。白居易《除李夷簡西川節度使制》曰：「山南東道節度使
某官李夷簡，以正事上，以簡臨下，仗茲器用，累當任遇。」〔註41〕《除袁
滋襄陽節度制》曰：「戶部尚書袁滋，奉上甚勤，臨下甚簡。安人拊眾，尤
是所長。」〔註42〕臣之於君是為「下」，為官居高位則為「上」，故相對於下
則宜其用「簡」。宰相名位下的紛繁國事，當有百官各領其職，宰相執其綱
要。相對百官而言，宰相又須簡約處之，並依此自上至下相遞成理。《舊唐
書‧憲宗本紀》曰：

　　戊戌，謂宰臣曰：「前代帝王，或怠於聽政，或躬決繁務，其道
如何？」杜黃裳對曰：「帝王之務，在於修己簡易，擇賢委任，宵旰
以求民瘼，捨己從人以厚下，固不宜怠肆安逸。然事有綱領小大，
當務知其遠者大者；至如簿書訟獄，百吏能否，本非人主所自任
也……」上稱善久之。〔註43〕

〔註39〕〔唐〕白居易著，謝思煒校注，《白居易文集校注》，第1版，北京：中華書
　　　　局，2011年版，第1490頁，參見附錄1第123條。

〔註40〕〔唐〕白居易著，謝思煒校注，《白居易文集校注》，第1版，北京：中華書
　　　　局，2011年版，第1324頁。

〔註41〕〔唐〕白居易著，謝思煒校注，《白居易文集校注》，第1版，北京：中華書
　　　　局，2011年版，第982頁。

〔註42〕〔唐〕白居易著，謝思煒校注，《白居易文集校注》，第1版，北京：中華書
　　　　局，2011年版，第984頁。

〔註43〕〔後晉〕劉昫等撰，《舊唐書》，第1版，北京：中華書局，1975年版，第415
　　　　頁。

　　君之於臣，居眾星捧月之位；君道之於臣道，如天籠罩萬物，一言蔽之曰包容。若帝王事必躬親，則臣僚往往亦步亦趨、了無創意。白居易《才識兼茂明於體用科策一道》曰：「故人君之道，但擇其人而任之，舉其要而執之而已矣。」〔註44〕「擇其人」是為明，「舉其要」是為簡。白居易認為，人君之道既在於知人善任，更在於甄煩就簡。繁簡得宜、勞逸結合、動靜區分才可得中正之道。唐太宗《帝範・審官》曰：「以海月之凝朗，猶假物而為大，況君人御下，統極理時，獨運方寸之心，以括九區之內，不資眾力，何以成功！」〔註45〕太宗開創之功，奠定了有唐一代近三百年基業，其為君心得頗契合《呂氏春秋・士節》之「賢主勞於求人，而佚於治事」的道理。〔註46〕《呂氏春秋・知度》對帝王道術多有總結，曰：「明君者，非遍見萬物也，明於人主之所執也。有術之主者，非一自行之也，知百官之要也。知百官之要，故事省而國治也。」〔註47〕但凡對建功立業的經驗總結，開創盛大局面的理論提升，均遵循相應的客觀規律。不同歷史時期和不同的社會環境之中，在君臣治國之道等諸多方面，往往具有驚人的契合之處，此即聖賢經典為後世深入研讀與極力推崇、歷久彌新的重要原因。

　　《周易》「易簡」之道用於治國安邦，為歷代奉為典要。白居易「君簡臣繁」「上簡下繁」的觀點與之一脈相承。白居易認識到「易簡」為天地之大道，以「易簡」原理，論證君臣、上下繁簡之道，明確大道至簡、以簡御繁是為天德，依此御國主張明達繁簡、把握樞機，釐清職分、廣納賢良。可見白居易胸懷韜略，治國安邦主張契合經典理論和主流思想，是其為唐憲宗垂青拔擢的重要原因。亦可見《周易》為唐代制定國策、治國行政的重要思想理論來源。白居易於人生歷程中簡易行止、純粹精神，對生命境界的提升和人生價值的實現，具有重要意義。《易・繫辭上》曰：「夫《易》，聖人之所以極深而研幾也。」〔註48〕君子尚簡易庶幾思慮潔淨，唯其簡易行止方能不為外物干擾，從而達到潔淨精微、純粹理性的境界。「簡易」運用於儒家

〔註44〕〔唐〕白居易著，謝思煒校注，《白居易文集校注》，第 1 版，北京：中華書局，2011 年版，第 414 頁。

〔註45〕〔唐〕李世民、武則天撰，王健、劉振江注譯，《帝範・臣軌》，第 1 版，鄭州：中州古籍出版社，1994 年版，第 16 頁。

〔註46〕陸玖譯注，《呂氏春秋》，第 1 版，北京：中華書局，2011 年版，第 342 頁。

〔註47〕陸玖譯注，《呂氏春秋》，第 1 版，北京：中華書局，2011 年版，第 600 頁。

〔註48〕〔清〕阮元校刻，《十三經注疏・周易正義》（清嘉慶刊本），第 1 版，北京：中華書局，2009 年版，第 167 頁。

大道，表現的是君子居簡易，不嫌簡陋，這也是「孔顏樂處」、安貧樂道的天然本源和理論依據。遵行簡約、摒除繁冗，人對世界的認識可以提升至較為純真的境界。「居易」「行簡」是為在各種條件下維護尊嚴，獲得心靈解放之有效途徑，白居易有意識地將生存條件儘量簡化，對外物極少藉重，則較為方便進入心靈自得、自在、自由的狀態，在此情形之下，思維與行為高度統一，了無偏頗地走向極高明的境界。

7.2　白居易對周易「樂天」觀念的接受

「樂天」是《周易》中一個重要的思想觀念。白居易將《周易》「樂天」思想表述為「君子樂天，固宜知命。」〔註49〕自謂「達哉達哉白樂天。」〔註50〕人對於作為天地間根本核心的「天道」的感受和態度，對天道常軌所產生的萬千變化的應對方式，決定了人的精神境界與現實作為。個人的精神狀態的外在表現、相互影響及其綜合效應，形成整體的社會生活氛圍和狀態，此即為風俗、風尚之來由，也是從本質上理解國家安定、民風淳樸與否的契機。白居易具備同時代諸多類似人物所不具備的對現實的多重適應性，表現在進可諍諫帝王、指斥時弊；退可以順命隨緣、安閒自得。無論何種境遇，均保持一種樂觀向上的精神風貌。究其根源，在於對《周易》「樂天」思想的充分領悟和具體實踐，由此獲得理論的支撐，達成內心的安適與精神的自由。

7.2.1　白居易的政治實踐：君子樂天，固宜知命

《周易》思想於君子而言，對待「天道」「常道」的感受與態度，即是「樂天」二字；對於社會現實與人生遭際，無論順通、蹇躓與否，表達的是「知命」二字。白居易《百道判‧得景請與丁卜》曰：

> 聖人建《易》，雖用稽疑；君子樂天，固宜知命。苟吉凶之周僭，何中否之足詢？丁執心不回，出言有中。爾考前知之兆，誠足決疑；吾從昆命之文，必先蔽志。〔註51〕

〔註49〕〔唐〕白居易著，謝思煒校注，《白居易文集校注》，第 1 版，北京：中華書局，2011 年版，第 1689 頁，參見附錄 1 第 5 條。

〔註50〕謝思煒撰，《白居易詩集校注》，第 1 版，北京：中華書局，2006 年版，第 2747 頁。

〔註51〕〔唐〕白居易著，謝思煒校注，《白居易文集校注》，第 1 版，北京：中華書局，2011 年版，第 1689，1690 頁，參見附錄 1 第 5 條。

　　白居易引「樂天」「知命」為判詞，謂君子當順應天道，曉暢自然演變規則，樂觀處世。禍福繫於自身行止，天道昭彰，抱虔誠敬畏之心隱默行善自有福報。

　　聖人君子能夠從自然萬物恒久存在的現象之中，抽繹出其中的精髓，提升至於「道」的高度。從理論的高度總結天地自然萬物生存發展、永恆存在的根本道理，以此來指導社會生活實踐，就是樂天之嘉美，知命之必然，故能心有依託、行有準則，進而各安本分、守土安仁。《周易‧繫辭上》曰：

　　　　旁行而不流，樂天知命，故不憂；安土敦乎仁，故能愛。〔註52〕

　　此種理論的本源，固然出於對陰陽交流不居、天道循環往復自然常理的歸納總結，理論提升，更在於儒家所闡釋的《易》理對於居於社會重要的位置、具有引領風尚的能力、擔任治理國家重任的儒家君子的道德要求。韓康伯注「樂天知命，故不憂」曰：「順天之化，故曰樂也。」韓康伯認為順應天道的變化，明晰萬物生化均有天命決定的道理，遵循自然的規律而不相違背，內心有依託，行為有準則，一切都在自己的預估和把握之中，因此賞心而樂事。孔穎達疏「樂天知命，故不憂」曰：「順天施化，是歡樂於天；識物始終，是自知性命。順天道之常數，知性命之始終，任自然之理，故不憂也。」孔穎達與韓康伯所言相似，理解和遵循天道，順應天則，認識性命之理，即可達到歡樂無憂的生存狀態。認識事物發展規律，遵從自然萬物生存原理，明達於天道常軌，知曉自身命運走向，並無違背常道的意外情形，故能心緒安定而不憂鬱。韓康伯注「安土敦乎仁，故能愛」曰：「安土敦仁者，萬物之情也。物順其情，則仁功贍矣。」孔穎達疏曰：「言萬物之性，皆欲安靜於土，敦厚於仁。聖人能行此安土敦仁之化，故能愛養萬物也。」〔註53〕自然萬物之本性實情在於安守所應得的本分，不干擾他物，而是達成共同繁榮茂盛的嘉美世界。相互依存的自然規律，所展現的是一個廣闊無垠、永恆存在的世界。自然規律體現在人類社會，則具備了「和而不同」「仁愛」的道德意義。在人類社會，聖賢君子弘揚仁愛之教化，故能形成醇良嘉美的社會狀態。儒家學說所推崇的精神境界與生命意義，表現在離開較為優越的物質經濟條

〔註52〕〔清〕阮元校刻，《十三經注疏‧周易正義》（清嘉慶刊本），第 1 版，北京：中華書局，2009 年版，第 160 頁。

〔註53〕〔清〕阮元校刻，《十三經注疏‧周易正義》（清嘉慶刊本），第 1 版，北京：中華書局，2009 年版，第 160 頁。

件，若具有超越現實制約的精神領域的追求，自我實現的自覺意願，對於現實世界的冷靜觀察，對於宇宙世界的深刻思考，依然能夠在心靈上達到充實圓滿的境界。就物質與精神的關係而言，精神境界的提升固然需要物質條件的保障，但過於關注現實世界和物質經濟基礎，則其理性思考和哲學思辨將受到制約。就此看來，擺脫了物質制約的精神探索成果，更加具有普遍意義，所謂精一靜一的狀態下，能夠進行整體系統的思考，而非為一時一處的時勢條件所左右。安土敦仁，傾心於義理、辭章，與自然造物為儔，侶魚蝦友麋鹿，創造千古文章，暢想於意義世界，可謂從形而上的層面實現了人生價值。

孔穎達對於《周易》的本質及其意義進行論述，曰：

> 《經》之所云，皆言神所施為。神者，微妙玄通，不可測量，故能知鬼神之情狀，與天地相似。知周萬物，樂天知命，安土敦仁，範圍天地，曲成萬物，通乎晝夜，此皆神之功用也。作《易》者因自然之神以垂教，欲使聖人用此神道以被天下，雖是神之所為，亦是聖人所為。〔註54〕

孔穎達認為《周易》所描述的，均是天神的所作所為，神固然不可預測，但神的作為與天地相似，故知曉天地萬物的運行規律，即可自天道明神道。天道之作用於人道，則表現為具有極高道德意義的聖人君子的作為。《周易》的創立者，模擬天神的行為方式，以天道自然法則為標準化育萬民，期望聖人君子遵循天道規則、廣布天道而統御萬方。

居於「樂天知命」「安土敦仁」的精神狀態之下，自然樂從天道性命之理，人生歷程中必有理有據、沉靜安定地應對命運的安排。此為大人、君子之道，亦為士人所向往的高尚的精神境界。具有此種德行，即可以做到安守鄉土、具備仁愛之心和推行仁義之政。上述行為準則雖然看似依照天神之作為，事實上表現出來的是聖人君子的作為。概言之，即是聖人君子須具備高尚的道德修養，並依照天道以臨天下、育萬民，如同天地之覆蓋與承載萬物，日月周流、四時交替、行雲施雨、化成萬物。《周易》號稱「人更三聖，世歷三古」，凝聚了漫長歲月之中睿智與道德的聖賢的智慧與思想，故具有高度的普適性與神聖的權威性。《周易》「樂天知命」「安土敦仁」思想，是構成穩定與和諧的社會體系的重要因素和理論本源。

〔註54〕〔清〕阮元校刻，《十三經注疏·周易正義》（清嘉慶刊本），第1版，北京：中華書局，2009年版，第160，161頁。

　　白居易接受《周易》「樂天知命」思想，表現在對其施政理念的深刻影響。究其根本，在於白居易深刻領會天道所予的珍貴與高尚，世間所存在的萬事萬物的來之不易，理想人生應當具有的恒久價值，對未來所具有的啟示意義。經由長久的儒家文化的薰陶和侵染，結合其與生俱來的靈根慧性，白居易成為具有道德修養和自知之明的儒家君子，顯著特徵就是其文章所表述的「君子樂天，固宜知命」。要達到「樂天知命」的狀態，首先要理解天命之不可違，明於時序的運轉不以人的意志為轉移。白居易《嚴綬可太子少傅制》曰：

> 檢校司徒、兼太子少保嚴綬，文雅成器，恭謙致用。出領重鎮，以帥諸侯。入為具寮，以長卿士。歷踐中外，備嘗艱虞。殆三十年，勤亦至矣。況理心以體道，知命而安時。是謂教誨之人，可領調護之任。由保遷傅，爾其敬之。〔註55〕

　　嚴綬善於調理身心、體悟大道，知曉天命、順應時序，文雅恭謙、器宇開闊，其人品德望勝任太子少傅職位。在此充分認識到「時」之於人生，具有無可抗拒與改變的自然運行規則，不以人的意志為轉移；「天命」本自於冥冥之中，非以主觀意願為是。

　　白居易「樂天知命」思想，在未經時命變幻與宦途波折時節，止於理論闡述層面。元和二年（807），白居易 36 歲，自盩厔尉調充進士考官，次年授左拾遺。〔註56〕此為白居易從《周易》思想的理論學習階段，走向運用《周易》原理，參與國政、治國安邦的政治實踐階段。科舉考試決定士子前程、官吏素質，是朝野矚目帝王關注的「掄才大典」。白居易將《周易》思想運用於選拔賢良的科考大政，以《周易》「樂天知命」為題，其《進士策問五道・第一道》問曰：

> 問：《禮記》曰：「事君有犯無隱。」又曰：「為人臣者不顯諫。」然則不顯諫者，有隱也。無乃失事君之道乎？無隱者，顯諫也，無乃失為臣之節乎？《語》曰：「不知命，無以為君子。」《易》曰：「樂天知命故不憂。」又《語》曰：「君子憂道不憂貧。」斯又憂道者，非知命乎？樂天不憂者，非君子乎？夫聖人立言，皆有倫理，

〔註55〕〔唐〕白居易著，謝思煒校注，《白居易文集校注》，第 1 版，北京：中華書局，2011 年版，第 759 頁，參見附錄 1 第 338 條。

〔註56〕朱金城著，《白居易年譜》，第 1 版，上海：上海古籍出版社，1982 年版，第 37 頁。

雖前後上下，若貫珠然。今離之則可以旁行，合之則不能同貫，豈
精義有二耶？抑學者未達其微旨耶？〔註57〕

白居易出題頗為有心，專擇經典之中看似矛盾的表述，要求士子發論以
調和之。其前提自然是經典的毋庸置疑的高度權威，考驗的是士子對「《易》
尚隨時」「《禮》貴從宜」的理解，和對所引經典熟練程度，並根據上下文之具
體情形提出觀點、論證是非。《禮記・曲理》曰：「為人臣之禮，不顯諫，三諫
而不聽，則逃之。」〔註58〕鄭玄注云：「為奪美也。顯，明也。謂明言其君惡，
不幾微。逃，去也。君臣有義則合，無義則離。」〔註59〕事實上「無隱」則
為「諫」，諫可三致，不為「顯諫」，三諫而不聽，則去。白居易又以《周易・
繫辭上》所述「樂天知命，故不憂」與《論語》「君子憂道不憂貧」為題，論
述二者相對而出看似矛盾的表述之中的內在邏輯聯繫，可見白居易對「樂天
知命」的高度認可和深刻理解，並具體運用於莊嚴的掄才事業之中。白居易
作為「文衡」，出卷考核士子，為國甄選良才，實為極高榮譽。然而朝堂顯達
雲集，天下才俊紛紛，眾目睽睽之下，也是對白居易自身才學的重大考驗。
科舉考試高度強調經典理論的掌握和治國方略的闡述，白居易以深厚的理論
學養與切實可行的對策書判榮登科第，又以地方官吏的實踐經驗為帝王垂青
命其主試科考，士子以白居易所模擬策論、書判作為科考範文，可見白居易
政治思想和治國方略為朝野普遍認同的事實。

經過十數年朝堂和地方的歷練，白居易對於客觀存在無所偏私的「天
命」，宏觀上具備了自覺的理性認識。較之儒家孔子一以貫之的「聽天命」
的中性表達，白居易進一步理解為「樂天命」，其來源在於天道之可樂，是
涵蓋了世間最可引以快樂和感激的事物。《周易・文言》曰：

元者，善之長也；亨者，嘉之會也；利者，義之和也；貞者，
事之幹也。君子體仁足以長人，嘉會足以合禮，利物足以和義，貞
固足以幹事。〔註60〕

〔註57〕〔唐〕白居易著，謝思煒校注，《白居易文集校注》，第1版，北京：中華書
　　　局，2011年版，第444頁，參見附錄1第11條。

〔註58〕〔漢〕鄭玄注，〔唐〕孔穎達正義，呂友仁整理，《禮記正義》，第1版，上海：
　　　上海古籍出版社，2008年版，第199頁。

〔註59〕〔漢〕鄭玄注，〔唐〕孔穎達正義，呂友仁整理，《禮記正義》，第1版，上海：
　　　上海古籍出版社，2008年版，第199頁。

〔註60〕〔清〕阮元校刻，《十三經注疏・周易正義》（清嘉慶刊本），第1版，北京：

　　元、亨、利、貞四大精粹，咸集於天；天生萬物，足有可樂，這是白居易「樂天」的本質原因。白居易通曉《易》理，其「樂天」思想表現為得不矜、失不沮，遇山吟山，臨水詠水，閱雲霞，觀雨霽，無不以喜色收眼目，不以愜意入懷抱。白居易仕途窮達相兼，步入仕途之前，研習儒家經典，儒家治國安邦、除危濟困思想深入內心。有聖眷恩榮，亦有失意貶黜的孤寂，更有平淡平常的生活經歷。白居易青壯時節豪氣衝天，支持永貞革新，朝堂之上指斥時弊，有一往無前的膽識。中年社會政治環境險惡之時，和光同塵、作尺蠖之屈，處江湖間安適其位，流連山水，新翰迭出，流於人口。晚年有奇思妙想，得人生玄妙哲理。其節操、事業、文章為時人稱道，載於史冊，生活態度和生存方式為後世稱羨模擬。

　　白居易將《周易》「樂天知命」思想運用於政治實踐之中，完整地履行了一個儒家士君子的職守。白居易在翰林、拾遺時節，為天子擬詔，對於當時宦途之波詭云譎了然於心，觸目所見，多有狂放跋扈自高位跌落塵泥者，更有所謂「命屈當代，慶留後昆」者，故此白居易理解天理昭彰，至公至正。《論語・述而篇》曰：「子曰：『仁遠乎哉？我欲仁，斯仁至矣。』」〔註61〕孔子對此一亙古不變的現實存在理解深刻，根據自身的境遇對生命的終極意義作出根本性的詮釋，與佛家圓成理論具有驚人的契合之處，就是高度注重實踐的過程，高度認同內心世界向善求仁的本質動能，高度讚譽對於仁的不懈追求。儒家精神，並不以所處的位置的高下、功業的規模，作為衡量一個人的標準，而是以其樂觀進取、奮發向上的歷程，以精神境界的高下作為尺度。由此看來，無論處於何種社會地位，其對於整體社會的貢獻，均有其充分發揮的空間與實現可能。儒家針對不同的人群，其生命意義具有多層次的特點。「八條目」是完整圓滿的人生的整體性要求，能夠圓滿完成「八條目」所涵蓋的內容相當艱難和罕有。但根據不同的群體，在不同的環境與條件下，均具有一種逐步向上推進的過程的價值，生命的本質意義正在於此。就此哲思之下，白居易坦然面對挫折與責難，始終保持「樂天安命」、樂觀向上的精神狀態，外境變而內心沉穩專一，實踐了一個博學鴻儒的生命意義。

　　　中華書局，2009 年版，第 25 頁。

〔註61〕楊伯峻譯注，《論語譯注》，第 3 版，北京：中華書局，2009 年版，第 73 頁。

7.2.2　白居易的生活實踐：達哉達哉白樂天

　　《周易》「樂天知命」思想為白居易具體運用於生活實踐之中，樂見天道周行，曉暢性命應然，故此寵辱不驚、得失無慮，「達哉達哉白樂天」可作為白居易一生樂天安命、曠達任心的最好詮釋。〔註62〕在白居易的人生歷程中，順可建功立業，造福邦國黎民；困可磨練意志，提升道德，完善自我。居廟堂之高與處江湖之遠，均可毫無疑義地達到精神世界的圓滿與生命意義的拓展，故此白居易無所不得其樂。

　　《舊唐書・白居易傳》曰：「居易幼聰慧絕人，襟懷宏放。」〔註63〕白居易「樂天知命」思想與其達觀的生活態度密切相關。貞元二十年（804），白居易三十三歲，在長安為秘書省校書郎，作《汎渭賦》曰：

> 亭亭華山下有人，跂兮望兮愛彼三峯之白雲。汎汎渭水上有舟，
> 沿兮泝兮愛此百里之清流。以我為太平之人兮，得於斯而優遊。又
> 感陽春之氣熙熙兮，樂天和而不憂。〔註64〕

　　「樂天」思想對白居易生活實踐具有重要影響，表現在白居易秉承儒家大道，有「孔顏樂處」之風，平淡樂觀處世，不以窮達進退為意，無論處於何種境遇，均能深入挖掘生活中最具意義的因素，由此展現人格的純真與生命的光華。白居易參悟天地變化，古今人物遭際，明瞭自身位置，廟堂之上歷險不懼，仗義執言；山野之間處變不驚，優游卒歲。申儒道、傷民瘼、撫百姓、治邦國、安天下，是為儒家君子的神聖使命之所在。苟不遇時，命運數奇，則將輔弼君王、治國安邦的滿腔熱忱，轉化為與時緣、位勢相適應的狀態，以順應環境、親近自然、調養身心、韜晦養氣來提升個人道德修養。將滿腹經綸意欲施展於國政，轉變為矚目快意於取之不盡、用之不竭的自然山水，從中獲得精神的充實與生命的深入體味。孔子本有「無可無不可」之說。終孔子一生，順遂之時日寡而惶惑之時日多，且孔子嚮往「莫春者，春服既成，冠者五六人，童子六七人，浴乎沂，風乎舞雩，咏而歸」的愜意自然生活。〔註65〕

〔註62〕謝思煒撰，《白居易詩集校注》，第1版，北京：中華書局，2006年版，第2747頁。

〔註63〕〔後晉〕劉昫等撰，《舊唐書》，第1版，北京：中華書局，1975年版，第4340頁。

〔註64〕〔唐〕白居易著，謝思煒校注，《白居易文集校注》，第1版，北京：中華書局，2011年版，第5、6頁，參見附錄1第86條。

〔註65〕楊伯峻譯注，《論語譯注》，第3版，北京：中華書局，2009年版，第118頁。

元和三年（808），白居易初授拾遺，與楊虞卿之從妹新婚，〔註66〕作《贈內》曰：

> 生為同室親，死為同穴塵。他人尚相勉，而況我與君。黔婁固窮士，妻賢忘其貧。冀缺一農夫，妻敬儼如賓。陶潛不營生，翟氏自爨薪。梁鴻不肯仕，孟光甘布裙。君雖不讀書，此事耳亦聞。至此千載後，傳是何如人。人生未死間，不能忘其身。所須者衣食，不過飽與溫。蔬食足充饑，何必膏粱珍。繒絮足禦寒，何必錦繡文。君家有貽訓，清白遺子孫。我亦貞苦士，與君新結婚。庶保貧與素，偕老同欣欣。〔註67〕

白居易旁徵博引，從歷史故實中體味出平安清淨之福，珍惜目前之所得，雖位卑秩低卻清貴尊榮，與妻相勉知足偕老。元和十一年（816），白居易四十五歲，從帝王近臣貶為微末小吏，在江州司馬任上作《答戶部崔侍郎書》曰：

> 前月中，長兄從宿州來，又孤幼弟姪六七人皆自遠至。日有糲食，歲有麤衣。饑寒獲同，骨肉相保。此亦默默委順之外，益自安也。況廬山在前，九江在左，出門是滄浪水，舉頭見香鑪峰。東西二林，時時一往。至如瀑水怪石、桂風杉月，平生所愛者，盡在其中。此又兀兀任化之外，益自適也。今日之心，誠不待此而後安適，況兼之者乎？此鄙人所以安又安、適又適，而不知命之窮、老之至也。〔註68〕

《周易》所演繹的天地之大德即為生生存存、安位順時、樂天知命，白居易的人生歷程中始終對此恪守不渝。滄浪之水，混濁由之；濯纓濯足，各得其宜。白居易抱有隨遇而安、樂觀曠達的生活態度，居於人世間，境遇變而積極向上、善良美好的生命認識、生命意義未曾稍有改變。常人往往由於貶謫偏僻而輾轉反側、哀怨滿腹，江州司馬白居易卻漸入佳境，次年作《草堂記》曰：

〔註66〕朱金城著，《白居易年譜》，第1版，上海：上海古籍出版社，1982年版，第41頁。

〔註67〕謝思煒撰，《白居易詩集校注》，第1版，北京：中華書局，2006年版，第75頁。

〔註68〕〔唐〕白居易著，謝思煒校注，《白居易文集校注》，第1版，北京：中華書局，2011年版，第346頁，參見附錄1第236條。

匡廬奇秀甲天下山。山北峰曰香鑪，峯北寺曰遺愛寺。介峯寺間，其境勝絕，又甲廬山。元和十一年秋，太原人白樂天見而愛之，若遠行客過故鄉，戀戀不能去。因面峯腋寺，作為草堂……翄予自思，從幼迨老，若白屋，若朱門，凡所止，雖一日二日，輒覆簣土為臺，聚拳石為山，環斗水為池，其喜山水病癖如此。一旦蹇剝，來佐江郡，郡守以優容而撫我，廬山以靈勝待我，是天與我時，地與我所，卒獲所好，又何以求焉？〔註69〕

白居易「樂天知命」思想具有深厚的理論基礎。《蹇》《剝》謂時運不濟，當止則止是為智，明察消息盈虛是為君子。《周易·蹇·彖》曰：「蹇，難也，險在前也。見險而能止，知矣哉！」〔註70〕《周易·剝·彖》曰：「『不利有攸往』，小人長也。順而止之，觀象也。君子尚消息盈虛，天行也。」〔註71〕白居易洞明自身所處「蹇剝」不偶之境，人生跌入低谷，仕途走向迷茫，曾經光焰奪目的政治生涯就此黯淡。白居易不愧於「樂天」名號所賦予的高貴品質，迅速調整心態，順勢而為，融入自然山水。無意之間遂心之願，以至於有擺脫塵網、回歸本心的喜悅。人生逆境，仕途波折，在白居易看來居然有得左遷之天時、匡廬之地利、郡守之人和，此「三樂」實在是可遇不可求。心為自有、境由心生，白居易秉性使然，看好一切，則一切好看，且美不勝收。

元和十三年（818），白居易四十七歲，作《江州司馬廳記》曰：

江州，左匡廬，右江、湖，土高氣清，富有佳境。刺史，守土臣，不可遠觀遊。群吏，執事官，不敢自暇佚。惟司馬，綽綽可以從容於山水詩酒間。由是郡南樓，山北樓，水濼亭、百花亭、風篁、石巖、瀑布、廬宮、源潭洞、東西二林寺，泉石松雪，司馬盡有之矣。苟有志於吏隱者，捨此官何求焉？案《唐典》，上州司馬，秩五品。歲廩數百石，月俸六七萬。官足以庇身，食足以給家。州民康，非司馬功；郡政壞，非司馬罪。無言責，無事憂。噫！為國謀，則

〔註69〕〔唐〕白居易著，謝思煒校注，《白居易文集校注》，第1版，北京：中華書局，2011年版，第254，255頁，參見附錄1第240條。

〔註70〕〔清〕阮元校刻，《十三經注疏·周易正義》（清嘉慶刊本），第1版，北京：中華書局，2009年版，第105頁。

〔註71〕〔清〕阮元校刻，《十三經注疏·周易正義》（清嘉慶刊本），第1版，北京：中華書局，2009年版，第76頁。

　　尸素之尤蠹者；為身謀，則祿仕之優穩者。予佐是郡，行四年矣。
　　其心休休如一日二日，何哉？識時知命而已，又安知後之司馬不有
　　與吾同志者乎？〔註72〕

　　白居易明達安時，行適於位，心和於境，居於江州，則順勢融入江州嘉美的自然風物之中，如同其位居朝堂，儼然以拯救蒼生、致君堯舜為己任。較之朝堂雖榮顯而喧囂繁劇，江州雖偏遠卻清幽安逸，故此白居易心和氣順，並無憂怨自艾神情，可見其對時序命運的變遷應對裕如。隨著人生道路的漸次展開，白居易從「識時知命」的如琢如磨，逐步走向有滋有味的「樂天知命」境界。

　　晚唐皮日休《七愛詩之一·白太傅》曰：

　　吾愛白樂天，逸才生自然。誰謂辭翰器，乃是經綸賢。欻從浮
　　豔詩，作得典誥篇。立身百行足，為文六藝全。清望逸內署，直聲
　　驚諫垣。所刺必有思，所臨必可傳。忘形任詩酒，寄傲遍林泉。所
　　望標文柄，所希持化權。何期遇讒毀，中道多左遷。天下皆汲汲，
　　樂天獨怡然。天下皆悶悶，樂天獨舍旃。高吟辭兩掖，清嘯罷三川。
　　處世似孤鶴，遺榮同脫蟬。仕若不得志，可為龜鏡焉。」〔註73〕

　　皮日休企慕白居易立身、為文、處世的全效之功，將白居易當作仕途波折之士的「龜鏡」。白居易具有如此高超的應對時變的技巧和心理調適能力，與其深厚的理論修養、洞察世界的寬闊視野相關，而此理論素養與寬闊視野的形成，得益於白居易對經典思想和歷史材料的稔熟。如此白居易方能居高臨下、條分縷析，將自身的境遇與前代人等的遭際一一比照，得出毋庸置疑的結論。白居易敢於正視人間磨難，不以之為實現生命價值的滯障，反而視之為積福餘慶的途徑。白居易將經典理論、歷史人物與社會現實緊密聯繫進行綜合思考，於時勢變易中彷彿成竹在胸、左右逢源。白居易為善於處理現實環境與人生理想之間關係之人，對於個人內心世界與現實社會的矛盾，總能巧妙調和與化解，遠不至於憤懣怨怒，亦不至於放浪形骸消極避世，是一位善於生活和善於發現生活意義的人物。儒家士子完美人格的養成，並不必定在驚濤駭浪之間，往往是隨時隨處之間可以見出真實性情與涵養。白居易

〔註72〕〔唐〕白居易著，謝思煒校注，《白居易文集校注》，第 1 版，北京：中華書局，2011 年版，第 249，250 頁，參見附錄 1 第 242 條。
〔註73〕陳友琴編，《白居易資料彙編》，第 1 版，北京：中華書局，1962 年版，第 9 頁。

即為在平常與平靜之中完善自我，從容優雅，達成精神生命恒久存在的典範。

白居易珍視精神生命的自覺表現，在於對自己所處境遇與精神世界的如實紀錄，有意識地完整保留文字材料，使後世之人得以全面瞭解白居易起伏跌宕的人生。宋代洪邁《容齋隨筆》曰：「白樂天為人誠實洞達，故作詩述懷，好紀年歲。」〔註74〕「翫味諷誦，便如閱年譜也。」〔註75〕在一定的時期，白居易對生活環境和精神狀態進行一番梳理和分析，頗有總結過去、展望未來的意味。大和八年（834），白居易六十三歲，在洛陽，為太子賓客分司，作《序洛詩》曰：

> 《序洛詩》，樂天自敍在洛之樂也……世所謂文士多數奇，詩人尤命薄，於斯見矣。又有以知理安之世少，離亂之時多，亦明矣。予不佞，喜文嗜詩，自幼及老，著詩數千首。以其多矣，故章句在人口，姓字落詩流。雖才不逮古人，然所作不啻數千首。以其多矣，作一數奇命薄之士亦有餘矣。今壽過耳順，幸無病苦，官至三品，免罹飢寒，此一樂也……自三年春至八年夏，在洛凡五周歲，作詩四百三十二首，除喪朋、哭子十數篇外，其他皆寄懷於酒，或取意於琴。閒適有餘，酣樂不暇。苦詞無一字，憂歎無一聲，豈牽強所能致耶？蓋亦發中而形外耳。斯樂也，實本之於省分知足，濟之以家給身閒，文之以觴詠絃歌，飾之以山水風月。此而不適，何往而適哉？茲又以重吾樂也。〔註76〕

白居易步入老境，心氣愈加平實，其知足常樂之心溢於言表。從上述具有總結性質的文字可以見出，白居易對人生起伏波折泰然處之，面對諸多艱難困苦從容優雅、無繫於心；在外境變更不居時節，一招一式章法儼然，並無哀怨自歎神色，唯有諸多美好事物縈繞於中。就白居易一生而言，居於翰林拾遺時節，不負職位所承擔的責任，自始至終以初任拾遺時節的誓言激勵自己，效法史上忠誠耿直的良臣，抗行周雅、莊嚴梗概，抨擊時弊、弘揚正氣，為朝野上下有目共睹。白居易具有極強的民本思想，所圖大業為報國濟民，多有傷民貧

〔註74〕〔宋〕洪邁撰，孔凡禮點校，《容齋隨筆》，第 1 版，北京：中華書局，2005年版，第 918 頁。

〔註75〕〔宋〕洪邁撰，孔凡禮點校，《容齋隨筆》，第 1 版，北京：中華書局，2005年版，第 920 頁。

〔註76〕〔唐〕白居易著，謝思煒校注，《白居易文集校注》，第 1 版，北京：中華書局，2011 年版，第 1949，1950 頁。

病文章流傳域內外，深得人心。上述作為，也是白居易作為儒家士子未辜負平生所願，在力所能及的範圍內，盡其所能酬報君恩、匡扶正義的自得之處。白居易之「樂天知命」，相當的程度上具有名實相符、問心無愧的成分。

開成元年（836），白居易除太子少傅分司東都，名望職位逐年齒而升。白居易職位的變化，正可以宣示朝廷執政方針、用人取向。為政者可借白居易之高名，收安撫士人、體察民意之效。白居易雖老邁無力於治政，卻能居於榮貴之位，以其崇高的德望顯示出朝廷惜才尊賢的執政理念。開成三年（838），白居易六十七歲，在洛陽，為太子少傅分司，作《醉吟先生傳》曰：

> 吾生天地間，才與行不逮於古人遠矣。而富於黔婁，壽於顏回，飽於伯夷，樂於榮啟期，健於衛叔寶，幸甚幸甚，餘何求哉？〔註77〕

白居易懷知足常樂之心，此為白居易洞察古往今來世故人情所致。白居易具有常人的喜怒哀樂，表現出對生命的高度尊重，對生命短暫脆弱的深切體悟，有此心理，更加珍惜精神生命的創造，對身後之事表現出高度的關注。白居易以精神永恆作為生命永恆的途徑，高度重視精神產品即詩文之鑄造、保存和流傳。對於詩文之廣泛傳播與膾炙人口、婦孺皆知津津樂道，頗有成就感與自豪感，此亦為白居易「樂天」的重要因素。

會昌二年（842），白居易七十一歲，在洛陽，以刑部尚書致仕，給半俸。〔註78〕作《達哉樂天行》曰：

> 達哉達哉白樂天，分司東都十三年。七旬纔滿冠已掛，半祿未及車先懸。或伴遊客春行樂，或隨山僧夜坐禪。二年忘却問家事，門庭多草廚少煙。庖童朝告鹽米盡，侍婢暮訴衣裳穿。妻孥不悅甥侄悶，而我醉臥方陶然。起來與爾畫生計，薄產處置有後先。先賣南坊十畝園，次賣東郭五頃田。然後兼賣所居宅，彷彿獲緡二三千。半與爾充衣食費，半與吾供酒肉錢。吾今已年七十一，眼昏鬚白頭風眩。但恐此錢用不盡，即先朝露歸夜泉。未歸且住亦不惡，飢餐樂飲安穩眠。死生無可無不可，達哉達哉白樂天。〔註79〕

〔註77〕〔唐〕白居易著，謝思煒校注，《白居易文集校注》，第 1 版，北京：中華書局，2011 年版，第 1982 頁。

〔註78〕朱金城著，《白居易年譜》，第 1 版，上海：上海古籍出版社，1982 年版，第 318 頁。

〔註79〕謝思煒撰，《白居易詩集校注》，第 1 版，北京：中華書局，2006 年版，第 2746，2747 頁。

　　白居易持中用權，收斂奮發搏擊之心；屏息養志，關注平常自然的生活細故。此詩核心取自夫子，化用至於具體事情。白居易行至暮年，對於日日迫近的寂滅，表達的依舊是曠達從容的態度。「無可無不可」是孔子對於繁雜世界變幻不居時節的態度，堅守志向，應對裕如，無論何種境遇，內心信念毫不動搖。《論語‧微子篇》曰：

　　　　子曰：「不降其志，不辱其身，伯夷、叔齊與！」謂：「柳下惠、

　　少連，降志辱身矣，言中倫，行中慮，其斯而已矣。」謂：「虞仲、夷

　　逸，隱居放言，身中清，廢中權。我則異於是，無可無不可。」〔註80〕

　　夫子貴中權，合乎時宜或情勢，有與時偕行之意。心胸開闊、情緒樂觀是為曠達。無所謂得失休咎，是為心智磨練蕩滌之後，睿智與成熟的表現。《達哉樂天行》以「達哉」落墨，以「達哉」斂毫，內中反覆思量，歷數生活艱難，亦無所掛念，是為通達情理、慣看世變，但有生機，視為歡喜的樂觀生活態度。白居易《君子不器賦》曰：「冥心無我，無可而無不可；應用不疲，無為而無不為。」〔註81〕白居易以「無可而無不可」之心，達成「無為而無不為」之效。白居易殊為明達於葆有樂觀情緒須有安閒隨意之簡，唯有如此方能擺脫物質羈絆，走向精神的超越。

　　白居易睿智絕倫之處表現在對物質與精神之間關係的透徹理解。在物質層面、現實世界求索生命的終極目標，由於生命之有限和物質的不可永存，其目標的達成並不具備永恆不朽的意義。同樣，人生挫折之中的解脫途徑，往往為現實條件的限制而不充分具備，故超越現實的內心感受，轉向自我精神境界的提升，成為解脫現實困境的有效途徑之一。於經歷生死成敗過程之中，達到超越生死成敗的根本覺悟，即不為現實之形而下的具體結果為出發點與歸宿，而是以精神生命的永恆為目標，冷靜審視目前的處境，不稍改其作為士君子的風度，故可較為精準地認識到生命世界的本質和終極意義。在後世看來，白居易彷彿是實在具體、活靈活現的人物，後世海內外各階層人等均可以模擬仿傚其生活方式，獲取生命的美感，實現人生的價值。

　　開成四年（839），白居易六十八歲，作《病中詩十五首‧枕上作》曰：

　　　　腹空先進松花酒，膝冷重裝桂布裘。若問樂天憂病否，樂天

〔註80〕楊伯峻譯注，《論語譯注》，第3版，北京：中華書局，2009年版，第195頁。

〔註81〕〔唐〕白居易著，謝思煒校注，《白居易文集校注》，第1版，北京：中華書局，2011年版，第68頁。

知命了無憂。〔註82〕

會昌四年（844），白居易七十三歲，作《狂吟七言十四韻》曰：

詩章人與傳千首，壽命天教過七旬。點檢一生徼幸事，東都除我更無人。〔註83〕

白居易將《周易》「樂天知命」思想融入完整的生命歷程之中，即便是衰病垂暮之年，依然保持超然物外、知足常樂之心，實踐了他的名號所賦予的「居易」「樂天」的寓意。其生存模式和價值取向，具有跨越時間、空間、民族、國界的魅力。白居易無論居於何種境遇，均可以從容自在，氣定神閒，在此心境之下，可以通體安泰，氣韻平和，心如緩流，氤氳安詳，生命之美感油然而生。個體身心若達成和諧美好境界，推己及人，由此可構成整體社會的和諧狀態，反過來又進一步促成人的成就感與幸福感，故此白居易為諸方推崇即為順理成章。白居易所展現的奇妙之道，是憑藉簡略的生存方式，產生出豐富多彩的精神財富，對《周易》「易簡」「樂天」思想進行了卓越的具體實踐和創造性發揮。白居易之所以為後代推崇，其活力來自日用而貼近生活，舉凡各個階層人士，均可從白居易生活模式中尋求借鑒。這樣一來，為社會各個階層之人士覓得生存意義、人格尊嚴、生命價值、精神皈依開闢了廣闊的空間。白居易對中國乃至於周邊儒家文化圈影響頗大，表現在白居易秉承《周易》原理，遵循「易簡」「樂天」原則，進退自如、隨遇而安，在恰當的時期，恰當的環境中，恰如其分地展示出生命的光華和意義，為後人價值體系的構建、人生目標的實現，探求出較為完美而又並非難於效法的模式。

白居易「居易」「樂天」名號所形成的心理暗示，已然將一個純真純粹的精神世界展示於其人生歷程。白居易的「樂天知命」思想，深化和昇華了前人對「性命之理」的認識，從「聽天命」進入到「樂天命」的境界，是為對天德之探究和演繹，較前人更為接近其本質。清晰《易》理的同時，豐富了生命意義之所在，成為明瞭天道、諳習社會、豁達人事的典範。樂見天地造化之善美，識人生價值實現在於精神，此一囊括天人事理的境界，其古雅崇高與簡易平實相結合，為中國經典思想的詮釋拓展了空間。

〔註82〕謝思煒撰，《白居易詩集校注》，第1版，北京：中華書局，2006年版，第2629頁。

〔註83〕謝思煒撰，《白居易詩集校注》，第1版，北京：中華書局，2006年版，第2798頁。

結 論

　　白居易作為中晚唐具有重要影響的文士，雖無詮釋《周易》的專門著作，但從其留存的豐富的材料考察，可以見出與《周易》的關係十分密切。白居易在中晚唐時代文壇地位顯赫，詩、文兼重，白居易詩歌以外的策判、詔制、書表、銘誄、信函等，較之詩歌具有更大的容量、更強的理論性和思想深度。白居易是中晚唐將《周易》思想觀念運用於政治實踐與生活實踐之中表現突出的文士。《周易》哲學思想之中最具有生命力的核心思想，通過白居易的著作，與社會現實生活產生了直接的聯繫。在此意義上，白居易對《周易》思想觀念的接受，以及對《周易》的詮釋和闡發，較之經學家、思想家所注重的對《周易》原初意義的詮釋，具有了更為貼近現實的意義，從而使得《周易》思想觀念具有了更為直觀與生動的體現。宏觀地觀察，在人生的各個階段，白居易均能運用《周易》原理合理和有效地調整心態，將社會變遷、時勢轉換對個人所造成的影響和衝擊降低到最小程度，因而有效地消解了現實社會自物質層面對人的精神的負面影響，進而創造出一種為人傾羨的生活方式。

一、白居易接受《周易》思想觀念的背景

　　白居易受到《周易》影響和接受《周易》思想具有深厚的社會歷史背景，表現在唐代統治階層高度重視《周易》等經典理論思想，儒學世家重視《周易》的宗族傳統，科舉制度的發展和完善等三個方面。

　　1. 唐代對《周易》的高度重視是白居易接受《周易》思想的社會政治基礎。唐代統治階層對社會價值觀念的主動引導和思想傾向的有效掌控，是唐代社會整體繁榮穩定的重要條件。《五經正義》的頒行使《周易》等經典正本

清源，確立了相關經典理論的社會主流地位。白居易仕進之前，秉承社會政治主流思想，研習《周易》等經典；仕進之後，作為文宦階層，直接或間接參與朝廷政治。《貞觀政要》作為盛唐時代具有代表性的政治實踐和理論思辨著作，對唐代及後世產生了深遠影響。《周易》是《貞觀政要》之中援引頻繁的重要理論思想。唐代統治者高度重視《周易》的根本原因，在於《周易》的神道設教、感通天地等思想觀念，為帝王代天行政、撫育萬民奠定了法理基礎；為帝王統御萬方、治理天下提供了理論依據與行政法則。漢代班固有《周易》為「群經之首」的論斷，以《周易》取象於天地自然，最為接近事物的本來面目，故又譽之為「大道之源」。《周易》為觀天地萬物自然現象，結合長久以來社會人事興衰成敗的歷史經驗，總結提升至於具有普遍意義的經典理論高度，並不斷積累修正和闡釋發揮，形成系統完整的理論體系，具有高度的概括性和普遍意義，展現出天地自然、國家社會乃至於宗族人生的一般規律。《周易》具有無所不容的高度概括性，具備直觀感性物象加以驗證，歷經數千年的社會變遷而無所遺漏，故此可以自宏觀的層面比照現實，自歷史經驗反覆印證的過程之中預估未來，成為具有決策權威的統治者尊崇的治國安邦的理論依據。《周易》觀天地宇宙世界之變化，為既往歷史經驗的深刻總結，因之可作為現實政治的重要參照，亦可據此研判未來世界的走向，故為高度關注國運興衰、歷數遷延的執政者奉作和合萬民、治理邦國、統御海內的圭臬。白居易作為中晚唐具有代表性的文士，契合政治主流意識，接受和運用《周易》思想並有所發揮，形成了具有獨特意義的政治見解和生存模式。

2. 儒學世家是白居易接受《周易》思想的重要家族傳統因素。白居易祖、父輩三明經、一鄉貢進士，宗族以科考仕進，其家族具有濃厚的儒學氛圍。白居易與其弟白行簡、從祖弟白敏中名、字「居易」「行簡」「樂天」「知退」「用晦」，均源自《周易》，可以見出其祖、父輩對經典中《周易》的側重。後輩的名、字飽含了父輩的期望、想像，對未來具有明確的心理暗示與人生期許。對於白居易等聰慧睿智者而言，名字蘊含了人生的根本格局，昭示著人的行為規範。白居易的生活實踐中，「居易」「行簡」「樂天」「知退」「用晦」運用自如，環環相扣、層次分明、邏輯嚴密，充分表現出白居易對於《周易》的理解和運用，已然達到了出神入化的境界。或可言之，白居易自幼及長，乃至於走向生命的終結，《周易》始終氤氳環繞於其人生的每一個階段，其外在行為舉止與內在精神世界，均可從《周易》尋覓其倪端，亦

可自《周易》印證其結局。

　　3. 科舉制度是白居易接受《周易》思想的社會體制因素。唐代門閥制度式微、科舉制度大力推行，以文取士，以古鑒今，以經典思想觀念指導社會實踐，使得唐代士人對文、史、經三者非融會貫通不能脫穎而出、進入治理國家的官宦體系。在科舉制度的嚴格規範下，無論門第與社會地位的高下，士子均須通過孜孜不倦地學習經典理論知識，並與社會政治實踐相聯繫，通過科舉考試，步入仕途，進而安身立命。科考書目具有明確的要求，《周易》為其中重要內容。白居易在參加科舉考試所進行的學習過程中，《周易》是其著重研習的經典理論著作。白居易登進士第所作《禮部試策五道》、賦一篇、詩一首，均與《周易》密切相關；白居易應試「書判拔萃科」，先期擬作《百道判》103篇，其中涉及《周易》凡51篇；應試「才識兼茂明於體用科」，先期擬作《策林》75篇，其中涉及《周易》凡54篇；白居易充任進士考官，試題亦多篇出自《周易》。由此可見，《周易》不但是為當時科考仕進的必讀書目，諳熟《周易》更是白居易「十年之中，三登科第」的重要原因。

　　白居易作為文宦，將《周易》此一統治者推崇、家族重視、自己研習多年，理解闡發精當和運用自如，在科舉考試中出色發揮以屢登科第的經典理論，貫徹於治國理政的政治實踐和立身處世的生活實踐，成為順理成章、符合邏輯的自覺行為。白居易在不同的環境與生命的不同階段，儒、道、釋三家各有側重，但本質上以儒家為基本立足點，形成一元多極的狀態。唐代科舉制度的完善和科考書目的確定，使得經典思想觀念得到高度重視與大力發展。傳統思想的鮮明特色是文、史、經三者彼此交融，為不可分割的整體。科舉制度以才識兼美、明於體用為標準的官員選拔體系，促進了政治制度和國家治理的規範化，同時有利於士子道德修養的加強、人生境界的提升和生命意義的拓展，為社會穩定奠定了堅實的基礎。白居易即為通過科考仕進，獲得安身立命之所，藉此鞏固宗族儒學世家地位的代表人物之一。唐代士子，於步入宦途之前，多年鑽研經典，諳熟儒家經籍、治國安邦理念，多懷報國輔君志向，匡扶世道、救民貧病思想強烈。士君子是為肩負道統使命的人物，須具備高尚的道德品質，故此多珍視自身形象，以建功立業達成精神之不朽為最高目標。白居易即為其中具有典型意義的代表人物。唐代士人對於文、史、經的領悟和運用雖各有側重，其共同特點是均從思想深邃的經籍入手，結合秉性、志向和社會需要，因時因地發揮，走向各自的方向，實現各自的

價值。無論古代文士以何種態度看待世界，採取何種觀點觀照社會，均難於擺脫經典思想的深刻影響。經典思想或多或少地指引著文士的價值取向，潛移默化地規範著文士的行為舉止。在唐代儒、道、釋兼容，以儒家道統為政治主流的社會氛圍中，對經典理論進行深究以提升精神境界，運用經典思想治國理政，根據社會現實的需要，以新的視野和觀點詮釋經典，成為士人生命之中不可或缺的內容。中國傳統思想文化之所以生生不息、薪火相傳，表現在為數眾多的士人，既具有深厚的經典思想造詣，又抱有與時偕行開拓創新的理念，充實和豐富了中國思想文化的內容。

二、白居易對《周易》核心思想的接受和不同時期的側重點

　　《周易》思想原理綜合體現在白居易的政治實踐與生活實踐之中，白居易接受的《周易》核心思想觀念，主要表現在下列 6 個方面。

　　1.「一陰一陽之謂道」思想。白居易對《周易》思想中由「陰陽之道」所衍生的動靜、繁簡、否泰、休咎、禍福、吉凶、得失、窮達、進退等均有深入的思考和充分的表達，有所發揮和創建。白居易將《周易》「陰陽之道」運用於政治實踐之中，充分認識和闡釋「感而遂通」思想觀念，表現為諷喻帝王嚴格遵循天道，高度關注陰陽調和，注重自我修養與積德累仁，以「天子為民父母」理念君臨天下、撫育黎民庶眾，以成就百姓安居樂業、社會繁榮昌盛、國祚歷數綿長之功。白居易認識到陰陽交流至於「大和」是為天道常理，深刻理解「謙」「積善餘慶」「居安思危」等《易》理。白居易的「謙德」表現在「知慚」「知愧」，具有自知之明，時刻躬自反省，以虔誠感激的心態對待天地自然之施與和君王的恩遇，以此達成內心的滿足與平和，此為白居易知足常樂的深層原因。白居易認識到天地自然之道中正無私，一切有違「大和」的情形，均將撥亂反正復歸其中正合理狀態，天地間決無長久的偏頗與反常，故此「積善」必有「餘慶」，「居安思危」則可保長治久安。

　　2.「時」「位」「才」思想。白居易領會《周易》有關「時」「位」「才」思想，認為官員的使用與拔擢須遵循「才適其位」原則，「生不逢時」「德薄位尊」均屬陰陽失調、違反「大和」常道的情形，故此執掌權柄者陟罰臧否須慎之又慎。「大和」並非唯有某一「時」與特定之「位」方能具備，適當的時機和適宜的位置展示與之相適應的才能，使得「時」「位」「才」始終處於契合狀態，即可達成「大和」之效，其關鍵在於「與時偕行」和「順性命之理」。此

中奧區為白居易所領悟和切實運用，是白居易保有中正安適精神狀態的重要
原因。白居易具備多方面的才能，理論修養深厚，政治實踐能力為人稱道，
辭章引領一代潮流，領略天地自然之美的靈根慧性超群，故此白居易無論居
於何種時期，處於何種位置，面臨何種外在物質條件，均能將某一方面的才
能和稟賦充分展現，形成「時」「位」「才」契合無間的「大和」狀態。

　　3.「與時偕行」「順性命之理」思想。白居易充分領悟「《易》尚隨時」思
想，認為政策的制定與實施須因時制宜、因地制宜，方能與時俱進，收取良
好的功效。白居易治國理政遵循《周易》陰陽循環必得「大和」的原則，無論
人才拔擢任用還是禮樂教化、訴訟刑罰各個方面，均秉持「與時偕行」的理
念。「順性命之理」作用於個人生活實踐，白居易順應天道自然的安排，內心
充分理解造物之宏觀整體中正大道，故對於一時一地的命運多舛等閒視之，
相信天道無親，積善累德必有吉慶。

　　4.「保合大和」思想。白居易認為陰陽循環天道自然之理，以「大和」為
其本質。一切互相對立的概念和事物，隨著時間的推移和位勢的變化，終歸
走向其反面，而宏觀整體的結果，即為「大和」。「保合大和」雖為天地間嘉美
狀態，陰陽之道的作用，總是以動靜、進退、否泰、休咎、禍福等交替作用達
成其動態平衡。白居易先行領悟天道「大和」之本意常軌，然後理解人道的
運行，適用於個人、宗族、社會、國家則表現出其千變萬化最終復歸「大和」
之本。故此白居易治國理政，要求帝王統治者「立大和，致大中」；人生歷程
之中，進退有據，寵辱不驚，始終維持心安理得、中正平和的精神狀態。

　　5.「天地之大德曰『生』」思想。白居易秉持儒家士君子之道，博施濟眾、
匡扶世道、治國安邦、致君堯舜理想至為強烈。白居易作為官宦體系之中一
員，從「天工人代」此一理論思想出發，深刻理解《周易》「天地之大德曰
『生』」思想觀念，其政治理念與行政措施均從「生生」理論出發，此為白
居易強烈的民本思想的根源。儒家君子高度珍視生命，以其天地之大德即為
「生生」「存存」。白居易認識到生命之珍貴，推己及人，自我珍愛延伸至於
高度珍惜他人生命，在此基礎上通過禮樂教化，產生文德仁愛觀念，中正和
諧思想，最終形成和睦、和平、和諧之美政。

　　6.「易簡而天下之理得」「樂天知命」思想。「易簡」為《周易》具有高
度概括性的以簡馭繁之天地大道。從「易簡」思想出發，白居易認為「君簡
臣繁」「上簡下繁」是君主及其臣僚治理國家的重要原則，其中蘊含了各守

本分、有條不紊治理國家的成分，根本出發點則為避免行政繁劇，推行輕繇薄賦「與民休息」的仁政。「易簡」思想作用於白居易生活實踐中，表現在淡化外在名物的影響，安於平常簡略的生活方式，使得物質條件的制約降低到最小程度，傾向於純粹理性思維和精神境界的提升。白居易「樂天知命」的根源，在於理解性命之理，天地常道中正大和，無偏私，無分外之得。上天至公至正，故安心置身於天地萬物間，樂見天道周行與自然萬物之生生不息，與天道相一致，於精神世界充分領略天地自然之嘉美。

上述《周易》核心思想觀念，往往綜合體現於白居易精神世界之中，完整系統地產生作用，指導其政治實踐和生活實踐。白居易深刻理解天地大道至為易簡，天地「生生」之大德的達成，以「大和」為其本質，「大和」之常道以陰陽交流往復為途徑，陰陽交流以「與時偕行」「順性命之理」的方式達成「時」「位」「才」的協調，歸根結蒂在於「人」的認識、理解和實踐。白居易對此具有理性的認識和自覺的運用。

從白居易著作對《周易》的運用進行綜合分析，可以見出白居易在人生的不同階段，對《周易》的接受與側重點存在差異。運用的範圍在理論研習的文化層面、治國兼濟的政治層面、養志獨善的精神層面各有特點。

第一階段約35歲之前，是白居易系統研習和理論闡述《周易》思想，「三登科第」階段。此一階段主要對《周易》思想觀念進行學習和吸收，以科舉考試「書判拔萃」「明於體用」為重點，側重於經典理論的學理思辨，治政方略的理論闡述，涉及《周易》的論題廣泛，涵蓋國家治理的方方面面。對《周易》核心思想觀念均有論及，如陰陽之道、保合太和、正位經邦、神道設教、感通天地、隨時順命、勞謙守位、居安思危、明慎用刑等。白居易以社會現實需要為出發點，即其所云「揣摩當代之事」，對《周易》思想的論述尚處於在理論辨析、觀點論證的層面，多以與科舉考試相關策、判、詩、賦的形式進行表達。

第二階段約35至44歲，為白居易仕途的前期，主要職位為翰林學士、左拾遺。此一階段為白居易作為官員參與國家治理的政治實踐階段，側重於天道常軌、君德臣禮、感而遂通、馴致化成、朝乾夕惕、天地交泰、「時」「位」「才」之契合、居安思危等。此一階段，白居易對《周易》思想的接受和運用，與其翰林、拾遺的職守密切相關。表現為針對具體事務和人物，以《周易》思想觀點解決現實問題，多以詔制、書表等形式表達。亦有相關禍福之

道、性命之理的表述，多為對歷史人物的感慨，並無切身體驗，但隱含著對人生的深刻思考。

第三階段約 44 至 75 歲，為白居易仕途後期。此一階段，側重於運用《周易》思想觀點分析總結人生得失、窮達禍福，闡述進退出處之道、詮釋天道性命之理，闡釋「與時偕行」觀念，集中體現在個人生活的「順性命之理」「保合大和」之道。隨著年歲的增長和閱歷的豐富，白居易思想觀念走向成熟，形成了較為穩定的生存理念。白居易 50 歲前後有一年半左右為知制誥，所擬詔制、書表相關《周易》思想內容與仕途前期類似，其餘時段，《周易》思想的表述詩文兼重。

白居易對《周易》思想觀念的接受，在不同人生階段各有側重，主要由於「時」「位」的變化、外部環境的差異、年齡的增長、閱歷的增多等因素所導致。在不同的外部環境中，白居易以「與時偕行」的方式，適時傾向於經典思想的某一個方面，維持內心世界與外在表現的「中正」「大和」的狀態，是為其立身處世的明智之處，其生存智慧、生活方式的顯著特色。

三、《周易》對白居易的影響和意義

1.《周易》對白居易的政治實踐和生活實踐產生了重要影響。《周易》對白居易的影響並非某一觀點與概念，而是比較完整系統地產生了影響，表現為《周易》思想整體綜合體現在白居易的政治實踐與生活實踐之中。《周易》對白居易的影響具有清晰的脈絡與邏輯性，具備普遍的借鑒意義。白居易青年時代即對《周易》理論思想有所領悟，並就此影響了其一生。緣於儒家觀念的薰陶和《周易》思想的浸潤，白居易對於儒家士子所肩負的社會責任和所承擔的歷史使命充分明晰，據此規範思想觀念、指導政治實踐和生活實踐，充分履行了以儒家為核心的世受國恩的士人的職守。《周易》對白居易理解社會現實、人生價值、生命意義具有重大影響，對白居易從容應對社會變遷和人生沉浮具有顯著的指導作用。根據《周易》「順性命之理」思想觀念，白居易將自身的事實存在與精神存在完美結合，淡化客觀世界對於人此一主體所限定的生存空間和提供的條件，是為「居易」理念的履行；強化人作為主體於精神領域對天地所賜的美好認知，無論處於何種境遇，均保持樂觀曠達的生活態度，是為「樂天」理念的落實。白居易作為精神世界豐富，人生目標明確的士人，深刻領悟和充分理解《周易》相關生命、生存理論思想，在自我發

揮與發展層面獨樹一幟。白居易「與時偕行」思想表現在隨緣順境、隨遇而安，其思維理路在於深刻理解《周易》對宇宙天地的認識，即《周易》先天具有強大的辯證發展思想和開放性思維模式，具有豐富的聯想與廣闊的拓展空間。白居易認識到《周易》陰陽循環理論的核心，任何看似某一時空之中最為具有價值與意義的所在，由於時間與空間（位）的變化，必然產生出與其原有的價值與意義相游離乃至於對抗的狀態，此變幻不居的思想觀念的意義，使得《周易》具有兼容並包於既往、不斷發展於未來的價值，由此毋庸置疑地居於群經之中核心地位。因其發展變化永無止境的本質，決定了《周易》作為經典之中既具備原初的久遠，又具有貼近現實的意義。白居易即是根據上述對《周易》的理解以應對社會變遷、時空轉換、仕途波折和人生遭際。白居易之「否泰」「禍福」思想在早期尚停留於間接知識和對他人的感性認識的基礎之上，經由科考順通步入仕途，再由仕途顯達落入貶謫境地之後，其對於《周易》否泰相交、禍福相倚具有了切身感受和理性認知。白居易應對時勢變幻之法即是《周易》的「與時偕行」和「順性命之理」原則，具體表現在「順命」的行止成為其內心「大和」的唯一選擇。白居易「順命」以實現「大和」之道的現實表徵即為「中隱」，「中隱」為物質與精神之間的綜合平衡，是為當時相對適宜的一種生活方式。白居易的生活態度和生存模式啟發了後世諸多士人，使之在人生道路的選擇上具有了更為廣闊的視野。

　　2. 對《周易》的接受和運用，是白居易為歷代社會各階層人士推崇的重要原因。由於白居易對《周易》的接受和對其中核心思想的具體運用、發揮，使得白居易的現實作為和精神世界具有了顯著的規律性和借鑒意義。白居易的政治觀點、治國方略、生存理念和生活方式，為人們所高度認同與充分借鑒，白居易的研究長盛不衰，其根本原因在於白居易對《周易》的經典理論掌握透徹、運用得體。《周易》等經典理論觀念，作為對天地自然大道的深刻理解，對社會歷史經驗的理性總結，其核心思想原本產生和發展於中華民族的歷史進程之中，蘊藏於社會各階層人士的內心深處。經典思想通過白居易的詮釋和具體運用，以生動直觀的方式，喚醒了人們潛藏於精神世界，與經典思想相契合的隱性思維，引起了強烈的共鳴。白居易後期對「心」的理解日趨深刻，將人生價值的實現與精神境界的提升途徑，從物質層面的向外求索以得到價值體現，徐徐轉向向內尋求以自我實現，為將唐代儒、道、釋三家鼎立涇渭分明的思想理論，發展成為宋明時代儒、道、釋融合的理學進行

了探索。白居易從《周易》中所汲取的智慧，不但指導了其政治實踐與生活實踐，完善了價值觀念，提升了精神境界，同時以其從容應對人生起伏的生存智慧，為仕宦階層的困惑提供了紓解途徑，拓展了當時與後世士人的思維空間和精神圓滿的路徑。此為白居易被譽為「廣大教化主」、為人們視作異代知音的重要原因。

3. 白居易的政治理念、價值觀念、生命意識和生存方式具有借鑒意義。白居易以《周易》思想原理理解社會現實、參悟人生際遇，總結出規律性認識，故此可以理性地看待邦國社會的治亂、人生境遇的起伏。白居易生命存在的活力彰顯，生命意義的充分體現，在於將「時」「位」「才」三者有機結合，獲得最為圓滿的精神富足與長遠的社會意義。與普遍意義上的儒家士君子類似，白居易明瞭所肩負的推行道統的責任和使命，具備良好的道德品質，以精神之不朽為最高準則。白居易仕宦前期具有宏圖大志，以輔弼君王恪盡職守、直言諍諫為本分，表現為心緒端正、信念堅定、不畏權貴，既不鑽營攀附，亦非疲沓苟且。居於廟堂而擘畫中道，韜略可圈可點；高節抗行，引為士林楷模。處江湖間安適其位，流連山水，新翰迭出，膾炙人口。其節操、事業、文章為世人稱道，載於史冊。人的覺悟和自我完善是一個漫長的過程，對宇宙世界的神秘永恆及其規律的探索，達到人類智慧的最高境界和人類社會最為嘉美的狀態，是為經典思想的恒久命題。此種人生態度，即為深刻覺悟「天地之大德曰『生』」的精髓，是其為當時與後世諸賢競相效法之所在。白居易覺悟到《周易》「陰陽之道」的核心即為以「生生」大德，成就「大和」的美好世界，即人類有責任提高自身道德水準，自覺控制自身欲望，高度尊重天地萬物永恆的存在。此一思想觀念的意義，表現出對於天地萬物的深刻認識，即人類置身於宇宙哲學的高度，將人生價值的提升、生命意義的體現、精神世界的圓成，諸如此類「人」的一切物質與精神的存在，均以天地自然萬物的平等存在為前提。以人類為中心的膚淺認識，必將產生凌駕天地自然之上、損害外物的結局，非但不能有益於人類自身的發展，而必將加速人類走向終結。《周易》等經典思想觀念，認識到天地自然為人類主客觀存在之外的本質存在，高度聰明睿智的人類，有義務克服自身物質層面無止境的貪婪和妄念，效法天地「生生」之大德，維護天地自然包括人類的均衡勻稱的存在和發展，達成天地自然之「大和」。《周易》核心思想觀念，為白居易等士人主動接受、自覺運用和不斷充實，薪火相傳延綿無盡，使得中華文明歷經漫

長歲月的磨洗而日見光彩奪目。上述思想觀念表現出對於人類生存與發展的超前理解和通透領悟，是人類文明進步、人類道德良知得到極大提升的標誌，亦為中華文明生生不息、歷久彌新的根本核心原因。

四、白居易在《易》學史上的定位

1. 白居易豐富了易學的內涵，拓展了《周易》的詮釋途徑。一般說來，經生與思想家對《周易》的詮釋具有高度的理性和嚴密的邏輯，以有理有據地釐清經典思想、還原經典原初意義為旨趣，對引申發揮格外慎重。白居易作為文士，與經生和思想家差異之處在於，並非就《周易》本身進行縝密的分析和詮釋，而是將《周易》核心思想觀念，通過其通俗易懂、簡易平常，為當時與後世廣泛認同的作品展現出來，使作為傳統經典思想的《周易》，對社會現實生活無所不存的作用得到了直觀的體現。白居易被譽為「元和主盟」，在文壇具有重要地位，對當時和後世產生了深刻影響。《周易》通過白居易的接受和運用，使得此一古老的經典理論思想更加貼近社會現實生活。與經生和思想家對《周易》的詮釋有所不同，白居易並不專注於《周易》文本的理論思辨和詮釋，而是根據社會現實的需要，援引《周易》之中為社會所普遍認同的思想觀念，側重《周易》的實用性與現實意義的發掘。白居易針對現實社會廣泛存在的問題，以總結出社會歷史發展的普遍規律的《周易》原理相印證，從而得出毋庸置疑的權威結論，對社會生活產生了直接的影響，使得《周易》等經典哲學思想具有了鮮明的現實意義。白居易以事實印證了《周易》「廣大悉備」的內涵，將作為中國傳統經典思想源頭的《周易》，以生動、鮮活的形象展示於世人面前，使經典思想的意義得到了拓展，為傳統經典思想在不同歷史時期的詮釋和運用開闢了新的面向。

2. 白居易在《周易》傳播與普及過程中具有重要地位。作為專門鑽研和詮釋《周易》的經生和思想家，注重其著作思想觀點的純正、理性和系統性，但與普通人群所喜聞樂見的具有感性認識的作品差異明顯。白居易等唐代士人具有深厚的經典理論學養，接受了《周易》等經典思想的薰陶，創造出諸多與社會現實生活密切相關的著作，受到當時與後世社會各階層人士的廣泛認同。《周易》等經典思想在唐代既通過官學產生影響，同時借助白居易等文士，運用廣大民眾喜聞樂見的各種方式，潛移默化地影響著人們的生活。相對經生與思想家專注於《周易》形而上的詮釋，其影響具有相當的侷限性而

言，白居易等文士在《周易》思想觀念的運用、傳播與普及化的過程中，具有不可替代的作用。白居易作為《周易》等經典理論與大眾之間的橋樑，透過膾炙人口的文學作品間接地將《周易》核心觀念傳達給大眾，不折不扣地履行「文以載道」的職責。《周易》通過作為朝廷官員的白居易對國家治理產生作用，通過其受到廣泛歡迎的文學作品，輻射至於社會個階層的人士，在無形之中對社會生活產生了重要影響。《周易》「廣大悉備」「百姓日用而不知」的深刻內涵，正是通過受到《周易》的重大影響，接受了《周易》核心思想觀念的白居易一類文士體現出來。白居易是當時與後世公認的文章、詩歌平易、淺近、通俗的典型人物，其對《周易》的運用，使得神秘深奧的《周易》原理，借助白居易廣為流傳和作為「準的」的詩歌、文章得以通俗化和易於理解，使得《周易》思想更加適合於社會大眾所接受。社會各階層人士，通過對白居易的欣賞和模仿，無形之中受到了《周易》的影響。《周易》所具有的普遍意義和強大的生命力，借助於白居易的生動形象的詮釋，得到了充分的體現。

參考文獻

一、古　籍

1. 〔唐〕白居易著，謝思煒校注，《白居易文集校注》，第 1 版，北京：中華書局，2011 年版。

2. 謝思煒撰，《白居易詩集校注》，第 1 版，北京：中華書局，2006 年版。

3. 〔唐〕白居易著，朱金城箋注，《白居易集校箋》，第 1 版，上海：上海古籍出版社，1988 年版。

4. 〔漢〕司馬遷撰、〔宋〕裴集解、〔唐〕司馬貞索隱、〔唐〕張守傑正義，《史記》，第 1 版，北京：中華書局，1955 年版。

5. 〔漢〕班固撰，〔唐〕顏師古注，《漢書》，第 1 版，北京：中華書局，1962 年版。

6. 〔漢〕劉向撰，向宗魯校證，《說苑校證》，第 1 版，北京：中華書局，1987 年版。

7. 〔漢〕班固撰，《白虎通德論》，第 1 版，上海：上海古籍出版社，1990 年版。

8. 〔漢〕孔安國傳，〔唐〕孔穎達正義，黃懷信整理，《尚書正義》，第 1 版，上海：上海古籍出版社，2007 年版。

9. 〔漢〕鄭玄注，〔唐〕孔穎達正義，呂友仁整理，《禮記正義》，第 1 版，上海：上海古籍出版社，2008 年版。

10. 〔漢〕鄭玄注，〔唐〕賈公彥疏，彭林整理，《周禮注疏》，第 1 版，上海：

上海古籍出版社，2010 年版。

11. 〔漢〕鄭玄箋，〔唐〕孔穎達疏，朱傑人、李慧玲整理，《毛詩注疏》，第 1 版，上海：上海古籍出版社，2013 年版。

12. 〔魏〕王弼注，樓宇烈校釋，《王弼集校釋》，第 1 版，北京：中華書局，1980 年版。

13. 〔魏〕王弼注，樓宇烈校釋，《老子道德經注》，第 1 版，北京：中華書局，2011 年版。

14. 〔魏〕王弼撰，樓宇烈校釋，《周易注校釋》，第 1 版，北京：中華書局，2012 年版。

15. 〔魏〕王弼撰，樓宇烈校釋，《周易注校釋》，第 1 版，北京：中華書局，2012 年版。

16. 〔晉〕郭象注，〔唐〕成玄英疏，《莊子注疏》，第 1 版，北京：中華書局，2011 年版。

17. 〔南朝宋〕范曄撰、〔唐〕李賢等注，《後漢書》，第 1 版，北京：中華書局，1965 年版。

18. 〔南朝宋〕劉義慶撰，〔梁〕劉孝標注，楊勇校箋，《世說新語校箋》，第 1 版，北京：中華書局，2006 年版。

19. 〔南朝梁〕劉勰著，黃叔琳注，李詳補注，楊明照校注拾遺，《增訂文心雕龍校注》，第 1 版，北京：中華書局，2012 年版。

20. 〔唐〕魏徵等撰，《隋書》，第 1 版，北京，中華書局，1973 年版。

21. 〔唐〕房玄齡等撰，《晉書》，第 1 版，北京：中華書局，1974 年版。

22. 〔唐〕柳宗元著，《柳宗元集》，第 1 版，北京：中華書局，1979 年版。

23. 〔唐〕谷神子、薛用弱撰，《博物志・集異記》，第 1 版，北京：中華書局，1980 年版。

24. 〔唐〕元稹著，冀勤點校，《元稹集》，第 1 版，北京：中華書局，1982 年版。

25. 〔唐〕韓愈著，錢仲聯集釋，《韓昌黎詩繫年集釋》，第 1 版，上海：上海古籍出版社，1984 年版。

26. 〔唐〕杜佑撰，王文錦、王永興、劉俊文等點校，《通典》，第 1 版，北京：中華書局，1988 年版。

27. 〔唐〕劉禹錫著，瞿蛻園箋證，《劉禹錫集箋證》，第 1 版，上海：上海古籍出版社，1989 年版。

28. 〔唐〕李林甫等撰，《唐六典》，第 1 版，北京：中華書局，1992 年版。

29. 〔唐〕李世民、武則天撰，王健、劉振江注譯，《帝範‧臣軌》，第 1 版，鄭州：中州古籍出版社，1994 年版。

30. 〔唐〕王維著，陳鐵民校注，《王維集校注》，第 1 版，北京；中華書局，1997 年版。

31. 〔唐〕歐陽詢撰，汪紹楹注釋，《藝文類聚》，第 1 版，上海：上海古籍出版社，1999 年版。

32. 〔唐〕吳兢輯，駢宇騫譯注，《貞觀政要》，第 1 版，北京：中華書局，2011 年版。

33. 〔後晉〕劉昫等撰，《舊唐書》，第 1 版，北京：中華書局，1975 年版。

34. 〔五代〕王定保撰，陽羨生校點，《唐摭言》，第 1 版，上海：上海古籍出版社，2012 年版。

35. 〔宋〕司馬光撰，《資治通鑒》，第 1 版，北京：中華書局，1956 年版。

36. 〔宋〕歐陽修，宋祁等撰，《新唐書》，第 1 版，北京：中華書局，1975 年版。

37. 〔宋〕朱熹撰，《四書章句集注》，第 1 版，北京：中華書局，1983 年版。

38. 〔宋〕洪興祖撰，白化文，許德楠，李如鸞等點校，《楚辭補注》，第 1 版，北京：中華書局，1983 年版。

39. 〔宋〕贊寧撰，范祥雍點校，《宋高僧傳》，第 1 版，北京：中華書局，1997 年版。

40. 〔宋〕蘇軾著，〔清〕馮應榴輯注，黃任軻、朱懷春校點，《蘇軾詩集合注》，第 1 版，上海：上海古籍出版社，2001 年版。

41. 〔宋〕程顥、〔宋〕程頤著，《二程集》，第 2 版，北京：中華書局，2004 年版。

42. 〔宋〕洪邁撰，孔凡禮點校，《容齋隨筆》，第 1 版，北京：中畢書局，2005 年版。

43. 〔宋〕王溥撰，《唐會要》，第 2 版，上海：上海古籍出版社，2006 年版。

44. 〔宋〕計有功撰，王仲鏞校箋，《唐詩紀事校箋》，第 1 版，北京：中華

書局，2007 年版。

45. 〔宋〕宋敏求編，《唐大詔令集》，第 1 版，北京：中華書局，2008 年版。

46. 〔宋〕朱熹撰，廖名春點校，《周易本義》，第 1 版，北京：中華書局，2009 年版。

47. 〔宋〕程頤撰，王孝魚點校，《周易程氏傳》，第 1 版，北京：中華書局，2011 年版。

48. 〔元〕脫脫等撰，《宋史》，第 1 版，北京，中華書局，1985 年版。

49. 〔元〕辛文房撰，傅璇琮主編，《唐才子傳校箋》，第 1 版，北京：中華書局，1990 年版。

50. 〔明〕黃道周撰，翟奎鳳整理，《易象正》，第 1 版，北京：中華書局，2011 年版。

51. 〔明〕蕅益著，《周易禪解》，第 1 版，北京：崇文書局，2015 年版。

52. 〔清〕朱駿聲著，《六十四卦經解》，第 1 版，北京：中華書局，1953 年版。

53. 〔清〕嚴可均輯，《全上古三代秦漢三國六朝文》，第 1 版，北京：中華書局，1958 年版。

54. 〔清〕劉大櫆著，《論文偶記》，第 1 版，北京：人民文學出版社，1959 年版。

55. 〔清〕彭定求集，《全唐詩》，第 1 版，北京：中華書局，1960 年版。

56. 〔清〕永瑢等撰，《四庫全書總目》，第 1 版，北京：中華書局，1965 年版。

57. 〔清〕王夫之著，《周易外傳》，第 1 版，北京：中華書局，1977 年版。

58. 〔清〕何文煥輯，《歷代詩話》，第 1 版，北京：中華書局，1981 年版。

59. 〔清〕董浩等撰，《全唐文》，第 1 版，北京：中華書局，1982 年版。

60. 〔清〕丁福保輯，《歷代詩話續編》，第 1 版，北京：中華書局，1983 年版。

61. 〔清〕徐松撰，趙守儼點校，《登科考記》，第 1 版，北京：中華書局，1984 年版。

62. 〔清〕顧祖禹撰，《讀史方輿紀要》，第 1 版，北京：中華書局，2005 年版。

63. 〔清〕阮元校刻，《十三經注疏》（清嘉慶刊本），第 1 版，北京：中華書局，2009 年版。

64. 〔清〕毛奇齡撰，鄭萬耕點校，《毛奇齡易著四種》，第 1 版，北京：中華書局，2010 年版。

65. 〔清〕王先謙撰，沈嘯寰、王星賢整理，《荀子集解》，第 1 版，北京：中華書局，2012 年版。

66. 〔清〕皮錫瑞著，吳仰湘點校，《經學通論》，第 1 版，北京：中華書局，2017 年版。

67. 司義祖整理，《宋大詔令集》，第 1 版，北京：中華書局，1962 年版。

68. 李鏡池著，《周易探源》，第 1 版，北京：中華書局，1978 年版。

69. 李鏡池著，《周易通義》，第 1 版，北京：中華書局，1981 年版。

70. 逯欽立輯校，《先秦漢魏晉南北朝詩》，第 1 版，北京：中華書局，1983 年版。

71. 〔日〕高楠順次郎、渡邊海旭、小野玄妙等，《大正新修大藏經》，第 1 版，臺北：佛陀教育基金會，1990 年版。

72. 楊伯峻編著，《春秋左傳注》，第 2 版，北京：中華書局，1990 年版。

73. 蘇輿撰，鍾哲點校，《春秋繁露義證》，第 1 版，北京：中華書局，1992 年版。

74. 邱鶴亭注譯，《列仙傳注譯・神仙傳注譯》，第 1 版，北京：中國社會科學出版社，2004 年版。

75. 金景芳、呂紹綱著，《周易全解》，第 1 版，北京：中華書局，2005 年版。

76. 黃壽祺、張善文撰，《周易譯注》，第 1 版，北京：上海古籍出版社，2007 年版。

77. 檀作文譯注，《顏氏家訓》，第 1 版，北京：中華書局，2007 年版。

78. 南懷瑾著述，《易經雜說》，第 2 版，北京：中華書局，2009 年版。

79. 王利器撰，《文子疏義》，第 2 版，北京：中華書局，2009 年版。

80. 楊伯峻譯注，《論語譯注》，第 3 版，北京：中華書局，2009 年版。

81. 楊伯峻譯注，《孟子譯注》，第 3 版，北京：中華書局，2010 年版。

82. 高亨著，《周易古經今注》，第 1 版，北京：清華大學出版社，2010 年版。

83. 高亨著，《周易大傳今注》，第 1 版，北京：清華大學出版社，2010 年版。

84. 賴永海，高永旺譯注，《維摩詰經》，第 1 版，北京：中華書局，2010 年版。

85. 賴永海主編，尚榮譯注，《壇經》，第 1 版，北京：中華書局，2010 年版。

86. 陳秋平譯注，《金剛經·心經》，第 1 版，北京：中華書局，2010 年版。

87. 陸玖譯注，《呂氏春秋》，第 1 版，北京：中華書局，2011 年版。

88. 章偉文譯著，《周易參同契》，第 1 版，北京：中華書局，2014 年版。

89. 黃壽祺、張善文撰，《周易譯注》，第 2 版，北京：中華書局，2016 年版。

二、研究著作

1. 萬曼著，《白居易傳》，第 1 版，武漢：湖北人民出版社，1956 年版。

2. 褚斌傑著，《白居易評傳》，第 1 版，北京：作家版社，1957 年版。

3. 陳友琴編，《白居易詩評述彙編》，第 1 版，北京：科學出版社，1958 年版。

4. 陳友琴編，《白居易資料彙編》，第 1 版，北京：中華書局，1962 年版。

5. 王拾遺編著，《白居易生活繫年》，第 1 版，銀川：寧夏人民出版社，1981 年版。

6. 劉蘭著，《白居易與音樂》，第 1 版，上海：上海文藝出版社，1982 年版。

7. 朱金城著，《白居易年譜》，第 1 版，上海：上海古籍出版社，1982 年版。

8. 王拾遺著，《白居易傳》，第 1 版，西安：陝西人民出版社，1983 年版。

9. 任繼愈主編，《中國哲學史》，第 5 版，北京：中華書局，1996 年版。

10. 謝思煒著，《白居易集綜論》，第 1 版，北京：中國社會科學出版社，1997 年版。

11. 王元明著，《白居易新論》，第 1 版，新加坡：新加坡新社，2000 年版。

12. 錢鍾書撰，《宋詩選注》，第 1 版，北京：生活·讀書·知新三聯書店，2002 年版。

13. 錢鍾書撰，《七綴集》第 1 版，北京：生活·讀書·知新三聯書店，2002 年版。

14. 胡遂著，《佛教與晚唐詩》，第 1 版，北京：東方出版社，2005 年版。

15. 胡遂著，《佛教禪宗與唐代詩風之發展演變》，第 1 版，北京：中華書局，2007 年版。

16. 馮友蘭著,《中國哲學史新編》,第 2 版,北京:人民出版社,2007 年版。

17. 李清良著,《熊十力陳寅恪錢鍾書闡釋思想研究》,第 1 版,中華書局,2007 年版。

18. 張松輝撰,《莊子研究》,第 1 版,北京:人民出版社,2009 年版。

19. 隽雪豔撰,《文化的重寫:日本古典中的白居易形象》,第 1 版,北京:清華大學出版社,2010 年版。

20. 蹇長春著,《白居易評傳》,第 1 版,南京:南京大學出版社,2011 年版。

21. 王佺著,《唐代干謁與文學》,北京:中華書局,2011 年版。

22. 柴秀波,劉慶東著《生存與意義》,第 1 版,北京:社會科學出版社,2011 年版。

23. 于豪亮著,《馬王堆帛書〈周易〉釋文校注》,第 1 版,上海:上海古籍出版社,2013 年版。

24. 陳寅恪著,《元白詩箋證稿》,第 1 版,北京:商務印書館,2015 年版。

三、學位論文

1. 丘柳漫撰,《白居易與中唐社會——以社會經濟層面為重點》,廈門大學博士論文,廈門:廈門大學,2002 年。

2. 王立增撰,《唐代樂府詩研究》,揚州大學博士論文,揚州:揚州大學,2004 年。

3. 左漢林撰,《唐代樂府制度研究》,首都師範大學博士論文,北京:首都師範大學,2005 年。

4. 付興林撰,《白居易散文研究》,陝西師範大學博士論文,西安:陝西師範大學,2006 年。

5. 毛妍君撰,《白居易的閒適詩研究》,陝西師範大學博士論文,西安:陝西師範大學,2006 年。

6. 趙榮波撰,《〈周易正義〉思想研究》,山東大學博士論文,濟南:山東大學,2006 年。

7. 張汝金撰,《解經與弘道——〈易傳〉之形而上學研究》,山東大學博士論文,濟南:山東大學,2007 年。

8. 肖偉韜撰，《白居易生存哲學綜論》，陝西師範大學博士論文，西安：陝西師範大學，2008 年。

9. 鄒婷撰，《白居易的詩歌創作與中國佛學》，蘇州大學博士論文，蘇州：蘇州大學，2008 年。

10. 文豔蓉撰，《白居易生平與創作實證研究》，浙江大學博士論文，杭州：浙江大學，2009 年。

11. 邱月兒撰，《元稹與白居易之唱和詩研究》，復旦大學博士論文，上海：復旦大學，2009 年。

12. 孫喜豔撰，《〈周易〉美學的生命精神》，蘇州大學博士論文，蘇州：蘇州大學，2010 年。

13. 鄒曉春撰，《元白對〈詩經〉接受研究》，吉林大學博士論文，長春：吉林大學，2013 年。

14. 於元元撰，《白居易與牛李黨爭》，黑龍江大學碩士論文，哈爾濱：黑龍江大學，2001 年。

15. 李娟撰，《論白居易的人生觀》，南京師範大學碩士論文，南京：南京師範大學中國古代文學，2004 年。

16. 張學成撰，《白居易矛盾心態簡論》，浙江師範大學碩士論文，金華：浙江師範大學，2004 年。

17. 肖偉韜撰，《白居易生存哲學簡論》，陝西師範大學碩士論文，西安：陝西師範大學，2005 年。

18. 郭勝坡撰，《〈周易〉生命哲學論綱——從天人關係到群己關係、身心關係》，清華大學碩士論文，北京：清華大學，2005 年。

19. 傅怡撰，《白居易及其詩歌對〈源氏物語〉的影響》，華中師範大學碩士論文，華中師範大學，2006 年。

20. 徐柏泉撰，《白居易經濟思想研究》，重慶師範大學碩士論文，重慶：重慶師範大學，2007 年。

21. 謝仲偉撰，《論白居易的散文》，山東師範大學碩士論文，濟南：山東師範大學，2007 年。

22. 拓明霞撰，《論白居易的「二元組合」詩樂思想》，中南大學碩士論文，長沙：中南大學，2007 年。

23. 文佳撰,《白居易詩歌在南宋的傳播與接受》,廣西大學碩士論文,南寧:廣西大學,2007 年。

24. 倪春雷撰,《論宋代文人對白居易的接受》,曲阜師範大學碩士論文,曲阜:曲阜師範大學,2007 年。

25. 胡做法撰,《白居易文初探》,安徽大學碩士論文,合肥:安徽大學,2007 年。

26. 謝仲偉撰,《論白居易的散文》,山東師範大學碩士論文,濟南:山東師範大學,2007 年。

27. 翟海霞撰,《白居易與江州之貶》,廣西師範大學碩士論文,桂林:廣西師範大學,2007 年。

28. 翟海霞撰,《白居易與江州之貶》,廣西師範大學碩士論文,桂林:廣西師範大學,2007 年。

29. 吳娟撰,《白居易〈百道判〉與〈唐律疏議〉及儒家經典對應研究》,吉林大學碩士論文,長春:吉林大學,2008 年。

30. 暢培寧撰,《白居易對老莊思想的接受》,西北師範大學碩士論文,蘭州:西北師範大學,2008 年。

31. 盧捷撰,《白居易中隱思想與其詩歌創作之關係研究》,福建師範大學碩士論文,福州:福建師範大學,2008 年。

32. 毛麗柯撰,《宋代對白居易詩歌思想藝術的批評:以「曠達」和「俗」為中心》,河南大學碩士論文,開封:河南大學,2008 年。

33. 譚淑娟撰,《唐代判文研究》,西北師範大學碩士論文,蘭州:西北師範大學,2009 年。

34. 李豔玲撰,《白居易駢體文研究》,山西大學碩士論文,太原:山西大學,2009 年。

35. 鄭慧撰,《白居易詩歌在唐代的傳播》,東北師範大學碩士論文,長春:東北師範大學,2009 年。

36. 潘怡良撰,《日本平安朝時代白詩受容論稿》,吉林大學碩士論文,長春:吉林大學,2009 年。

37. 肖瑩星撰,《元白派散文研究》,江西師範大學碩士論文,南昌:江西師範大學,2009 年。

38. 寇海利撰，《情性聊自適，意閒境來隨：白居易中隱文學的思想內核及其藝術特徵》，中南民族大學碩士論文，武漢：中南民族大學，2009 年。

39. 宋繼棟撰，《白居易後期創作心態研究》，蘭州大學碩士論文，蘭州：蘭州大學，2010 年。

40. 段福權撰，《白居易詩論之要義：諷諭》，遼寧大學碩士論文，瀋陽：遼寧大學，2011 年。

41. 鮑樂撰，《從仕宦履歷看白居易「中隱」遞嬗及其意義》，華東師範大學碩士論文，上海：華東師範大學，2011 年。

42. 顧瑞敏撰，《白居易丁憂時期心態研究》，河北師範大學碩士論文，石家莊：河北師範大學，2012 年。

43. 李桂祥撰，《周易與生態文明》，山東大學碩士論文，濟南：山東大學，2012 年。

44. 趙姜樹景撰，《白居易洛陽時期的「中隱」思想與詩歌創作研究》，陝西師範大學碩士論文，西安：陝西師範大學，2012 年。

45. 虎撰，《〈策林〉研究》，西南大學碩士論文，重慶：西南大學，2012 年。

46. 代穎慧撰，《白居易奏議初探》，黑龍江大學碩士論文，哈爾濱：黑龍江大學，2012 年。

47. 丁麗瓊撰，《〈周易〉憂患意識研究》，曲阜師範大學碩士論文，曲阜：曲阜師範大學，2013 年。

48. 曹磊撰，《白居易創作心態研究》，山東師範大學碩士論文，濟南：山東師範大學，2013 年。

49. 張大玲撰，《白居易養生詩研究》，安徽大學碩士論文，合肥：安徽大學，2013 年。

50. 盧秀峰撰，《白居易江州詩歌研究》，安徽大學碩士論文，合肥：安徽大學，2013 年。

51. 陳世磊撰，《白居易晚年詩歌研究》，山西師範大學碩士論文，臨汾：山西師範大學，2013 年。

52. 曹磊撰，《白居易創作心態研究》，山東師範大學碩士論文，濟南：山東師範大學，2013 年。

53. 張大玲撰，《白居易養生詩研究》，安徽大學碩士論文，合肥：安徽大學，

2013 年。

54. 盧秀峰撰，《白居易江州詩歌研究》，安徽大學碩士論文，合肥：安徽大學，2013 年。

55. 陳世磊撰《白居易晚年詩歌研究》，山西師範大學碩士論文，臨汾：山西師範大學，2013 年。

四、期刊論文

1. 何澤恒撰，《孔子與〈易傳〉相關問題覆議》，《周易研究》2001 年第 1 期。

2. 董根洪撰，《「亨行時中」,「保合太和」——論〈易傳〉的中和哲學》,《周易研究》，2002 年第 3 期。

3. 侯敏撰，《「遁乃得通」與「終南捷徑」——〈周易〉中的隱遁思想及其對盛唐隱逸之風的影響》,《哈爾濱工業大學學報》（社會科學版），2002 年第 2 期。

4. 劉玉建撰，《魏晉至唐初易學演變與發展的特徵》,《周易研究》，2003 年第 4 期。

5. 劉玉平撰，《論〈周易〉的陰陽和諧思維》,《周易研究》2004 年第 5 期。

6. 黃黎星撰，《與時偕行趣時變通——《周易》「時」之觀念析》,《周易研究》，2004 年第 4 期。

7. 孫芬慧撰，《白敏中神道碑與歷史記載》,《蘭臺世界》，2005 年第 11 期。

8. 葉友琛撰，《「易簡」之道探微——論〈易傳〉所揭示的〈周易〉哲學之重要特徵》,《福建師範大學學報》（哲學社會科學版），2005 年第 4 期。

9. 戴永新撰，《〈周易〉中的和諧觀》,《周易研究》，2006 年第 1 期。

10. 孫邦金撰，《論〈周易〉的隱逸思想》,《周易研究》，2006 年第 2 期。

11. 鄭萬耕撰，《「神道設教」說考釋》,《周易研究》，2006 年第 2 期。

12. 張文智撰，《試論〈周易〉中的生命哲學》,《周易研究》，2007 年第 3 期。

13. 劉順撰，《〈周易正義〉對唐詩的影響》,《江淮論壇》，2007 年第 5 期。

14. 胡家祥撰，《〈易傳〉中的「易簡」新釋——兼談「易簡而天下之理得」》,《周易研究》，2007 年第 5 期。

15. 鄭萬耕撰，《〈易傳〉時觀溯源》,《周易研究》，2008 年第 5 期。

16. 肖偉韜撰，《試論白居易對〈周易〉的受容》,《殷都學刊》，2008 年第 4 期。

17. 劉銘徐、傅武撰，《白居易〈井底引銀瓶〉詩主旨新解——以〈周易·井卦〉為座標》，《周易研究》，2009 年第 3 期。

18. 姜廣輝撰，《〈易經〉：從「鬼謀」到「人謀」》，《湖南大學學報》（社會科學版），2011 年第 5 期。

19. 趙俊波撰，《唐代試賦的命題研究——以試賦題目與九經的關係為中心》，《四川師範大學學報》（社會科學版），2011 年第 1 期。

20. 施炎平撰，《周易與中國古典管理》，《周易研究》，2011 年第 6 期。

21. 苗潤田撰，《論〈易傳〉的天人學說》，《周易研究》，2011 年第 6 期。

22. 蒙培元撰，《孔子是怎樣解釋〈周易〉的》，《周易研究》，2012 年第 1 期。

23. 陳金現撰，《從屈原看白居易的人生哲學》，《遼東學院學報（社會科學版)》，2013 年 6 期。

24. 蒙培元撰，《〈周易〉哲學的生命意義》，《周易研究》，2014 年第 4 期。

25. 王向峰撰，《詩人士子的理想與縣尉職司的錯位——對唐代進士詩人一種心理現象考察》，《遼寧師範大學學報》（社會科學版），2014 年第 6 期。

26. 李晨陽撰，《是「天人合一」還是「天、地、人」三才——兼論儒家環境哲學的基本構架》，《周易研究》，2014 年第 5 期。

27. 陳贇撰，《〈易傳〉對天地人三才之道的認識》，《周易研究》，2015 年第 1 期。

28. 陳贇撰，《〈易傳〉對天地人三才之道的認識》，《周易研究》，2015 年第 1 期。

29. 梁豔撰，《「〈易〉尚隨時」觀對白居易思想和創作的影響》，《海南師範大學學報》（社會科學版），2015 年第 1 期。

30. 丁四新撰，《馬王堆帛書〈易傳〉的思想觀念》，《江漢論壇》，2015 年第 1 期。

附　錄

附錄 1　白居易文與《周易》關聯及類似語彙對照表

序號	白居易文章原文〔註1〕	《周易》原文〔註2〕、頁碼	白文題目〔註3〕頁碼	寫作時間	年齡
1	1. 夫先王酌教本，提政要，莫先乎任土辨物，簡能易從，然後立為大中。 2. 猶懼生生之物不均也，故日中為市，交易而退，所以通貨食，遷有無，而後各得其所矣。由是言之，則《大易》致人之制。	1.《繫辭下》：開而當名辨物，正言斷辭則備矣。185 《繫辭上》：乾以易知，坤以簡能；易則易知，簡則易從。易知則有親，易從則有功。157 《大有·彖》：大有，柔得尊位，大中而上下應之，曰大有。59 2.《繫辭上》：生生之謂易。162 《繫辭下》：日中為市，致天下之民，聚天下之貨，交易而退，各得其所，蓋取諸《噬嗑》。180	《禮部試策五道·第一道》425，426	貞元十六年800	29

〔註1〕表中所列 1～15 條為引「《易》」書名及與《易》經、傳相關文辭，其餘為與《易》經、傳相關文辭。

〔註2〕表中所列《易》經、傳引自〔清〕阮元校刻，《十三經注疏·周易》（清嘉慶刊本），第 1 版，北京：中華書局，2009 年版。

〔註3〕表中所列白居易文引自〔唐〕白居易著，謝思煒校注，《白居易文集校注》，第 1 版，北京：中華書局，2011 年版。部分文章題目較長，在不影響查閱的情況下有省略。

2	1.《易》稱:「利用安身,以崇德也。」 2. 古人有崇德而遠害者,有蹈仁而守死者。其指歸之義,可得而知焉。在乎聖王乘時,君子行道也。 3. 而肆赦宥過之典,由茲作焉。及夫大道隱,至德衰,善者鮮而不善者眾。 4. 所以明懲惡勸善,且革澆漓之俗矣。 5. 此聖王所以隨時以立制,順變而致理,非謂德政之不若刑罰也 6. 雖殊時異致,同歸於一揆矣。 7. 蓋否與泰各繫於時也,生與死同歸於道也。由斯而觀,則非謂崇德者不為成仁。 8. 聖王立教,同出而異名。君子行道,百慮而一致。	1、2、7.《繫辭下》:利用安身,以崇德也。182 2.《繫辭下》:《損》以遠害,《益》以興利。186 《乾·彖》:大明終始,六位時成,時乘六龍以御天。23 3.《解·象》:雷雨作,解;君子以赦過宥罪。106 《繫辭上》:廣大配天地,變通配四時,陰陽之義配日月,易簡之善配至德。163 4.《雜卦》:革,去故也。202 5.《隨·彖》:隨,大亨,貞无咎,而天下隨時。隨時之義大矣哉!69 《豫·彖》:天地以順動,故日月不過,而四時不忒;聖人以順動,則刑罰清而民服。61 6、8.《繫辭上》:天下何思何慮?天下同歸而殊塗,一致而百慮。182 7.《雜卦》:否泰,反其類也。202 8.《觀·象》:聖人以神道設教,而天下服矣。73	《禮部試策五道·第二道》429,430	貞元十六年800	29
3	1.《易》云:「積善之家,必有餘慶。」 2. 自強自立,以至成人。 3. 雖從祖之昆弟,甚同氣之天倫。	1.《文言》:積善之家,必有餘慶;積不善之家,必有餘殃。33 2.《乾·象》:天行健,君子以自強不息。24 3.《文言》:同聲相應,同氣相求。28	《祭烏江十五兄文》135	貞元十七年801	30
4	1. 性不可以終動,濟之以靜。養之則兩全而交利,不養之則兩傷而交病。故聖人取諸《震》以發身,受諸《復》而知命。	1.《說卦》:不養則不可動。200 《序卦》曰:震者,動也。201 《說卦》:震為雷……其究為健,為蕃鮮。198	《動靜交相養賦》1,2	貞元十八年802以前	31

	2.《易》曰:「蒙養正。」吾觀天文,其中有程。日明則月晦,日晦則月明。明晦交養,晝夜乃成。吾觀歲功,其中有信。陽進則陰退,陽退則陰進。進退交養,寒暑乃順。 3. 在門為鍵,在輪為梎。不有靜也,動奚資始? 4. 出處相濟,必有時而行。 5. 人之善其身,枉直相循,必有時而屈,故尺蠖不可以長伸。 6. 大矣哉!動靜之際,聖人其難之。先之則過時,後之則不及時。	《序卦》:復則不妄矣。200 《繫辭上》:旁行而不流,樂天知命,故不憂。160 2.《蒙·彖》:蒙以養正,聖功也。36 《賁·彖》:觀乎天文,以察時變;觀乎人文,以化成天下。75 《明夷·象》:君子以蒞眾,用晦而明。101 《繫辭上》:剛柔者,晝夜之象也。158 《繫辭上》:變化者,進退之象也。158 《繫辭下》:寒往則暑來,暑往則寒來,寒暑相推而歲成焉。182 《坤·彖》曰:至哉坤元!萬物資生,乃順承天。31 3.《姤》:初六,繫於金梎,貞吉。117 孔穎達疏:金者,堅剛之物;梎者,制動之主。118 《乾·彖》曰:大哉乾元;萬物資始,乃統天。23 4、5.《繫辭上》:君子之道,或出或處,或默或語。164 《損·彖》:損剛益柔有時,損益盈虛,與時偕行。108 5.《繫辭下》:尺蠖之屈,以求信也;龍蛇之蟄,以存身也。182 6.《艮·彖》:時止則止,時行則行;動靜不失其時,其道光明。129 《文言》:君子進德修業,欲及時也,故无咎。27			
5	1. 聖人建《易》,雖用稽疑;君子樂天,固宜知命。苟吉凶之罔僭,何中否之足詢?	1.《繫辭上》:旁行而不流,樂天知命,故不憂。160 《繫辭上》:八卦定吉凶,吉凶生大業。170	《得景請與丁卜……》1689,1690	貞元十八年 802	31

	2. 當脫身於木雁，寧問命於蓍龜？言既中倫，理亦窮性。	2.《繫辭上》：探賾索隱，鉤深致遠，以定天下之吉凶，成天下之亹亹者，莫大乎蓍龜。170 《說卦》：和順於道德而理於義，窮理盡性以至於命。196			
6	1. 夫欲使政必成，化必至者，無他焉，在陛下敬始慎終之所致耳。臣聞先王之訓，不徒言也；先王之教，不虛行也。淺行之則小理，深行之則大和。 2. 然則天下至廣，王化至大，增減損益，難見其形。 3. 是以政之損者，雖不見其日損，必有時而亂也；教之益者，雖不見其日益，必有時而理也。陛下但推其誠，勤其政，慎其始，敬其終，日用而不知，自臻其極。 4. 臣又聞《易》曰：「聖人久於其道而天下化成。」《詩》曰：「靡不有初，鮮克有終。」此言王者之教待久而成也，王者之化待終而至也。陛下誠能久而終之，則何慮政不成而化不至乎？	1、2、3、4.5.《恆·彖》：聖人久於其道，而天下化成。97 《繫辭下》：懼以終始，其要无咎，此之謂《易》之道也。189 《繫辭下》：苟非其人，道不虛行。187 《乾·彖》：乾道變化，各正性命，保合大和，乃利貞。23，24 2、3.《損·彖》：損剛益柔有時，損益盈虛，與時偕行。108 《繫辭下》：化而裁之謂之變，推而行之謂之通。171 《繫辭上》：百姓日用而不知百姓日用而不知，故君子之道鮮矣。161	《教必成化必至》1365，1366	元和元年806	35
7	1. 欲使下令如風行，出言如響應，導之而人知勸，防之而人不逾。	1、2、3.《小畜·象》：風行天上，小畜；君子以懿文德。52 《觀·象》：風行地上，觀；先王以省方觀民設教。73	《號令》1384	元和元年806	35

	2. 如風行，如雨施，有往而無返也。其在《周易》，渙汗之義，言號令如汗，渙然一出不可復也。故聖王慎之。 3. 聖王知其如此，故以禮自修，以法自理。慎其所好，重其所為。有諸己者而後求諸人。 4. 故言出則千里之外應如響，令下則四海之內行如風。	《渙·象》：風行水上，渙；先王以享於帝立廟。144 《繫辭上》：是以君子將有為也，將有行也，問焉而以言，其受命也如響，無有遠近幽深，遂知來物。167 2.《乾·象》：雲行雨施，品物流形。23 《渙》：九五，渙汗其大號，渙王居，无咎。144 3.《繫辭下》：君子安其身而後動，易其心而後語，定其交而後求。184 《繫辭下》：無交而求，則民不與也。185 4.《繫辭上》：君子居其室，出其言善，則千里之外應之，況其邇者乎？164			
8	1. 臣聞《易》曰：「王公設險，以守其國。」 2. 臣以為險之為用，用捨有時。 3. 故天地閉否，守之則為利；天地交泰，用之則為害。	1.《坎·象》：王公設險以守其國。85 2.《損·象》：損剛益柔有時，損益盈虛，與時偕行。108 3.《文言》：天地變化，草木蕃；天地閉，賢人隱。34 《否·彖》：則是天地不交而萬物不通也，上下不交而天下無邦也。56 《否·象》：天地不交，否。56 《泰·彖》：則是天地交而萬物通也，上下交而其志同也。54 《泰·象》：天地交，泰。55	《議守險》1526	元和元年 806	35
9	1. 又《易》曰：「雷雨作，解，君子以赦過宥罪。」 2. 故踐祚而無赦，則布新之義缺而好生之德廢矣。	1.《解·象》：雷雨作，解；君子以赦過宥罪。106 《解·彖》：天地解而雷雨作，雷雨作而百果草木皆甲坼。106 2.《繫辭下》：天地之大德曰生，聖人之大寶曰位。179	《議赦》1564	元和元年 806	35

10	1. 國家化天下以文明。 2.《易》曰：「觀乎人文以化成天下。」 3. 國家以文德應天，以文教牧人。 4. 然臣聞，大成不能無小弊，大美不能無小疵。 5. 臣伏思之，恐非先王文理化成之教也。 6. 小疵小弊，蕩然無遺矣。	1、2、5.《賁·彖》：分剛上而文柔，故小利有攸住。天文也；文明以止，人文也。觀乎天文，以察時變；觀乎人文，以化成天下。75 3.《小畜·象》：風行天上，小畜；君子以懿文德。52 《大畜·彖》：利涉大川，應乎天也。81 4、6.《繫辭上》：悔吝者，言乎其小疵也。159 4.《井·象》：元吉在上，大成也。124	《議文章》1594	元和元年806	35
11	1.《易》曰：「樂天知命故不憂。」 2. 夫聖人立言，皆有倫理。雖前後上下，若貫珠然。今離之則可以旁行，合之則不能同貫。豈精義有二耶？抑學者未達其微旨耶？	1、2.《繫辭上》：旁行而不流，樂天知命，故不憂。160 2.《泰·彖》：則是天地交而萬物通也，上下交而其志同也。54 《繫辭下》：夫《易》，彰往而察來，而微顯闡幽。185 《繫辭下》：精義入神，以致用也。182	《進士策問五道·第一道》444	元和二年807	36
12	1. 動而無悔，爰作瑞於秦川。 2. 行藏不忒，動靜有儀。 3. 或隱或見，時行時止。順冬夏而無乖，應昏明而有以。於是稽大易，按前史。符聖人之昌運，飛而在天；表王者之休徵，下而飲水。 4. 契昌期於南面，合正色於北方。 5. 且彼候時出處，憑虛上下。	1.《繫辭上》：貴而無位，高而無民，賢人在下位而無輔，是以動而有悔也。165 《未濟》：六五，貞吉，無悔，君子之光，有孚吉。151 2、3.《觀·彖》：觀天之神道，而四時不忒。73 《繫辭下》：君子藏器於身，待時而動，何不利之有？183 《艮·彖》：時止則止，時行則行；動靜不失其時，其道光明。129 3.《繫辭下》：《易》之為書也，廣大悉備。188 《乾》：九五，飛龍在天，利見大人。23	《黑龍飲渭賦》55	長慶三年823以前	52

		4.《說卦》：聖人南面而聽天，嚮明而治。197 《說卦》：坎者水也，正北方之卦也。197 5.《繫辭上》：君子之道，或出或處，或默或語。164 《繫辭下》：上下無常，剛柔相易，不可為典要，唯變所適。187			
13	1. 不器者，通理而黃中；有用者，致遠而任重。蓋由識包權變，理蘊通明。 2. 語其小，能立誠以修辭。 3. 豈如我順乎通塞，含乎語默；何用不臧，何響不克？施之乃伊呂事業。 4. 何器量之差殊，在性情之能不。 5. 信大成而大受，非小惠而小知。 6. 是以《易》尚隨時，《禮》貴從宜。	1、3.《文言》：君子黃中通理，正位居體，美在其中，而暢於四支，發於事業：美之至也！34 《繫辭下》：服牛乘馬，引重致遠以利天下。181 《繫辭下》：德薄而位尊，知小而謀大，力小而任重，鮮不及矣！183 2.《文言》：修辭立其誠，所以居業也。27 3.《節·象》：不出戶庭，知通塞也。145 《繫辭上》：君子之道，或出或處，或默或語。164 4.《文言》：利貞者，性情也。29 5.《井·象》：元吉在上，大成也。124 6.《隨·彖》：隨，大亨，貞无咎，而天下隨時。隨時之義大矣哉！69	《君子不器賦》67，68	長慶三年823以前	52
14	1. 惟公德望事業，識度操履，為時而生，作國之紀。 2. 自古及今，實重知音，故《詩》美伐木，《易》稱斷金。 3.丘園未歸，館舍先捐。	1.《文言》：君子黃中通理，正位居體，美在其中，而暢於四支，發於事業：美之至也！34 2.《繫辭上》：二人同心，其利斷金；同心之言，其臭如蘭。164 3.《賁》：六五，賁於丘園，束帛戔戔。吝，終吉。76	《祭崔相公文》1957，1958	大和六年832	61

| 15 | 1. 故《易》尚隨時，《禮》貴從宜。
2. 將欲創洪業，尊皇帝，馴致王道，馴致王道，丕革季世。莫先乎正位以經邦，體元而立制者也。
3. 長幼之序不忒，貴賤之儀孔昭。鏘鏘兮若萬國赴塗山而會，秩秩兮如百神仰太一而朝。
4. 拔劍者懲懼而慄慄，飲酒者敬慎而肅肅。
5. 可以發揮我洪德，啟迪我後昆。 | 1.《隨·彖》：隨，大亨，貞无咎，而天下隨時。隨時之義大矣哉！69
2.《坤·象》：履霜堅冰，陰始凝也；馴致其道，至堅冰也。32
《雜卦》：革，去故也。202
《文言》：君子黃中通理，正位居體，美在其中，而暢於四支，發於事業：美之至也！34
3.《觀·彖》：觀天之神道，而四時不忒。73
《繫辭上》：天尊地卑，乾坤定矣。卑高以陳，貴賤位矣。156
《乾·彖》：首出庶物，萬國咸寧。24
4.《需·象》：自我致寇，敬慎不敗也。45
5.《文言》：六爻發揮，旁通情也。29 | 《叔孫通定朝儀賦》2047，2048 | 不詳 | 不詳 |
| 16 | 1. 乾清而四時行，坤寧而萬物生，聖人則之。
2. 自上下下，雷解風動。
3. 中和之時義遠矣哉。
4. 我皇運玄樞，陶淳精，治定而化成。
5. 緩刑獄，布慶賜。蓋百王常行之道，未足以啟迪天地之化，發揮祖宗之德。乃命初吉，肇為中和。中者揆三陽之中，和者酌二氣之和。其為稱也大矣！非至聖疇能建之？於是謀始要終，循義討源。 | 1.《繫辭上》：天垂象，見吉凶，聖人象之；河出圖，洛出書，聖人則之。170
《繫辭上》：廣大配天地，變通配四時，陰陽之義配日月，易簡之善配至德。163
《序卦傳》：有天地然後萬物生焉。200
2.《益·彖》：益，損上益下，民說無疆；自上下下，其道大光。109
《解·象》：雷雨作，解；君子以赦過宥罪。106
3.《豫·彖》：聖人以順動，則刑罰清而民服。豫之時義大矣哉！61
4.《恒·彖》：聖人久於其道，而天下化成。97
5.《中孚·象》：澤上有風，中孚；君子以議獄緩死。146 | 《中和節頌并序》378、379 | 貞元十五年799 | 28 |

6. 於時兩儀三辰，貞明綱縕。	《繫辭上》：範圍天地之化而不過，曲成萬物而不遺。160
7. 蓋聖人之作事，必導達交泰，幽贊亭育。	《文言》：六爻發揮，旁通情也。29
8. 賤臣居易忝濡文明之化，就賓貢之列，輒敢美盛德，頌成功。	《既濟·彖》：初吉，柔得中也。149
	《咸·彖》：咸，感也。柔上而剛下，二氣感應以相與。95
9. 權輿胚渾，玄黃既分。煦嫗絪縕，肇生蒸民。天命聖神，是為大人。大人淳淳，為天下君。	《文言》：大矣哉，大哉乾乎，剛健中正，純粹精也。29
	《繫辭下》：《易》之為書也，原始要終以為質也。187
10. 四維載張，兩曜重光。醞醲唐虞，趠趫羲皇。乘時有作，煥乎文章。乃建貞元，以正乾坤。	6.《繫辭上》：是故《易》有太極，是生兩儀。169
	《繫辭下》：日月之道，貞明者也。179
	《繫辭下》：天地絪縕，萬物化醇。184
11. 和維大和，中維大中。	7.《訟·彖》：君子以作事謀始。47
	《泰·彖》：天地交，泰。55
	《說卦》：昔者聖人之作《易》也，幽贊於神明而生蓍。195
	8.《賁·彖》：文明以止，人文也。觀乎天文，以察時變；觀乎人文，以化成天下。75
	《繫辭上》：盛德大業至矣哉！富有之謂大業，日新之謂盛德。162
	9.《坤》：上六，龍戰於野，其血玄黃。33
	《萃·彖》：利有攸往，順天命也。119
	《文言》：夫大人者，與天地合其德，與日月合其明，與四時合其序，與鬼神合其吉凶。30

		《文言》：見龍在田，利見大人，君德也。26			
		10.《繫辭下》：包犧氏沒，神農氏作，斲木為耜，揉木為耒，耒耨之利，以教天下。180			
		《繫辭下》：神農氏沒，黃帝堯舜氏作，通其變，使民不倦；神而化之，使民宜之。180			
		《乾·彖》：大明終始，六位時成，時乘六龍以御天。23			
		《繫辭上》：通其變，遂成天下之文。167			
		《坤》：六三，含章可貞；或從王事，無成有終。32			
		《繫辭上》：天尊地卑，乾坤定矣。156			
		11.《乾·彖》：乾道變化，各正性命，保合大和，乃利貞。23，24			
		《大有·彖》：大有，柔得尊位，大中而上下應之，曰大有。59			
17	1. 聖人弦木為弧，剡木為矢。 2. 進退周旋，伸先王之彝訓。 3. 不出正兮，信得禮之大者；無失鵠也，豈反身而求諸。	1.《繫辭下》：弦木為弧，剡木為矢，弧矢之利以威天下，蓋取諸《睽》。181 2.《文言》：知進退存亡，而不失其正者，其唯聖人乎！30 3.《蹇·象》：君子以反身修德。105	《宣州試射中正鵠賦》16	貞元十五年799	28
18	獨行踽踽兮惜晝短，孤宿惸惸兮愁夜長。況太夫人抱疾而在堂，自我行役諒夙夜而憂傷。	《履·象》： 素履之往，獨行願也。53 《需·象》：自我致寇，敬慎不敗也。45	《傷遠行賦》13	貞元十五年799	28
19	1. 習相遠者，豈不以殊途異致。 2. 安得不稽其本，謀其始，觀所恒，察所以？	1.《繫辭上》：天下何思何慮？天下同歸而殊塗，一致而百慮。182 2.《繫辭下》：《易》之為書也，原始要終以為質也。187	《省試性習相近遠賦》25	貞元十六年800	29

	3. 在乎積藝業於黍累，慎言行於毫釐。 4. 辨惑於成性之所。然則性者中之和，習者外之徇。中和思於馴致，外徇戒於妄進。 5. 慎之義，莫匪乎率道為本，見善而遷。觀炯誡於既往，審進退於未然。	《恒·象》：雷風，恒；君子以立不易方。97 3.《繫辭上》：言行，君子之樞機。樞機之發，榮辱之主也。言行，君子之所以動天地也，可不慎乎？164 4.《繫辭上》：成性存存，道義之門。163 《坤·象》：履霜堅冰，陰始凝也；馴致其道，至堅冰也。32 5.《益·象》：君子以見善則遷，有過則改。109 《繫辭上》：變化者，進退之象也。158			
20	1. 夫惟不皦不昧，至明至幽。必致之於馴致，豈求之於躁求？ 2. 應之有信，為其無而非無。 3. 然則頤其神，保其真。	1.《繫辭上》：《易》與天地準，故能彌綸天地之道。仰以觀於天文，俯以察於地理，是故知幽明之故。160 《坤·象》：履霜堅冰，陰始凝也；馴致其道，至堅冰也。32 《繫辭下》：吉人之辭寡，躁人之辭多。190 2.《繫辭上》：君子居其室，出其言善，則千里之外應之，況其邇者乎？164 3.《序卦》：頤者，養也。200	《求玄珠賦》30	貞元十六年 800	29
21	1. 進退之宜，固昭昭矣。 2. 欲以進退之疑取決於給事，給事其能捨之乎？居易聞神蓍靈龜者無常心，苟叩之者不以誠則已；若以誠叩之，必以信告之，無貴賤、無大小，而無不之應也。今給事鑒如水鏡，言為蓍龜。 3. 不可進也，亦乞諸一言，小子則息機	1、2、4.《繫辭上》：變化者，進退之象也。158 2.《說卦》：昔者聖人之作《易》也，幽贊於神明而生蓍。195 《頤》：初九，舍爾靈龜，觀我朵頤，凶。82 《繫辭上》：天尊地卑，乾坤定矣。卑高以陳，貴賤位矣。156 《繫辭上》：探賾索隱，鉤深致遠，以定天下之吉凶，成天下之亹亹者，莫大乎蓍龜。170	《與陳給事書》302，303	貞元十六年 800	29

	斂迹，甘心於退藏矣。進退之心交爭於胸中者有日矣。	3.《繫辭上》：聖人以此洗心，退藏於密，吉凶與民同患。169			
22	1. 學惟時習罔怠棄，位惟馴致罔躁求。 2. 若冶金，既砥淬礪，乃克利用。	1.《坤·象》：履霜堅冰，陰始凝也；馴致其道，至堅冰也。32 《繫辭下》：吉人之辭寡，躁人之辭多。190 2.《繫辭下》：利用安身，以崇德也。182	《箴言》375，376	貞元十六年800	29
23	1. 至於禮樂之同天地，易簡之在《乾》《坤》，考以何文？徵於何象？ 2. 古先哲王之立彝訓也，雖言微旨遠，而學者苟能研精鉤深。 3. 上下之大同大和，由禮樂之馴致也。易簡之在《乾》《坤》者，其象可得而徵也，豈不以《乾》以柔克而運四時，不言而善應？《坤》以陰驁而生萬物，不爭而善勝？柔克不言之謂易，陰驁不爭之謂簡。簡易之道，不其然乎？ 4. 雖去聖逾遠，而大義斯存，是故遠旨微言可明徵矣。	1、3.《繫辭上》：廣大配天地，變通配四時，陰陽之義配日月，易簡之善配至德。163 《繫辭下》：夫乾，確然示人易矣；夫坤，魁隤然示人簡矣。179 2、4.《繫辭下》：其稱名也小，其取類也大，其旨遠，其辭文。185 《繫辭上》：夫易，聖人之所以極深而研幾也。168 《繫辭上》：探賾索隱，鉤深致遠。170 3.《比·象》：不寧方來，上下應也。50 《乾·彖》：乾道變化，各正性命，保合大和，乃利貞。23，24 《坤·象》：履霜堅冰，陰始凝也；馴致其道，至堅冰也。32 《繫辭上》：易簡，而天下之理得矣；天下之理得，而成位乎其中矣。157 《繫辭上》：天尊地卑，乾坤定矣。156 《繫辭上》：乾以易知，坤以簡能；易則易知，簡則易從。157 4.《繫辭下》：夫《易》，彰往而察來，而微顯闡幽。185	《禮部試策五道·第三道》432，433	貞元十六年800	29

| 24 | 1. 天地有常道，日月有常度，水火草木有常性，皆不易之理也。
2. 原夫元氣運而至精分，三才立而萬物作。
3. 其隨事應物而遷變者，斯人之所感也。
4. 精誠之至，則感而常通也。靜守常性，動隨常通，是道可於物而非常於一道也。夫如是，則兩儀之道，七曜之度，萬物之性，可察矣，可信矣。 | 1.《繫辭上》：動靜有常，剛柔斷矣。156
《恒·象》：雷風，恒；君子以立不易方。97
孔穎達《論易之三名》：不易者，言天地定位不可相易。15
2.《繫辭上》：非天下之至精，其孰能與於此？167
《繫辭下》：《易》之為書也，廣大悉備：有天道焉，有人道焉，有地道焉。兼三才而兩之，故六。188
3.《咸·象》：觀其所感，而天地萬物之情可見矣。95
4.《繫辭上》：《易》無思也，無為也，寂然不動，感而遂通天下之故。非天下之至神，其孰能與於此？167
《繫辭上》：是故《易》有太極，是生兩儀。169 | 《禮部試策五道·第四道》436 | 貞元十六年800 | 29 |
| 25 | 1. 今者若官司上聞，追葺舊制，以時斂散，以均貴賤，其於美利不亦多乎？
2. 蓋能為之開衣食之源，均財用之節也。
3. 夫天地之數無常，故歲一豐必一儉也。衣食之生有限，故物有盈則有縮也。
4. 當今將欲開美利利天下，以厚生生蒸人。
5. 權生物之盈縮，修而行之，實百代不易之道也。虞災救弊，利物寧邦，莫斯甚焉。 | 1、4.《文言》：乾始能以美利利天下，不言所利，大矣哉。29
2.《節·象》：天地節而四時成。節以制度，不傷財不害民。145
3.《繫辭上》：天數二十有五，地數三十，凡天地之數五十有五。此所以成變化而行鬼神也。166
《繫辭下》：上下無常，剛柔相易，不可為典要，唯變所適。187
《損·象》：損益盈虛，與時偕行。108
4.《繫辭上》：生生之謂易。162
5.《序卦》：有天地然後萬物生焉，盈天地之間者唯萬物，故受之以《屯》；屯者盈也，屯者，物之始生也。200 | 《禮部試策五道·第五道》438，39 | 貞元十六年800 | 29 |

		《恒・象》：雷風，恒；君子以立不易方。97 《文言》：利物足以和義。25 孔穎達《論易之三名》：不易者，言天地定位不可相易。15			
26	無善惡，無大小，莫不微婉而發揮焉。	《文言》：六爻發揮，旁通情也。29	《晉謚恭世子議》385	貞元十六年800以前	29
27	1. 竊謂不死於王事非忠，生降於戎虜非勇。 2. 與其欲刺心自明，刎頸見志，曷若效節致命，取信於君。	1.《坤》：六三，含章可貞；或從王事，無成有終。32 2.《困・象》：澤無水，困；君子以致命遂志。121	《漢將李陵論》390	貞元十六年800以前	29
28	紹復隴西、南陽之事業，以藩輔王家。	《繫辭上》：舉而錯之天下之民謂之事業。171	《哀二良文》119	貞元十六年800	29
29	某以天子休命，殿於是邦。大懼天厲之不時，俾黎民阻飢。敢以正辭告神，神若之何不聽？	《大有・象》：君子以遏惡揚善，順天休命。59 《繫辭下》：理財正辭，禁民為非曰義。179	《禜城北門文》124	貞元十六年800以前	29
30	古人有言：「神福仁，天福敬。」又曰：「惡有餘殃，善有餘慶。」惟兄道源乎大和，德根乎至性。	《文言》：積善之家，必有餘慶；積不善之家，必有餘殃。33 《乾・彖》：乾道變化，各正性命，保合大和，乃利貞。23，24	《祭苻離六兄文》126	貞元十七年801	30
31	1. 立己徇名，則由進取；修身俟命，寧在躁求？智乎雖不失時，仁者豈宜棄本？屬科懸拔萃，才選出群。勤苦修辭，乙不能也；吹噓附勢，丁亦恥之。躁靜既殊，性習遂遠。 2. 觀得失之路，或似由人；推通塞之門，誠應在命。所宜勵志，焉用趨時？	1.《震・象》：洊雷，震；君子以恐懼修省。127 《繫辭下》：吉人之辭寡，躁人之辭多。190 《節・象》：不出門庭凶，失時極也。145 《文言》：君子進德修業。忠信，所以進德也；修辭立其誠，所以居業也。27 2.《繫辭下》：因貳以濟民行，以明得失之報。185 《繫辭下》：化而裁之謂之變，推而行之謂之通。171	《得乙與丁俱應拔萃……》1629，1630	貞元十八年802	31

		《節・象》：不出戶庭，知通塞也。145 《繫辭下》：變通者，趣時者也。178			
32	1. 節使以功惟補過，請欲勸能。 2. 見小善而必求，材雖苟得。	1.《繫辭上》：无咎者，善補過也。159 2.《繫辭下》：小人以小善為無益而弗為也，以小惡為無傷而弗去也。183	《得丁冒名事發……》 1632	貞元十八年 802	31
33	1. 皆推濟國之誠，未達隨時之義。 2. 廢而不用，何成作解之恩。	1.《繫辭下》：化而裁之謂之變，推而行之謂之通。171 《隨・彖》：隨，大亨，貞无咎，而天下隨時。隨時之義大矣哉！69 2.《解・象》：雷雨作，解；君子以赦過宥罪106	《得乙上封請永不用赦……》 1633	貞元十八年 802	31
34	非鬼是為諂也，黷神無乃吐之。	《繫辭上》：君子上交不諂，下交不瀆，其知幾乎！184	《得甲至華嶽廟……》 1641	貞元十八年 802	31
35	苟利涉之惟艱，雖愆期而必宥。	《需》有孚，光亨，貞吉，利涉大川。45 《解・象》：雷雨作，解；君子以赦過宥罪。106 《歸妹・象》：愆期之志，有待而行也。132	《得江南諸州……》 1646	貞元十八年 802	31
36	1. 禮寧下庶，宜寬不悌之刑；訓在知非，是得長人之道。 2. 苟無訟之可期，則相容而何遠。	1.《旅・象》：君子以明慎用刑而不留獄。140，141 《文言》：君子體仁足以長人。25 2.《訟・彖》：終凶，訟不可成也。46	《得丁為郡守……》 1649	貞元十八年 802	31
37	川以利涉，竭則壅稅；水能潤下，塞亦傷農。	《需》有孚，光亨，貞吉，利涉大川。45	《得轉運使以汴河水淺……》 1657	貞元十八年 802	31
38	稼穡其傷，時難遵於龍見。雖事乖魯史，而義合隨時。	《乾》：九二，見龍在田，利見大人。21 《隨・彖》：隨，大亨，貞无咎，而天下隨時。隨時之義大矣哉！69	《得景為宰秋雩……》 1660	貞元十八年 802	31

39	難從不悌之責，請聽有孚之辭。	《損·彖》：損，損下益上，其道上行。損而有孚，元吉无咎，可貞利有攸往。107	《得戊兄為辛所殺……》1666	貞元十八年802	31
40	夫婦所貴同心，吉凶固宜異道。	《繫辭上》：二人同心，其利斷金；同心之言，其臭如蘭。164《繫辭上》：是故吉凶者，失得之象也。158	《得景妻有喪……》1672	貞元十八年802	31
41	事聞諸禮，情見乎辭。	《繫辭下》：爻象動乎內，吉凶見乎外；功業見乎變，聖人之情見乎辭。179	《得甲年七十餘……》1675	貞元十八年802	31
42	1. 盍知命於喪予，豈尤人於食我。2. 死且焉知，徒云噬臘之毒。	1.《繫辭上》：旁行而不流，樂天知命，故不憂。1602.《噬嗑》：六三，噬腊肉，遇毒。小吝，无咎。74	《得景於逆旅食噬臘遇毒而死……》1677	貞元十八年802	31
43	宜許有孚之劾，用懲不恪之辜。	《損·彖》：損，損下益上，其道上行。損而有孚，元吉无咎，可貞利有攸往。107	《得詔賜百僚資物……》1680	貞元十八年802	31
44	師律貴貞，兵符示信。	《師》：初六，師出以律，否臧凶。48《師·彖》：師，眾也；貞，正也。能以眾正，可以王矣。48	《得甲替乙為將……》1684	貞元十八年802	31
45	然以智殊小大，用有否臧。	《師》：初六，師出以律，否臧凶。48	《得耆老稱甲多智……》1692	貞元十八年802	31
46	是昧安邊之略，信貽失律之凶。	《師·彖》：師出以律，失律凶也。49	《得乙為邊將……》1694	貞元十八年802	31
47	奉明罰之辭，無聞月捷；用潛師之計，方事宵征。	《噬嗑·象》：雷電，噬嗑；先王以明罰勅法。74	《得乙為軍帥……》1700	貞元十八年802	31
48	宥罪未若慎刑，濟軍不如經國。況王霸道異，古今代變。小哉管氏之器，曾是行權；矧矣省司之言，孰非經久？	《解·象》：雷雨作，解；君子以赦過宥罪106《旅·象》：君子以明慎用刑而不留獄。140，141《繫辭下》：《巽》以行權。186	《得丁陳計……》1704	貞元十八年802	31
49	獄雖慎守，病則哀矜。苟或無瘳，如何罔詔。	《旅·象》：君子以明慎用刑而不留獄。140，141	《得甲在獄病久……》1706	貞元十八年802	31

50	上稟天性，旁通物情。是謂生知，孰雲行怪？況形雖異類，心則同歸。	《文言》：六爻發揮，旁通情也。29 《繫辭上》：天下何思何慮？天下同歸而殊塗，一致而百慮。182	《得乙聞牛鳴……》1707	貞元十八年802	31
51	豈非或益而損，曾是欲蓋而彰。	《損·彖》：損益盈虛，與時偕行。108	《得景請預駙馬……》1710	貞元十八年802	31
52	既爽時然後行，是必動而有悔。	《繫辭上》：貴而無位，高而無民，賢人在下位而無輔，是以動而有悔也。165	《得甲夜行……》1712	貞元十八年802	31
53	1. 時人無常，乙有常也。 2. 退藏守道，自合銷聲；待用濟時，則難背俗。 3. 既名彰而見舉，誠合隨時。	1.《繫辭下》：上下無常，剛柔相易。187 　《繫辭上》：動靜有常，剛柔斷矣。156 2.《繫辭上》：聖人以此洗心，退藏於密，吉凶與民同患。169 3.《隨·彖》：隨，大亨，貞无咎，而天下隨時。隨時之義大矣哉！69	《得郡舉乙清高……》1714	貞元十八年802	31
54	1. 景乙奇贏同業，氣類相求。 2. 情表深知，事符往行。 3. 今則有無相懸，固合損多益寡。	1.《文言》：同聲相應，同氣相求。28 2.《大畜·象》：君子以多識前言往行，以畜其德。81 3.《謙·象》：地中有山，謙；君子以裒多益寡，稱物平施。60	《得景與乙同賈……》1721	貞元十八年802	31
55	象彼坤儀，妻惟守順；根乎天性，父則本思。	《繫辭上》：是故《易》有太極，是生兩儀。169 《文言》：坤道其順乎！承天而時行。33 《文言》：地道也，妻道也，臣道也。34	《得乙在田……》1726	貞元十八年802	31
56	1. 品秩異倫，臧獲有數。苟逾等列，是紊典常。 2. 若守職以越思，則為出位；將盡忠於陳計，難伏嘉言。	1.《繫辭下》：初率其辭，而揆其方，既有典常。187 2.《艮·象》：兼山，艮；君子以思不出其位。129	《得丁上言……》1729	貞元十八年802	31

57	天時有常，農宜先定；地氣不類，寒則晚成。雖愆揉木之時，未建把草之候。	《文言》：後得主而有常，含萬物而化光。33 《繫辭下》：包羲氏沒，神農氏作，斲木為耜，揉木為耒，耒耨之利，以教天下。180	《得甲為邠州刺史……》1732	貞元十八年802	31
58	嘉賓戾止，誠宜慮以相翔，暴客卒來，固合擒而勿佚	《繫辭下》：重門擊柝，以待暴客，蓋取諸《豫》。181	《得乙掌宿息井樹……》1734	貞元十八年802	31
59	車徒未濟，誠有阻於往來；修造從宜，亦相時之可否。顧茲浩浩，阻彼憧憧。	《未濟·象》：火在水上，未濟；君子以慎辨物居方。150 《咸》：九四，貞吉，悔亡。憧憧往來，朋從爾思。96	《得洛水暴漲……》1737	貞元十八年802	31
60	是違師律，難償鄰言。	《師》：初六，師出以律，否臧凶。48	《得景為將敵人遺之藥……》1739	貞元十八年802	31
61	雖急難自舉，必有可觀者焉。	《序卦》：物大然後可觀。200	《得甲告老……》1743	貞元十八年802	31
62	1. 貴賤苟合，曾是泛交。窮達相致，乃為執友。 2. 行權勵節，成人之美則多。 3. 苟推誠而相激，雖屈辱以何傷？ 4. 如或識才半面，契未同心。	1.《繫辭上》：天尊地卑，乾坤定矣。卑高以陳，貴賤位矣。156 《說卦》：物不可以苟合而已，故受之以《賁》。200 2.《繫辭下》：《巽》以行權。186 3.《繫辭下》：化而裁之謂之變，推而行之謂之通。171 4.《繫辭上》：二人同心，其利斷金；同心之言，其臭如蘭。164	《得乙貴達……》1755	貞元十八年802	31
63	亡而由己，誠曰慢官；獲則因人，其何補過？	《繫辭上》：无咎者，善補過也。159	《得甲為獄吏……》1759	貞元十八年802	31
64	1. 乙行險不思，馮河無悔。 2. 既殊利涉，當戒善遊。未可加刑，且宜知懼。	1.《坎·象》：行險而不失其信，維心亨，乃以剛中也。85 《泰》：九二，包荒，用馮河，不遐遺。55 《未濟》：六五，貞吉，無悔，君子之光，有孚吉。151	《得乙川遊……》1761	貞元十八年802	31

		2.《需》有孚，光亨，貞吉，利涉大川。45 《繫辭下》：其出入以度，外內使知懼。186			
65	師不用律，臧亦為凶。況未靖方隅，尚勤征伐。即戎推轂，既崇四七之名。	《師・象》：師出以律，失律凶也。49 《夬》：揚於王庭，孚號有厲。告自邑，不利即戎。利有攸往。116	《得景為將每軍休止……》1763	貞元十八年802	31
66	君子含弘，乃忘情於斯怒。	《坤・彖》：坤厚載物，德合無疆；含弘光大，品物咸亨。31	《得丁乘車……》1765	貞元十八年802	31
67	將息訟端，請徵律典。當陪半價，勿聽過求。	《訟・象》：終凶，訟不可成也。46	《得甲牛抵乙馬……》1767	貞元十八年802	31
68	承家不嗣，禮許佽離；去室無歸，義難棄背。	《師》：上六，大君有命，開國承家，小人勿用。49	《得景娶妻三年無子……》1769	貞元十八年802	31
69	1.父死王事，合與正官同。 2.追思乙父，勵乃臣節。捐軀致命，尚克底定爾功。	1.《坤》：六三，含章可貞；或從王事，無成有終。32 2.《困・象》：澤無水，困；君子以致命遂志。121	《得乙請用父蔭……》1775，1776	貞元十八年802	31
70	守位居常，小宜事大；持法舉正，卑可糾尊。	《繫辭下》：何以守位，曰仁。179	《得景為錄事參軍……》1777	貞元十八年802	31
71	1. 執禁之要，在乎去邪，為政之先，必也無訟。 2. 上善未能利物，左道足以惑人。	1.《訟・象》：不永所事，訟不可長也。47 2.《文言》：利物足以和義。25	《得有聖水出……》1785	貞元十八年802	31
72	1. 得景有志行，隱而不仕。 2. 鳴鶴處陰，聲聞于外；元豹隱霧，樂在其中。此將適於退藏，彼何強之維縶？	1.《屯・象》：雖磐桓，志行正也。35 《蠱》：上九，不事王侯，高尚其事。71 2.《中孚》：九二，鳴鶴在陰，其子和之；我有好爵，吾與爾靡之。146 《繫辭上》：聖人以此洗心，退藏於密，吉凶與民同患。169	《得景有志行……》1786，1787	貞元十八年802	31

73	心計成務，擢於賈豎之中。	《繫辭上》：夫《易》，開物成務，冒天下之道，如斯而已者也。168	《得州府貢士……》1793	貞元十八年 802	31
74	未見子心，果代試而有悔。	《乾·象》：亢龍有悔，盈不可久也。25	《得乙充選人職官……》1795	貞元十八年 802	31
75	若馳騖而方取，慮非歲貢之賢；如寂寥而後求，恐失日彰之善。	《繫辭下》：君子安其身而後動，易其心而後語，定其交而後求。184	《得選舉司取有名之士……》1799	貞元十八年 802	31
76	1. 教惟馴致，道在曲成。 2. 況化人由學，成性因師。	1.《坤·象》：履霜堅冰，陰始凝也；馴致其道，至堅冰也。32 《繫辭上》：範圍天地之化而不過，曲成萬物而不遺。160 2.《文言》：閑邪存其誠，善世而不伐，德博而化。26 《繫辭上》：成性存存，道義之門。163	《得太學博士……》1800	貞元十八年 802	31
77	既聞道不虛行，足見舉非失德。	《繫辭下》：苟非其人，道不虛行。187	《得乙居家理……》1804	貞元十八年 802	31
78	乙班榮是踐，威重可觀。	《序卦》：物大然後可觀。200	《得乙為三品……》1812	貞元十八年 802	31
79	1. 人縱於貪，動而生悔。 2. 以交易而求多，尚宜準盜；在倍稱而過數，孰謂非贓？	1.《繫辭下》：吉凶悔吝者，生乎動者也。178 2.《繫辭下》：日中為市，致天下之民，聚天下之貨，交易而退，各得其所，蓋取諸《噬嗑》。180	《得景負丁財物……》1816	貞元十八年 02	31
80	乙舊德將繼，新命未加。所宜纂彼前修，相承以一子。	《訟》：六三，食舊德，貞厲，終吉。47 《歸妹·象》：跛能履，吉相承也。132	《得乙請襲爵……》1817	貞元十八年 802	31
81	既貴賤之殊宜，亦父子之異道。同曾元易簀，正位於大夫。	《繫辭上》：天尊地卑，乾坤定矣。卑高以陳，貴賤位矣。156 《文言》：君子黃中通理，正位居體，美在其中，而暢於四支，發於事業：美之至也！34	100《得丁為士……》1818	貞元十八年 802	31

82	1. 始僭終吉，彼何幸於纖人。 2. 則知禍福無門，通塞無數。焉有性命之理，存乎卜祝之間？若廢興之道適然，是善惡之徵一貫。人與僭而不入，因君子之明刑。	1.《需·象》：雖小有言，以終吉也。45 2.《節·象》：不出戶庭，知通塞也。145 《說卦》：昔者聖人之作《易》也，將以順性命之理。196 《旅·象》：君子以明慎用刑而不留獄。140，141	102《得甲居蔡曰寶……》2086	貞元十八年802	31
83	1.何精誠之潛發，信天地之幽贊。 2. 口譟雷霆，手操鋒銳。 3. 神化將窮，不能保其命；首尾雖在，不能衛其身。盛矣哉！聖人之草昧經綸，應乎天，順乎人。	1.《說卦》：昔者聖人之作《易》也，幽贊於神明而生蓍。195 2.《繫辭上》：鼓之以雷霆，潤之以風雨。157 3.《繫辭下》：窮神知化，德之聖也。182 《繫辭下》：神而化之，使民宜之。180 《屯·彖》：雷雨之動滿盈，天造草昧。宜建侯而不寧。34 《屯·象》：雲雷，屯；君子以經綸。35 《大畜·彖》：利涉大川，應乎天也。81	《漢高皇帝親斬白蛇賦》36	貞元十九年803	32
84	1. 乘其弊而為政，作事者其難乎？ 2. 以簡直，故獄訟不得留於庭。	1.《訟·象》：君子以作事謀始。47 2.《旅·象》：君子以明慎用刑而不留獄。140，141	《許昌縣令新廳壁記》261	貞元十九年803	32
85	君子見其本，則思善建不拔者	《文言》：樂則行之，憂則違之：確乎其不可拔，潛龍也。26	《養竹記》263	貞元十九年803	32
86	1. 又感陽春之氣熙熙兮，樂天和而不憂。 2. 賢致聖於無為，聖致賢於既濟。	1.《繫辭上》：旁行而不流，樂天知命，故不憂。160 2.《雜卦》：既濟，定也。202	《汎渭賦（并序）》6	貞元二十年804	33
87	蓋欲以發揮師之心教，且明居易不敢失墜也。	《文言》：六爻發揮，旁通情也。29	《八漸偈（并序）》104	貞元二十年804	33

88	明至乃通，通則無礙。無礙者何？變化自在。	《繫辭下》：《易》窮則變，變則通，通則久。180 《乾‧彖》：乾道變化，各正性命。23	《通偈》111	貞元二十年804	33
89	眾苦既濟，大悲亦捨。	《雜卦》：既濟，定也。202	《捨偈》112	貞元二十年804	33
90	1. 夫懸言行，蓄事業，俾道積於躬者，在人也。 2 行己以清廉聞，蒞事以干蠱聞。 3. 有明德大智者，若不當世，其後必有餘慶。今其將在後嗣乎？不然者，何乃德行、政事、文學之具美叢乎公之三子乎？ 4. 孝簡翊魏，文德暗彰。 5. 道不虛行，後嗣其昌。	1.《繫辭上》：言行，君子之樞機。樞機之發，榮辱之主也。164 《文言》：君子黃中通理，正位居體，美在其中，而暢於四支，發於事業：美之至也！34 2.《蠱》：初六，幹父之蠱，有子考，无咎，厲終吉。71 《蠱‧彖》：蠱，元亨而天下治也。70 《蠱‧象》：山下有風，蠱；君子以振民育德。71 3.《文言》：積善之家，必有餘慶；積不善之家，必有餘殃。33 2.《繫辭上》：默而成之，不言而信，存乎德行。172 4.《小畜‧象》：風行天上，小畜；君子以懿文德。52 5.《繫辭下》：苟非其人，道不虛行。187	《唐揚州倉曹參軍王府君墓誌銘（并序）》236，237	永貞元年805	34
91	1. 心道之相得也，則貴者不知其貴也。 2. 雖同心同道，不求相合也。 3. 矧又尊卑貴賤之勢相懸，如石焉，如水焉。 4. 通天下貴賤之道，自某始也。 5. 則朝廷之得失豈盡知見乎？必不盡也。而況於天下之得失乎？宰相之耳目得	1.《繫辭上》：天數五，地數五，五位相得而各有合。166 2.《繫辭上》：二人同心，其利斷金；同心之言，其臭如蘭。164 3、4.《繫辭上》：天尊地卑，乾坤定矣。卑高以陳，貴賤位矣。156 4.《繫辭上》：是故聖人以通天下之志，以定天下之業，以斷天下之疑。168 5.《繫辭下》：因貳以濟民行，以明得失之報。185	《為人上宰相書》305～311	永貞元年805	34

	聰明乎？必未也。而況於上以為天子聰明聖神乎？然則天下聰明心識，取之豈無其道耶？ 6. 能使善之必遷，不謂善之盡有。 7. 損益利害，豈不明哉？ 8. 然後明察否臧，精考真偽。 9. 為時之用大矣哉！ 10. 論風化澆淳之源，明天人交感之道。 11. 則相公出一言，不終日而必聞於朝野。 12. 天下之化至大也，可以漸行，不可以速行也。賢人之事業至大也，行之可以枉尺而直尋也。 13. 徒知枉尺而直尋，而不知易失於時。 14. 近者宰相道不行，化不成，事業不光明，率由乎有志於漸矣。 15. 若聖哲施化，人應如響，期月而可，信不為難。 16. 相公之事業，豈後於文貞之事業乎？	《鼎·象》：巽而耳目聰明。126 6.《益·象》：君子以見善則遷，有過則改。109 7.《損·象》：損益盈虛，與時偕行。108 　《繫辭下》：情偽相感而利害生。189 8.《師》：初六，師出以律，否臧凶。48 9.《隨·象》：隨，大亨，貞无咎，而天下隨時。隨時之義大矣哉！69 10、15.《咸·象》：天地感而萬物化生，聖人感人心而天下和平。95 11.《豫·象》：不終日貞吉，以中正也。62 12、14、16.《恒·象》：聖人久於其道，而天下化成。97 　《文言》：君子黃中通理，正位居體，美在其中，而暢於四支，發於事業：美之至也！34 13、14.《艮·象》：動靜不失其時，其道光明。129 14.《賁·象》：觀乎天文，以察時變；觀乎人文，以化成天下。75 15.《繫辭上》：其受命也如響，無有遠近幽深，遂知來物。167			
92	1. 其所感所食，暨形於質文。 2. 又嗟曠代不覿，引筆贊之詞云爾。 3. 三季已還，退藏於密。	1.《咸·象》：觀其所感，而天地萬物之情可見矣。95 2.《困》：初六，臀困於株木，入於幽谷，三歲不覿。121 3.《繫辭上》：聖人以此洗心，退藏於密，吉凶與民同患。169	《騶虞畫贊（并序）》81，82	元和元年806	35

| 93 | 1. 朕觀古之王者，受命君人，兢兢業業，承天順地。
2. 又執契之道，垂衣不言。
3. 萬方大理，四海大和。
4. 當二宗之時，利無不興，弊無不革。
5. 禮行故上下輯睦，樂達故內外和平。
6. 有執契垂衣之道，委下專上之宜。
7. 夫執契之道垂衣不言者，蓋言已成之化，非謀始之課也。
8. 夫垂衣不言者，豈不謂無為之道乎？
9. 明察其刑，明慎其賞，外序百揆，內勤萬樞，昃食宵衣，念其不息之道。夫如是，豈非大有為者？
10. 明刑至於無刑，明賞至於無賞，百職不戒而舉，萬事不勞而成，端拱凝旒，立於無過之地。夫如是，豈非真有為者乎？故臣以為無為者非無所為也，必先有為而後至於無為也。
11. 利害之效，可略而言。且如軍暴而後戡之，兵亂而後遏之，善則善矣，不若防其微，杜其漸，使之不至於暴亂也。 | 1、9、10‧《繫辭上》：是以君子將有為也，將有行也，問焉而以言，其受命也如響，無有遠近幽深，遂知來物。167
《坤‧彖》：至哉坤元！萬物資生，乃順承天。31
《坤‧彖》：牝馬地類，行地無疆，柔順利貞。31
2、6、7、8.《繫辭下》：黃帝、堯、舜垂衣裳而天下治，蓋取諸《乾》《坤》。180
3.《乾‧彖》：乾道變化，各正性命，保合大和，乃利貞。23，24
4.《雜卦》：革，去故也。202
5.《咸‧彖》：天地感而萬物化生，聖人感人心而天下和平。95
7.《恒‧彖》：聖人久於其道，而天下化成。97
《訟‧象》：君子以作事謀始。47
《繫辭下》：《易》之為書也，原始要終以為質也。187
9、10.《旅‧象》：君子以明慎用刑而不留獄。140，141
10.《泰‧象》：不戒以孚，中心願也。55
11.《繫辭下》：情偽相感而利害生。189
《文言》：臣弒其君，子弒其父，非一朝一夕之故，其所由來者漸矣！由辯之不早辯也。33
12.《繫辭下》：危者，安其位者也；亡者，保其存者也；亂者，有其治者也。是故君子安而不忘危，存而不忘亡，治而不忘亂。是以身安而國家可保也。183 | 《才識兼茂明於體用科策一道》409～415 | 元和元年806 | 35 |

	12. 既往者且追救於弊後，將來者宜早防於事先。夫然，則保邦恒在於未危，恭已常居於無過。				
94	1. 伏惟陛下，以至誠化萬國，以至明臨兆人。 2. 苟言有可觀，策有可取。	1.《乾·彖》：首出庶物，萬國咸寧。24 2.《序卦》：物大然後可觀。200	《策頭》1353	元和元年 806	35
95	1. 臣聞人無常心，習以成性。 2. 器之良窳，由乎匠之巧拙；化之善否，繫乎君之作為。伏惟陛下慎而思之，勤而行之，則太平之風，大同之俗，可從容而馴致矣。 3. 交應之間，實猶影響。今陛下以懋建皇極為先，則大化不得不流矣；以欽若前訓為本，則大樸不得不復矣。 4. 此用陛下勞謙之德太過，故不自見其益也。 5. 然臣聞有始有卒者，其惟聖人乎！此言王者行道非始之難，終之實難也。	1.《繫辭上》：成性存存，道義之門。163 2.《繫辭下》：神農氏沒，黃帝堯舜氏作，通其變，使民不倦；神而化之，使民宜之。180 《坤·象》：履霜堅冰，陰始凝也；馴致其道，至堅冰也。32 3.《繫辭上》：君子居其室，出其言善，則千里之外應之，況其邇者乎？164 《繫辭下》：窮神知化，德之聖也。182 《繫辭上》：旁行而不流，樂天知命，故不憂。160 《泰》：九三，無平不陂，無往不復。55 4.《謙》：九三，勞謙，君子有終，吉。61 《謙·象》：勞謙君子，萬民服也。61 5.《繫辭下》：懼以終始，其要无咎，此之謂《易》之道也。189 《文言》：知進退存亡，而不失其正者，其唯聖人乎！30	《策項》1355，1356	元和元年 806	35

96	1. 臣鄙人也，生仁壽之代，沐文明之化。 2. 幸遇陛下發旁求之詔，垂下濟之恩。	1.《賁·彖》：文明以止，人文也。觀乎天文，以察時變；觀乎人文，以化成天下。75 2.《謙·彖》：謙，亨。天道下濟而光明，地道卑而上行。60	《策尾》1359	元和元年806	35
97	1. 蓋自謂理且安者，則自驕自滿，雖安必危；自謂亂且危者，則自戒自強，雖亂必理。理之又理，安之又安，則盛德大業，斯不遠矣。 2. 夙興以憂人，夕惕而修己。 3. 弊無不革，利無不興。 4. 大化參乎陰陽，猶慚之以寡德；重光並乎日月，猶讓之以不明。斯乃陛下勞謙之心，合天運之不息也；勤卹之德，合地道之無疆也。	1.《繫辭下》：危者，安其位者也；亡者，保其存者也；亂者，有其治者也。是故君子安而不忘危，存而不忘亡，治而不忘亂。是以身安而國家可保也。183 《乾·象》：天行健，君子以自強不息。24 《繫辭上》：盛德大業至矣哉！富有之謂大業，日新之謂盛德。162 2.《乾》：九三，君子終日乾乾，夕惕若，厲无咎。22 3.《雜卦》：革，去故也。202 4.《繫辭上》：廣大配天地，變通配四時，陰陽之義配日月，易簡之善配至德。163 《謙》：九三，勞謙，君子有終，吉。61 《謙·象》：勞謙君子，萬民服也。61 《謙·彖》：謙，亨。天道下濟而光明，地道卑而上行。60 《繫辭上》：夫《易》，聖人所以崇德而廣業也。知崇禮卑，崇效天，卑法地。天地設位，而《易》行乎其中矣。163	《美謙讓》1361	元和元年806	35
98	1. 塞人望歸眾心，在慎言動之初。 2. 言動不書，非盛德也。書而不法，後嗣何觀焉？若王者言中倫，動中度，則千里之外應之，百代	1、2、3、4.《繫辭上》：言行，君子之所以動天地也，可不慎乎？164 2.《繫辭上》：盛德大業至矣哉！富有之謂大業，日新之謂盛德。162 《繫辭上》：君子居其室，出	《塞人望歸眾心》1363	元和元年806	35

	之後歌之，況其邇者乎？若言非宜，動非禮，則千里之外違之，百代之後笑之，況其邇者乎？是以古之天子，口不敢戲言，身不敢妄動。動必三省，言必再思。 3. 則陛下出一言不終日而達於朝野，動一事不浹辰而聞於華夷。蓋是非之聲，無翼而飛矣；損益之名，無脛而走矣。陛下得不慎之哉？ 4. 言動不苟，則天下之望塞焉，天下之心歸焉。	其言善，則千里之外應之，況其邇者乎？居其室，出其言不善，則千里之外違之，況其邇者乎？言出乎身，加乎民；行發乎邇，見乎遠。言行，君子之樞機。164 3.《豫‧象》：不終日貞吉，以中正也。62 　《損‧彖》：損益盈虛，與時偕行。108			
99	1. 不勞而理，在順人心立教。 2. 順其心以出令，則不嚴而理；因其欲以設教，則不勞而成。故風號無文而人從，刑賞不施而人服。三五所以無為而天下化者，由此道也。 3. 得失交爭，利害相半，如此則雖宵衣旰食，勞體勵精，纔可以致小康，不足以宏大道。故出令而吏或犯，設教而人敢違。刑雖明而寡懲，賞雖厚而鮮勸。	1、2、3.《觀‧象》：風行地上，觀；先王以省方觀民設教。73 　《彖‧觀》：聖人以神道設教，而天下服矣。73 　《恒‧彖》：聖人久於其道，而天下化成。97 2、3.《旅‧象》：君子以明慎用刑而不留獄。140，141 3.《繫辭下》：因貳以濟民行，以明得失之報。185 　《繫辭下》：情偽相感而利害生。189 　《繫辭下》：子曰：「小人不恥不仁，不畏不義，不見利不勸，不威不懲。」183	《不勞而理》1367，1568	元和元年806	35
100	1. 臣聞代之澆漓，人之樸略，由上而不由下，在教而不在時。 2. 德澤施行，不遺於物。	1、6.《泰‧彖》：則是天地交而萬物通也，上下交而其志同也。54 　《觀‧象》：聖人以神道設教，而天下服矣。73 2.《乾‧象》：見龍在田，德施	《風行澆樸》1371，1372	元和元年806	35

	3. 若謂天地生成之德漸衰，家國君臣之道漸喪。 4. 此言萬民之從王化，如百穀之委歲功也。若寒暑以時，則禾黍登而菽麥熟。 5. 故教化優深，則廉讓興而仁義作；刑政偷薄，則訛偽起而奸宄臻。雖百穀在地，成之者天也；雖萬人在下，化之者上也。 6. 斯則由上在教之明驗也。伏惟聖心無疑焉。	普也。25 3.《繫辭上》：生生之謂易。162《文言》：臣弒其君，子弒其父，非一朝一夕之故，其所由來者漸矣！由辯之不早辯也。33 4、5.《繫辭下》：神農氏沒，黃帝堯舜氏作，通其變，使民不倦；神而化之，使民宜之。180 《坤・象》：含章可貞，以時發也。32			
101	1. 將欲感人心於和平，則在乎念今而已。 2. 故念之又念之，則人心交感矣；感之又感之，則天下和平矣。	1、2.《咸・彖》：天地感而萬物化生，聖人感人心而天下和平。95	《致和平復雍熙》1375	元和元年806	35
102	1. 夫欲使王澤旁流，人心大感，則在陛下恕己及物而已。 2. 念之又念之，則人心不得不感矣。澤流心感而天下不太平者，未之聞也。	1、2.《繫辭上》：旁行而不流，樂天知命，故不憂。160 《咸・彖》：天地感而萬物化生，聖人感人心而天下和平。95	《王澤流人心感》1378，1379	元和元年806	35
103	曹參得之，故獄市勿擾而齊國大和。漢文得之，故刑罰不用而天下大理。	《乾・彖》：乾道變化，各正性命，保合大和，乃利貞。23，24 《旅・象》：君子以明慎用刑而不留獄。140，141	《黃老術》1380	元和元年806	35
104	1. 得其人，失其人，非一朝一夕之故，其所由來者漸矣。天地不能頓為寒暑，	1.《文言》：積善之家，必有餘慶；積不善之家，必有餘殃。臣弒其君，子弒其父，非一朝一夕之故，其所由	《辨興亡之由由善惡之積》1388，1389	元和元年806	35

	必漸於春秋；人君不能頓為興亡，必漸於善惡。善不積，不能勃焉而興；惡不積，不能忽焉而亡。 2. 聖王知其然，故則天上不息之道以修己，法地下不動之德以安人。 3. 憂樂同於人，敬慎著於己。	來者漸矣！由辯之不早辯也。33 《序卦》：物不可以終止，故受之以《漸》。《漸》者，進也。201 《繫辭下》：善不積不足以成名，惡不積不足以滅身。183 2.《繫辭上》：知崇禮卑，崇效天，卑法地。天地設位，而《易》行乎其中矣。163 3.《序卦》：與人同者，物必歸焉。200 《需·象》：自我致寇，敬慎不敗也。45			
105	1. 五帝何為而不用？三王何故而相承？ 2. 又三代之際，損益不同，所祖三才，其義安在。 3. 是以唐、虞相承，無所改易也。禮者有作，有作則有弊，有弊則有救。故殷、周相代，有所損益也。損益之教，本乎三才。夏之教尚忠。忠本於人，人道以善教人，忠之至也。 4. 敬本於地，地道謙卑，天之所生，地敬養之。故曰：敬者地之教也。 5. 文本於天，天道垂文，而人則之。故曰：文者天之教也。 6. 周因於殷禮，損益始終，若循環然。 7. 稍益質而損文，漸尚忠而救儇。	1、3.《歸妹·象》：跛能履，吉相承也。132 2、3、4、5、6、7.《損·象》：損益盈虛，與時偕行。108 《繫辭下》：《易》之為書也，廣大悉備：有天道焉，有人道焉，有地道焉。兼三才而兩之，故六。188 4.《謙·象》：謙，亨。天道下濟而光明，地道卑而上行。60 5.《賁·象》：分剛上而文柔，故小利有攸往。天文也；文明以止，人文也。觀乎天文，以察時變；觀乎人文，以化成天下。75 《繫辭上》：天垂象，見吉凶，聖人象之；河出圖，洛出書，聖人則之。170	《忠敬質文損益》1390～1392	元和元年 806	35

106	1. 然則道之休明，德動乾坤而感者謂之瑞。 2. 而天文有異，地物不常，則為瑞為妖未可知也。 3. 王者之大瑞，在乎天地泰，陰陽和，風雨時，寒暑節。 4. 王者之大妖，在乎兩儀不泰，四氣不和，風雷不時，水旱不節。 5. 隱見出處，亦不干常。	1.《繫辭上》：乾坤，其《易》之蘊耶？乾坤成列，而《易》立乎其中矣！171 《咸·彖》：天地感而萬物化生，聖人感人心而天下和平。95 2.《賁·彖》：觀乎天文，以察時變；觀乎人文，以化成天下。75 3、4.《泰·象》：天地交，泰。55 《繫辭下》：陰陽合德而剛柔有體，以體天地之撰，以通神明之德。185 《節·彖》：天地節而四時成。節以制度，不傷財不害民。145 4.《繫辭上》：是故《易》有太極，是生兩儀。169 5.《繫辭上》：君子之道，或出或處，或默或語。164	《議祥瑞辨妖災》1395，1396	元和元年 806	35
107	1. 臣聞聖人興五福，銷六極者，在乎立大中，致大和也。 2. 若人君內非中勿思，外非中勿動，動靜進退，皆得其中。 3. 是以君人之心和，則天地之氣和；天地之氣和，則萬物之生和。於是乎三和之氣，欣合絪縕。 4. 若人君內非中是思，外非中是動，動靜進退，不得其中。 5. 如是可以陶三才繆濫之氣，發為休祥。	1.《乾·彖》：乾道變化，各正性命，保合大和，乃利貞。23，24 2、4.《艮·彖》：時止則止，時行則行；動靜不失其時，其道光明。129 《繫辭上》：變化者，進退之象也。158 3.《咸·彖》：天地感而萬物化生，聖人感人心而天下和平。95 《繫辭下》：天地絪縕，萬物化醇。184 5.《繫辭下》：《易》之為書也，廣大悉備：有天道焉，有人道焉，有地道焉。兼三才而兩之，故六。188	《興五福銷六極》1401～1403	元和元年 806	35
108	1. 若必繫於政，則盈虛之數徒言。	1.《損·彖》：損益盈虛，與時偕行。108	《辨水旱之災明存救之術》	元和元年 806	35

2. 陰陽不測，水旱無常。	2.《繫辭上》：通變之謂事，陰陽不測之謂神。162
3. 至誠所感，不能為災。	《繫辭下》：上下無常，剛柔相易。187
4. 郡邑之長，猶能感通，況王者為萬乘之尊，居兆人之上。悔過可以動天地，遷善可以感神明。天地神明尚且不違，而況於水旱風雨蟲蝗者乎？	3.《咸·彖》：觀其所感，而天地萬物之情可見矣。95
	4.《繫辭上》：《易》無思也，無為也，寂然不動，感而遂通天下之故，非天下之至神，其孰能與於此？167
	《繫辭上》：言行，君子之所以動天地也，可不慎乎？164
5. 將在乎廩積有常，仁惠有素。	《益·象》：風雷，益；君子以見善則遷，有過則改。109
6.斯亦圖之在早，備之在先。所謂思危於安，防勞於逸。	《文言》：先天而天弗違，後天而奉天時。天且弗違，而況於人乎？況於鬼神乎？30
7.夫天之道無常，故歲有豐必有凶。地之利有限，故物有盈必有縮。聖王知其必然，於是作錢刀布帛之貨，以時交易之，以時斂散之。所以持豐濟凶，用盈補縮。	5.《繫辭上》：動靜有常，剛柔斷矣。156
	6.《繫辭下》：危者，安其位者也；亡者，保其存者也；亂者，有其治者也。是故君子安而不忘危，存而不忘亡，治而不忘亂。是以身安而國家可保也。183
	7.《說卦》：是以立天之道曰陰與陽。196
	《繫辭下》：上下無常，剛柔相易。187
	《繫辭下》：日中為市，致天下之民，聚天下之貨，交易而退，各得其所，蓋取諸《噬嗑》。180
8. 此皆從人之望，隨時之宜。	《坤·象》：含章可貞，以時發也。32
	8.《隨·彖》：隨，大亨，貞无咎，而天下隨時。隨時之義大矣哉！69

（第二列頂端：1406～1409）

| 109 | 1. 故王者平均其貴賤，調節其重輕。 2. 弊革則務本者致力，利興則趨末者迴心。 3. 其興利除害也如彼，又修己化人也如此，是必應之如響答，順之如風行。斯所謂下令於流水之源，繫人於苞桑之本者矣。 | 1.《繫辭上》：天尊地卑，乾坤定矣。卑高以陳，貴賤位矣。156
 2、3.《雜卦》：革，去故也。202
《繫辭下》：《損》以遠害，《益》以興利。186
 3.《繫辭上》：範圍天地之化而不過，曲成萬物而不遺。160
《繫辭上》：君子居其室，出其言善，則千里之外應之，況其邇者乎？ 164
《繫辭上》：是以君子將有為也，將有行也，問焉而以言，其受命也如響，無有遠近幽深，遂知來物。167
《小畜·象》：風行天上，小畜；君子以懿文德。52
《觀·象》：風行地上，觀；先王以省方觀民設教。73
《渙·象》：風行水上，渙；先王以享於帝立廟。144
《繫辭下》：其亡其亡，繫於苞桑。183 | 《息遊墮》1418，1419 | 元和元年 806 | 35 |
| 110 | 1. 雷動風行，日引月長。上益其侈，下成其私。 2. 是以聖王之修身化下也，宮室有制，服食有度，聲色有節，畋遊有時。不徇己情，不窮己欲，不殫人力，不耗人財。夫然，故誠發乎心，德形乎身，政加乎人，化達乎天下。 | 1.《屯·象》雷雨之動滿盈，天造草昧。宜建侯而不寧。34
《小畜·象》：風行天上，小畜；君子以懿文德。52
《觀·象》：風行地上，觀；先王以省方觀民設教。73
《渙·象》：風行水上，渙；先王以享於帝立廟。144
《復·彖》：復，其見天地之心乎。78
 王弼注：天地雖大，富有萬物，雷動風行，運化萬變。78
 2.《蹇·象》：君子以反身修德。105 | 《人之困窮由君之奢欲》1427，1428 | 元和元年 806 | 35 |

		《賁·彖》：觀乎天文，以察時變；觀乎人文，以化成天下。75 《節·彖》：天地節而四時成。節以制度，不傷財不害民。145			
111	1. 然則聖人非不好利也，利在於利萬人；非不好富也，富在於富天下。節欲於中，人斯利矣；省用於外，人斯富矣。 2. 人之食利，眾寡有常。若盈於上則耗於下，利於彼則害於此。	1.《文言》：乾始能以美利利天下，不言所利，大矣哉。29 《節·彖》：天地節而四時成。節以制度，不傷財不害民。145 2.《繫辭上》：動靜有常，剛柔斷矣。156 《乾·象》：亢龍有悔，盈不可久也。25	22《不奪人利》1430	元和元年806	35
112	1. 仁聖之本，在乎制度而已。夫制度者，先王所以下均地財，中立人極，上法天道者也。 2. 是以地力人財皆待制度而均也，尊卑貴賤皆待制度而別也。 3. 俾乎貴賤區別，貧富適宜。 4. 然則制度者，出於君而加於臣，行於人而化於天下也。 5. 將在乎寢食起居，必思其度。思而不已，則其下化之。	1、2、4.《節·彖》：天地節而四時成。節以制度，不傷財不害民。145 《繫辭上》：知崇禮卑，崇效天，卑法地。163 2、3.《繫辭上》：天尊地卑，乾坤定矣。卑高以陳，貴賤位矣。156 4.《恒·彖》：聖人久於其道，而天下化成。97 5.《繫辭下》：神農氏沒，黃帝堯舜氏作，通其變，使民不倦；神而化之，使民宜之。180	《立制度》1443～1445	元和元年806	35
113	蓋古之聖王，使信及豚魚，仁及草木。	《中孚·彖》：豚魚吉，信及豚魚也。146	26《養動植之物》1448	元和元年806	35
114	1. 雖君有孜孜之念，無因下知。上下茫然，兩不相遇。 2. 夫必以族類者，蓋賢愚有貫，善惡有倫。若以類求，必以類至。此亦由水流	1.《否·彖》：則是天地不交而萬物不通也，上下不交而天下無邦也。56 《姤·彖》：天地相遇，品物咸章也。117 2、3.《繫辭上》：方以類聚，物以群分，吉凶生矣。156	《請以族類求賢》1451，1452	元和元年806	35

	濕，火就燥，自然之理也。 3. 伏惟陛下欲求而致之也，則思因針待弦之勢，欲辨而別之也，則察流濕就燥之徒。得其勢，必彙征而自來；審其徒，必分而自見。	《同人·象》：天與火，同人；君子以類族辨物。57 《坤·象》：牝馬地類，行地無疆，柔順利貞……西南得朋，乃與類行。31 《睽·象》：萬物睽而其事類也。103 《文言》：同聲相應，同氣相求。水流濕，火就燥。雲從龍，風從虎。聖人作而萬物睹：本乎天者親上，本乎地者親下，則各從其類也。28			
115	1. 出處之賢，或有違濫。斯所以令陛下尚有未得賢之歎也。伏惟申命所舉，深詔有司，量其短長之材，授以大小之職。 2. 俾夫草靡風行，達於天下。則天下之耳盡為陛下聽，天下之目盡為陛下視。	1.《繫辭上》：君子之道，或出或處，或默或語。164 《巽·象》：重巽以申命，剛巽乎中正而志。142 2.《小畜·象》：風行天上，小畜；君子以懿文德。52 《觀·象》：風行地上，觀；先王以省方觀民設教。73 《渙·象》：風行水上，渙；先王以享於帝立廟。144	《請行賞罰以勸舉賢》1457	元和元年806	35
116	1. 臣聞夫官既備而事未舉，才既用而政未成者，由官與才不相得也。 2. 故先王立庶官而後求人，使乎各司其局也。	1.《繫辭下》：凡《易》之情，近而不相得則凶，或害之，悔且吝。189，190 2.《繫辭下》：君子安其身而後動，易其心而後語，定其交而後求。184 《繫辭下》：無交而求，則民不與也。185	《審官》1459	元和元年806	35
117	1. 先王建官，升降有制，遷次有常。 2. 且躁求之心生，而馴致之化廢矣。 3. 斯實革今之弊，行古之道也。 4 使別其否臧，明知白黑。	1.《繫辭上》：動靜有常，剛柔斷矣。156 2.《繫辭下》：吉人之辭寡，躁人之辭多。190 《坤·象》：履霜堅冰，陰始凝也；馴致其道，至堅冰也。32 3.《雜卦》：革，去故也。202 4.《師》：初六，師出以律，否臧凶。48	《議庶官遷次之遲速》1465，1466	元和元年806	35

118	1. 欲使吏與員而相得，名與實而相符，趨競巧濫之弊銷，公平政理之道長。 2. 則何暇考察名實，區別否臧者乎？	1.《繫辭上》：天數五，地數五，五位相得而各有合。166 《泰·彖》：內陽而外陰，內健而外順，內君子而外小人：君子道長，小人道消也。54 2.《師》：初六，師出以律，否臧凶。48	《革吏部之弊》1468，1469	元和元年 806	35
119	1. 備陳其故，以革其非。 2. 勸之則遷於善，捨之則陷於惡。 3. 況天下牧，宰中人者多。去惡遷善，皆得勸沮。 4. 能使善之必遷，不謂善之盡有。能使惡之必改，不謂惡之盡無。 5. 此由束舟楫而望濟川，絆騏驥而求致遠。	1.《雜卦》：革，去故也。202 2、3、4.《大有·象》：君子以遏惡揚善，順天休命。59 《益·象》：君子以見善則遷，有過則改。109 5.《繫辭上》：探賾索隱，鉤深致遠，以定天下之吉凶，成天下之亹亹者，莫大乎蓍龜。170	《牧宰考課》1473～1475	元和元年 806	35
120	1. 由君子讜直之道消，小人慎默之道長也。臣伏見近代以來，時議者率以拱默保位者為明智，以柔順安身者為賢能。 2. 慎默之俗，一至於斯，此正士直臣所以退藏而長太息也。 3. 然臣以為歷代之頹俗，非國朝不能革也。國朝之皇綱，非陛下不能振也。革振之術，臣粗知之。 4. 若利出於讜直，則讜直之風大行。 5. 伏惟陛下以至公統天下，以至明御羣臣，使情偽無所逃，言行無所隱。	1.《否·象》：內陰而外陽，內柔而外剛，內小人而外君子：小人道長，君子道消也。56 《坤·象》：牝馬地類，行地無疆，柔順利貞。31 《繫辭下》：利用安身，以崇德也。182 2.《繫辭上》：聖人以此洗心，退藏於密，吉凶與民同患。169 3.《雜卦》：革，去故也。202 4.《大畜·象》：何天之衢，道大行也。82 5.《繫辭上》：聖人立象以盡意，設卦以盡情偽。171	《使百職修皇綱振》1478，1479	元和元年 806	35

121	1. 上不以聰接下，下不以明奉上。聰明之道既阻於上下，則訛偽之俗不得不流於內外也。 2. 故貞觀之大和，開元之至理，率由斯而馴致矣。	1.《否·彖》：天地不交而萬物不通也，上下不交而天下無邦也。內陰而外陽，內柔而外剛，內小人而外君子：小人道長，君子道消也。56 2.《乾·彖》：乾道變化，各正性命，保合大和，乃利貞。23，24 《坤·象》：履霜堅冰，陰始凝也；馴致其道，至堅冰也。32	《達聰明致理化》1483，1484	元和元年 806	35
122	然則明王非無欲也，非無壅也。蓋有欲則節之，有壅則決之。節之又節之，以至於無欲也。決之又決之，以至於無壅也。其所然者，將在乎靜思其故，動防其微。	《雜卦》：《節》，止也。202 《節·彖》：天地節而四時成。節以制度，不傷財不害民。145 《序卦》：益而不已必決，故受之以《夬》；夬者決也。201 《繫辭下》：幾者，動之微，吉之先見者也。君子見幾而作，不俟終日。184 《文言》：臣弒其君，子弒其父，非一朝一夕之故，其所由來者漸矣！由辯之不早辯也。33	《決壅蔽》1487	元和元年 806	35
123	1. 審幽明而黜陟焉，則萬樞之要畢矣。故失君道者，雖多夕惕若屬之慮，而彝倫未必序也。 2. 得其要，逸而有終；非其宜，勞而無功故也。 3. 然後能訢合其心，馴致其道。	1.《繫辭上》：《易》與天地準，故能彌綸天地之道。仰以觀於天文，俯以察於地理，是故知幽明之故。160 《乾》：九三，君子終日乾乾，夕惕若，厲无咎。22 2.《坤》：六三，含章可貞；或從王事，無成有終。32 3.《坤·象》：履霜堅冰，陰始凝也；馴致其道，至堅冰也。32	《君不行臣事》1490，1491	元和元年 806	35
124	吏有常祿，財有常征。財賦吏員，必參相得者也	《繫辭上》：天數五，地數五，五位相得而各有合。166	《省官並俸減使職》1497，1498	元和元年 806	35
125	臣伏見百司食利，利出於人。日給而經費有常，月徵而倍息無已。	《鼎·象》：利出否，以從貴也。126 《繫辭上》：動靜有常，剛柔斷矣。156	《議百司食利錢》1501	元和元年 806	

126	1. 用捨，逆順，興亡。 2. 去就之理，何者得中？ 3. 兵不妄動，師必有名。議之者頗辨否臧，用之者多迷本末。 4. 夫興利除害，應天順人，不為名尸，義然後動，謂之義兵；	1.《比·象》：捨逆取順，失前禽也。51 2.《解·象》：其來復吉，乃得中也。106 3.《序卦》：復則不妄矣。200 《師》：初六，師出以律，否臧凶。48 4.《繫辭下》：《損》以遠害，《益》以興利。186 《大畜·象》：利涉大川，應乎天也。81 《繫辭上》：擬之而後言，議之而後動，擬議以成其變化。164	《議兵》1506	元和元年806	35
127	用晁錯之策，則邊人有安土之患。	《繫辭上》：安土敦乎仁，故能愛。160	《禦戎狄》1517	元和元年806	
128	1. 今若建侯開國，恐失隨時之宜。 2. 或沿或革，以至國朝。 3. 垂無疆之休，建不拔之業者，在乎操理柄。 4. 以尊賢寵德為心，不以開國為意；以安撫黎元為事，不以廢郡為謀。則無疆之休，不拔之業，在於此矣。	1、4.《屯·象》：雷雨之動滿盈，天造草昧。宜建侯而不寧。34 《師》：上六，大君有命，開國承家，小人勿用。49 《隨·象》：隨，大亨，貞无咎，而天下隨時。隨時之義大矣哉！69 2.《雜卦》：革，去故也。202 3、4.《坤·象》：坤厚載物，德合無疆；含弘光大，品物咸亨。31 《文言》樂則行之，憂則違之：確乎其不可拔，潛龍也。 26	《議封建論郡縣》1530，1531	元和元年806	35
129	既廢之甚難，又復之非便。斟酌其道，何者得中？	《解·象》：其來復吉，乃得中也。106	《議井田阡陌》1536	元和元年806	35
130	1. 若舉而復用，義恐失於隨時。 2. 漢文帝始除去之，而刑罰以清。 3. 臣又聞聖人之用刑	1.《隨·象》：隨，大亨，貞无咎，而天下隨時。隨時之義大矣哉！69 2、3.《豫·象》：聖人以順動，則刑罰清而民服。61	《議肉刑》1540，1541	元和元年806	35

	也，輕重適時變，用捨順人情。 4. 又非聖人適時變、順人情之意也。	3、4.《賁・彖》：觀乎天文，以察時變；觀乎人文，以化成天下。75			
131	1. 臣聞人之性情者，君之土田也。 2. 知其門，守其根，則王化成矣。然則王化之有三者，猶天之有兩曜，歲之有四時。廢一不可也，並用亦不可也。在乎舉之有次，措之有倫而已。 3. 劘邪窒慾，致人於恥格，莫尚於禮。 4. 達時變者，得刑禮之宜。適其用，達其宜，則天下之理畢矣，王者之化成矣。將欲較其短長，原其始終，順其變而先後殊，備其用而優劣等。離而言之則異致，合而理之則同功。 5. 所以文易化成，道易馴致者，由得其時也。	1.《文言》：利貞者，性情也。29 2、4、5.《賁・彖》：觀乎天文，以察時變；觀乎人文，以化成天下。75 《文言》：夫大人者，與天地合其德，與日月合其明，與四時合其序，與鬼神合其吉凶。30 《繫辭上》：化而裁之謂之變，推而行之謂之通，舉而措之天下之民謂之事業。171 《繫辭下》：《易》之為書也，原始要終以為質也。187 《豫・彖》天地以順動，故日月不過，而四時不忒；聖人以順動，則刑罰清而民服。61 《繫辭上》：天下何思何慮？天下同歸而殊塗，一致而百慮。182 3.《損・象》：山下有澤，損；君子以懲忿窒欲。108 5.《坤・象》：履霜堅冰，陰始凝也；馴致其道，至堅冰也。32 《艮・彖》：時止則止，時行則行；動靜不失其時，其道光明。129	《刑禮道》1544，1545	元和元年806	35
132	1. 雖則明聖慎刑、賢良恤獄之所致也，然亦由天下之人生厚德正而寡過也。 2. 雖堯、舜為主，不能息忿爭而省刑獄也。	1、2、3.《旅・象》：君子以明慎用刑而不留獄。140，141 3.《繫辭上》：聖人立象以盡意，設卦以盡情偽。171	《止獄措刑》1550	元和元年806	35

	3. 至若察小大之獄，審輕重之刑，定加減於科條，得情偽於察色，此有司平刑之要也，非王者恤刑之德也。				
133	1. 昔何為而大和，今何為而未理？ 2. 陛下誠欲申明舊章，剗革前弊。 3. 伏惟陛下懸法學為上科，則應之者必俊乂也。	1.《乾·彖》：乾道變化，各正性命，保合大和，乃利貞。23，24 2.《雜卦》：革，去故也。202 3.《繫辭上》：君子居其室，出其言善，則千里之外應之，況其邇者乎？164	《論刑法之弊》1553，1554	元和元年806	35
134	1. 始則舉有德，選有能，使教化大行，奸宄者去。 2. 舉以賢德，使國無幸人。自然廉讓風行，姦濫日息。則重門罕聞於擊柝，外戶庶見於不扃者矣。	1.《觀·彖》：聖人以神道設教，而天下服矣。73 《大畜·象》：何天之衢，道大行也。82 2.《小畜·象》：風行天上，小畜；君子以懿文德。52 《繫辭下》：重門擊柝，以待暴客，蓋取諸《豫》。181	《去盜賊》1562	元和元年806	35
135	1. 故安上之禮未行，化人之學將落。 2. 臣聞化人動眾，學為先焉；安上尊君，禮為本焉。	1、2.《萃·象》：齎諮涕洟，未安上也。120 孔穎達疏：未安上者，未敢安居其上所乘也。120 《恒·彖》：聖人久於其道，而天下化成。97	《救學者之失》1566	元和元年806	35
136	1. 二者所以並天地，參陰陽，廢一不可也。 2. 用能正人道，反天性，奮至德之光焉。	1.《繫辭上》：《易》與天地準，故能彌綸天地之道。168 《繫辭下》：陰陽合德而剛柔有體，以體天地之撰，以通神明之德。185 2.《繫辭下》：《易》之為書也，廣大悉備：有天道焉，有人道焉，有地道焉。188 《繫辭上》：廣大配天地，變通配四時，陰陽之義配日月，易簡之善配至德。163	《議禮樂》1573，1574	元和元年806	35

137	1. 然則歷代以來，或沿而理，或革而亂，或損而興，或益而亡。 2. 豈沿襲損益未適其時宜？ 3. 干戚羽旄、屈伸俯仰之度。 4. 善變樂者，變其數，不變其情。 5. 守烈祖之制，不待損益，足以致理。 6. 蓋禮者以安上理人為體。 7. 數與容可損益也，體與用不可斯須失也。 8. 飾與文可損益也，心與德不可斯須失也。 9. 雖沿襲損益不同，同歸于理矣。	1.《雜卦》：革，去故也。202 1、2、5、7、8、9.《損·彖》：損益盈虛，與時偕行。108 《雜卦》：《損》《益》盛衰之始也。202 3.《繫辭上》：往者屈也，來者信也，屈信相感而利生焉。182 4.《繫辭上》：參伍以變，錯綜其數：通其變，遂成天地之文；極其數，遂定天下之象。167 6.《萃·彖》：齎咨涕洟，未安上也。120 孔穎達疏：未安上者，未敢安居其上所乘也。120	《沿革禮樂》1576，1577	元和元年 806	35
138	1. 是故和平之代，雖聞桑間濮上之音，人情不淫也，不傷也。 2. 臣又聞，若君政和而平，人心安而樂，則雖援蕢桴、擊野壤，聞之者必融融洩洩矣。	1、2.《咸·彖》：天地感而萬物化生，聖人感人心而天下和平。95	《復樂古器古曲》1580	元和元年 806	35
139	1. 祠於聖賢，所以訓人崇德也。 2. 蓋先王因事神而設教，因崇祀以利人。俾乎人竭其誠，物盡其美。美致於鬼，則利歸於人焉。 3. 祀事不節，則諂黷之萌生。	1.《繫辭上》：夫《易》，聖人所以崇德而廣業也。163 2.《觀·彖》聖人以神道設教，而天下服矣。73 《文言》：乾始能以美利利天下，不言所利，大矣哉。29 3、4.《節·彖》：澤上有水，節；君子以制數度，議德行。145	《議祭祀》1584	元和元年 806	35

	4. 非其度者，則鬼不享而禮不容。非其類者，則神不歆而刑不捨。	《繫辭上》：君子上交不諂，下交不瀆，其知幾乎！184 4.《文言》：本乎天者親上，本乎地者親下，則各從其類也。28			
140	1. 貴賤昧從死之文，奢儉乖稱家之義。況多藏必辱於死者，厚費有害於生人。 2. 此乃敗禮法、傷財力之一端也。陛下誠欲革其弊，抑其淫，則宜乎振舉國章，申明喪紀。 3. 禮適其中，則破產傷生之俗革矣。移風革俗，其在茲乎！	1.《繫辭上》：天尊地卑，乾坤定矣。卑高以陳，貴賤位矣。156 《繫辭下》：子曰：「非所困而困焉，名必辱。」183 2.《節·彖》：天地節而四時成。節以制度，不傷財不害民。145 2、3.《雜卦》：革，去故也。202	《禁厚葬》1587，1588	元和元年 806	
141	1. 中古之教也，精義無二。 2. 臣聞天子者，奉天之教令。兆人者，奉天子之教令。 3. 若欲以齋戒抑人淫，則先王有防欲閑邪之禮在。雖臻其極則同歸，或能助於王化；然異其名則殊俗，足以貳乎人心。	1.《繫辭下》：精義入神，以致用也。182 2.《文言》：先天而天弗違，後天而奉天時。30 3.《文言》：庸言之信，庸行之謹，閑邪存其誠，善世而不伐，德博而化。26 《恒·彖》：聖人久於其道，而天下化成。97 《繫辭上》：天下何思何慮？天下同歸而殊塗，一致而百慮。182	《議釋教》1589，1590	元和元年 806	35
142	1. 察其得失之政，通其上下之情。 2. 臣聞聖王酌人之言，補己之過，所以立理本、導化源也。 3. 故政有毫髮之善，下必知也；教有錙銖之失，上必聞也。則上之誠明，何憂乎不下達？下之利病，何患乎不上知？上下交和，內外胥悅。	1、3.《繫辭下》：因貳以濟民行，以明得失之報。185 《泰·彖》：則是天地交而萬物通也，上下交而其志同也。54 2.《繫辭上》：无咎者，善補過也。159	《采詩》1599，1600	元和元年 806	35

143	然後過日聞而德日新矣。是以古之聖王，由此塗出焉。	《繫辭上》：盛德大業至矣哉！富有之謂大業，日新之謂盛德。162	《納諫》1604	元和元年 806	35
144	蓋賢者進則愚者退矣，曲者用則直者隱矣。亦由晝夜相代，寒暑相推，必然之理也。然則盛明之代，非無小人，小人之道消，不能見而為亂也。昏衰之代，非無君子，君子之道消，不能出而為理也。	《繫辭上》：剛柔者，晝夜之象也。158 《繫辭下》：日月相推而明生焉。寒往則暑來，暑往則寒來，寒暑相推而歲成焉。182 《泰·彖》：內陽而外陰，內健而外順，內君子而外小人：君子道長，小人道消也。54 《否·彖》：內陰而外陽，內柔而外剛，內小人而外君子：小人道長，君子道消也。56	《去諂佞從讜直》1608，1609	元和元年 806	35
145	1. 夫日月不復，則晝夜不生。陰陽不復，則寒暑不行。善惡不復，則君臣不成。 2. 故君昏寡救惡之士，國危鮮致命之臣。	1.《繫辭下》：日月相推而明生焉。寒往則暑來，暑往則寒來，寒暑相推而歲成焉。182 《泰》：九三，無平不陂，無往不復。55 《雜卦》：《復》，反也。202 《繫辭上》：剛柔者，晝夜之象也。158 《繫辭下》：陰陽合德而剛柔有體，以體天地之撰，以通神明之德。185 2.《困·象》：澤無水，困；君子以致命遂志。121	《使臣盡忠人愛上》1612	元和元年 806	35
146	1. 臣以為此小惠也，非大德也。 2. 然後牧以仁賢，慎其刑罰。	1.《繫辭下》：天地之大德曰生，聖人之大寶曰位。179 2.《旅·象》：君子以明慎用刑而不留獄。140，141	《養老》1615	元和元年 806	35
147	臣聞聖人南面而理天下，自人道始矣。	《說卦》：聖人南面而聽天，嚮明而治。197 《繫辭下》：《易》之為書也，廣大悉備：有天道焉，有人道焉，有地道焉。兼三才而兩之，故六。188	《睦親》1616	元和元年 806	35
148	1. 昔宓賤行化，德及泉魚，非嚴刑所致也，推其誠而已。	1、2.《中孚·象》：豚魚吉，信及豚魚也。146 《繫辭下》：化而裁之謂之	《典章禁令》1619	元和元年 806	35

	2. 陛下苟能勤教令以撫之，推誠信以奉之，則三年化成，五年理定。	變，推而行之謂之通。171《文言》：忠信，所以進德也；修辭立其誠，所以居業也。27 2.《恒·彖》：聖人久於其道，而天下化成。97			
149	1. 居八載，政績大成。 2. 時京兆已即世，諸弟在下位，獨侍御史銜恤襄事，孝備始終。	1.《井·象》：元吉在上，大成也。124 2.《文言》：是故居上位而不驕，在下位而不憂。27《繫辭下》：懼以終始，其要无咎，此之謂《易》之道也。189	《故滁州刺史贈刑部尚書滎陽鄭公墓誌銘（并序）》217，218	元和二年807	36
150	1. 由是納下於少過，致家於大和。 2. 若引而伸之，可以肥一國焉。	1.《乾·彖》：乾道變化，各正性命，保合大和，乃利貞。23，24 2.《繫辭上》：引而伸之，觸類而長之，天下之能事畢矣。166，167	《唐河南元府君夫人滎陽鄭氏墓誌銘（并序）》225	元和二年807	36
151	然則雷一發而蟄蟲蘇，勾萌達；霜一降而天地肅，草木衰。其為時也大矣，斯豈不齊者乎？日月代明而晝夜分，刻漏者準之，無秒忽之失焉；春秋代謝而寒暑節，律呂者候之，無黍累之差焉。	《解·象》：天地解而雷雨作，雷雨作而百果草木皆甲坼。106《隨·象》：隨，大亨，貞无咎，而天下隨時。隨時之義大矣哉！69《繫辭下》：日月相推而明生焉。寒往則暑來，暑往則寒來，寒暑相推而歲成焉。182	《進士策問五道·第二道》446	元和二年807	36
152	斯者積弊之甚也，得不思革之乎？	《雜卦》：革，去故也。202	《進士策問五道·第四道》449	元和二年807	36
153	1. 中權之令風行，外鎮之威山立。 2. 往踐厥職，其惟有終。	1.《小畜·象》：風行天上，小畜；君子以懿文德。52 2.《坤》：六三，含章可貞；或從王事，無成有終。32	《奉敕試邊鎮節度使加僕射制》452，453	元和二年807	36
154	1. 庶乎馴致小康，浸興大道也。 2. 朕念以宗枝，務於容貸。諭以迷復，卒無悛心。	1.《坤·象》：履霜堅冰，陰始凝也；馴致其道，至堅冰也。32 2.《復》：上六，迷復，凶，有災眚。79《復·象》：迷復之凶，反君道也。79	《與金陵立功將士等敕書》455	元和二年807	36

155	卿忠廉立身，簡直成性。	《繫辭上》：成性存存，道義之門。163	《與崇文詔》457	元和二年807	36
156	亦宜勉勤匡贊，馴致邕熙。庶洽升平之風，以叶和同之慶。	《坤·象》：履霜堅冰，陰始凝也；馴致其道，至堅冰也。32	《批河中進嘉禾圖表》458，459	元和二年807	36
157	淮海妖氛滅，乾坤嘉氣通。	《繫辭上》：乾坤，其《易》之蘊耶？乾坤成列，而《易》立乎其中矣！171 《泰·彖》：則是天地交而萬物通也，上下交而其志同也。54	《太社觀獻捷詩》460	元和二年807	36
158	朕自嗣耿光，每多惕厲。念必先於除害，志無忘於安人。	《乾》：九三，君子終日乾乾，夕惕若，厲无咎。22	《答薛苹賀生擒李錡表》1101	元和二年807	36
159	1. 雷霆未震，置太社而服刑。斯皆十聖降靈，幽贊寡昧；百辟叶德，馴致和平。 2. 朕嘗以宰元化者曲成於物，法天道者從欲於人。	1.《繫辭上》：鼓之以雷霆，潤之以風雨。157 《說卦》：昔者聖人之作《易》也，幽贊於神明而生蓍。195 《坤·象》：履霜堅冰，陰始凝也；馴致其道，至堅冰也。32 《咸·彖》：天地感而萬物化生，聖人感人心而天下和平。95 2.《繫辭上》：範圍天地之化而不過，曲成萬物而不遺。160 《繫辭上》：知崇禮卑，崇效天，卑法地。163	《答黃裳請上尊號表》1105，1106	元和二年807	36
160	李錡負國反常，阻兵干紀。未勞師旅，已就誅夷。	《屯·象》：六二之難，乘剛也；十年乃字，反常也。35	《與韓皋詔》1108	元和二年807	36
161	1. 位雖託於人上，化未洽於域中。 2. 再省謝章，彌增惕厲。	1.《恒·彖》：聖人久於其道，而天下化成。97 2.《乾》：九三，君子終日乾乾，夕惕若，厲无咎。22	《答李抃等謝上尊號表》1110	元和二年807	36
162	1. 朕統承大寶，時屬小康。 2. 斯皆宗社垂佑，天地降和。非予沖人，所能馴致。	1.《繫辭下》：天地之大德曰生，聖人之大寶曰位。179 2.《坤·象》：履霜堅冰，陰始凝也；馴致其道，至堅冰也。32	《答馮伉請上尊號表》1111	元和二年807	36

163	1. 開予以天地無私之心，起予以聖宗不易之訓。 2. 卿等誠至感通，義深欣戴。	1.《文言》：龍德而隱者也。不易乎世，不成乎名；遯世無悶，不見是而無悶。26 孔穎達《論易之三名》：不易者，言天地定位不可相易。15 2.《繫辭上》：《易》無思也，無為也，寂然不動，感而遂通天下之故，非天下之至神，其孰能與於此？167	《答長安萬年兩縣百姓耆壽等謝許上尊號表》1112	元和二年 807	36
164	卿用兼文武，識合變通。	《繫辭上》：變通莫大乎四時。170	《答元素謝上表》1113	元和二年 807	36
165	乾象昭感，壽星垂文。與時相膺，有道則見。	《繫辭上》：成象之謂乾，效法之謂坤。162 《繫辭上》：天垂象，見吉凶，聖人象之。170 《繫辭下》：物相雜，故曰文。188 《損·彖》：損益盈虛，與時偕行。108	《與顏證詔》1116	元和二年 807	36
166	卿推誠奉國，積慶承家。	《文言》：積善之家，必有餘慶；積不善之家，必有餘殃。33 《師》：上六，大君有命，開國承家，小人勿用。49	《與從史詔》1117	元和二年 807	36
167	自惟爾和順積中，柔明奉上。動靜合肅邕之體，進退得婉變之儀。	《說卦》：和順於道德而理於義，窮理盡性以至於命。196 《大有·象》：大車以載，積中不敗也。59 《艮·彖》：時止則止，時行則行；動靜不失其時，其道光明。129 《文言》：知進退存亡，而不失其正者，其唯聖人乎！30	《祭故贈婕好孟氏文》1121	元和二年 807	36
168	祖宗垂慶，佳瑞薦臻。虔奉禎祥，伏深祇惕。	《文言》：積善之家，必有餘慶；積不善之家，必有餘殃。33 《乾》：九三，君子終日乾乾，夕惕若，厲无咎。22	《季冬薦獻太清宮詞文》1123	元和二年 807	36

169	1. 朕自御萬方，僅經三載。運逢休泰，俗漸和平。當朝野無虞之時，見君臣相遇之樂。 2. 蓋以己之所安，思與人之共樂。雖夕惕而若厲，每戒志於無荒。賜春遊以發生，宜助時而有慶。	1.《復·象》：休復之吉，以下仁也。78 《序卦》：泰者通也。200 《咸·象》：天地感而萬物化生，聖人感人心而天下和平。95 《姤·象》：天地相遇，品物咸章也。117 2.《序卦》：與人同者，物必歸焉。200 《乾》：九三，君子終日乾乾，夕惕若，厲无咎。22 《益·象》：自上下下，其道大光。利有攸往，中正有慶。109	《答李扦謝許遊宴表》1126，1127	元和二年807	36
170	勉卿寬裕之懷，助朕含弘之化。	《坤·象》：坤厚載物，德合無疆；含弘光大，品物咸亨。31 《恒·象》：聖人久於其道，而天下化成。97	《答劉濟詔》1128	元和二年807	36
171	雖恩光下濟，咫尺之顏不違。	《謙·象》：謙，亨。天道下濟而光明，地道卑而上行。60 《繫辭上》：與天地相似，故不違。160	《中和日謝恩賜尺狀》1276	元和二年807	36
172	蓋臣節大於孝思，王事急於情禮。捨輕從重，徇公滅私。變而通之，正在於此。	《坤》：六三，含章可貞；或從王事，無成有終。32 《繫辭下》：變通者，趣時者也。178	《邊鎮節度使起復制》928	〔註4〕	36至40
173	況雅有學識，進修不已。禮官方缺，宜當此選。凡朝廷禮制，或損益有疑。	1.《文言》：君子進德修業。忠信，所以進德也；修辭立其誠，所以居業也。27 2.《損·象》：損益盈虛，與時偕行。	《鄭涵等太常博士制》939	〔註5〕	36至40
174	懋勤德者，慶鍾於嗣；襲忠順者，教本於親。	《文言》：積善之家，必有餘慶；積不善之家，必有餘殃。33	《除某節度留後起複製》960	〔註6〕	36至40

〔註4〕 朱《箋》第 3148 頁：作於元和二年（807）至元和六年（811）。「朱《箋》」：〔唐〕白居易著，朱金城箋注，《白居易集校箋》，第 1 版，上海：上海古籍出版社，1988 年版。

〔註5〕 朱《箋》第 3154 頁：作於元和二年（807）至元和六年（811）。

〔註6〕 朱《箋》第 3167 頁：作於元和二年（807）至元和六年（811）。

175	所宜頤養，不可率率。俾移優秩，以從致政。	《序卦》：頤者，養也。200	《張正一致仕制》965	〔註7〕	36至40
176	吹煦寒暑，陰陽節而歲功成；輔相乾坤，上下交而生物遂。	《繫辭下》：陰物也。陰陽合德而剛柔有體，以體天地之撰，以通神明之德。185 《節·彖》：天地節而四時成。節以制度，不傷財不害民。145 《泰·象》：天地交，泰；後以財成天地之道，輔相天地之宜，以左右民。55 《繫辭上》：乾坤，其《易》之蘊耶？乾坤成列，而《易》立乎其中矣！171 《泰·彖》：則是天地交而萬物通也，上下交而其志同也。54	《上元日歎道文》1131	元和二年807至元和六年811	36至40
177	後竟以攻戰死於王事，年四十八，贈太尉，諡曰忠武。	《坤》：六三，含章可貞；或從王事，無成有終。32	《北齊驃騎大將軍高敖曹贊（并序）》1155	元和二年807至元和六年811	36至40
178	伏以重陽令節，大有豐年。賜宴於無事之朝，追歡於最勝之地。	《大有·彖》曰：大有，柔得尊位，大中而上下應之，曰大有。59 《大有·象》：大有上吉，自天祐也。60 《豐·彖》：豐，大也，明以動，故豐。王假之，尚大也。139	《九月九日謝恩賜宴曲江會狀》1272	元和二年807至元和六年811	36至40
179	永懷履薄之戒，以斯惕屬，用答皇慈。	《乾》：九三，君子終日乾乾，夕惕若，厲无咎。22	《謝恩賜冰狀》1279	元和二年807至元和六年811	36至40
180	述清問以修詞，言非盡意。	《繫辭上》：書不盡言，言不盡意。170	《謝恩賜茶果等狀》1281，1282	元和二年807至元和六年811	36至40

〔註7〕朱《箋》第3170頁：作於元和二年（807）至元和六年（811）。

181	1. 福仁何昧，積慶無徵。宜享永年，遽歸長夜。 2. 蓄和順之誠，不得施於娣姒。	1.《文言》：積善之家，必有餘慶；積不善之家，必有餘殃。33 2.《說卦》：和順於道德而理於義，窮理盡性以至於命。196	《祭楊夫人文》130	元和三年 808	37
182	1. 至誠感通，上帝眷佑。果賴良弼，輔予一人。 2. 為國蓍龜，注人耳目。 3. 獨立勿懼，直躬而行。明德斯言，敬踐乃位。	1.《繫辭上》：《易》無思也，無為也，寂然不動，感而遂通天下之故，非天下之至神，其孰能與於此？167 2.《繫辭上》：探賾索隱，鉤深致遠，以定天下之吉凶，成天下之亹亹者，莫大乎蓍龜。170 3.《大過·象》：君子以獨立不懼，遯世無悶。83	《除裴垍中書侍郎同平章事制》873，874	元和三年 808	37
183	將慎重其腹心，宜進登於喉舌。敬服休命，勉揚令圖。	《大有·象》：君子以遏惡揚善，順天休命。59	《除段佑檢校兵部尚書右神策軍大將軍制》879	元和三年 808	37
184	朕以眇身，嗣於丕業。心雖勞於惕厲，化未及於雍熙。	《乾》：九三，君子終日乾乾，夕惕若，厲无咎。22	《答馮伉謝許上尊號表》1115	元和三年 808	37
185	1. 道用無窮，統之者大聖；神化不測，感之者至誠。 2. 申命工人，彰施繪事。粹容儼若，真相炳焉。憑志誠而上通，垂景福而下濟。	1.《臨·象》：君子以教思無窮，容保民無疆。72 《繫辭下》：神而化之，使民宜之。180 《繫辭上》：通變之謂事，陰陽不測之謂神。162 2.《巽·象》：重巽以申命，剛巽乎中正而志。142 《謙·彖》：謙，亨。天道下濟而光明，地道卑而上行。60	《畫大羅天尊贊文》1132，1133	元和三年 808	37
186	1. 靜修德容，動中規度。 2. 殊俗保和，實賴肅雍之德。	1.《蹇·象》：君子以反身修德。105 2.《乾·象》：乾道變化，各正性命，保合大和，乃利貞。23，24	《祭咸安公主文》1135	元和三年 808	37

187	卿邦家楨幹，班列羽儀。嘗作股肱，弼諧無怠。	《漸》：上九，鴻漸於陸，其羽可用為儀，吉。131 孔穎達疏：處高而能不以位自累，則其羽可用為物之儀表，可貴可法也。131	《與宗儒詔》1144	元和三年 808	37
188	皇帝君臨萬方，迨及四載。道光日月，德動乾坤。南北東西，化無不及。	《艮・彖》：時止則止，時行則行；動靜不失其時，其道光明。129 《繫辭下》：日月之道，貞明者也。179 《繫辭上》：乾坤，其《易》之蘊耶？乾坤成列，而《易》立乎其中矣！171 《恒・彖》：聖人久於其道，而天下化成。97	《代忠亮答吐蕃東道節度使論結都離等書》1162	元和三年 808	37
189	況與可汗禮在往來，義存終始。親鄰既通於累代，思好益厚於往時。	《乾・彖》：大明終始，六位時成，時乘六龍以御天。23	《與迴鶻可汗書》1174，1175	元和三年 808	37
190	1. 朝慚夕惕，已逾半年。塵曠漸深，憂愧彌劇。 2. 候陛下言動之際，詔令之間，小有遺闕，稍關損益，臣必密陳所見，潛獻所聞。	1.《乾》：九三，君子終日乾乾，夕惕若，厲无咎。22 2.《繫辭上》：言行，君子之所以動天地也，可不慎乎？164 《損・彖》：損益盈虛，與時偕行。108	《初授拾遺獻書》1188	元和三年 808	37
191	1. 若數人進，則必君子之道長；若數人退，則必小人之道行。故卜時事之否臧，在數人之進退也。 2. 陛下縱未能推而行之，又何忍罪而斥之乎？	1.《泰・彖》內陽而外陰，內健而外順，內君子而外小人：君子道長，小人道消也。54 《彖・否》：內陰而外陽，內柔而外剛，內小人而外君子：小人道長，君子道消也。56 《師》：初六，師出以律，否臧凶。48 《繫辭上》：變化者，進退之象也。158 2.《繫辭上》：化而裁之謂之變，推而行之謂之通。171	《論制科人狀》1192，1193	元和三年 808	37

192	1. 夫謀宜可久，事貴得中。 2. 進退周施，無求不得。 3. 進退思慮，恐貽聖憂。 4. 語無方便，動有悔尤。	1.《既濟‧彖》：初吉，柔得中也。149 2、3.《繫辭上》：變化者，進退之象也。158 4.《文言》：貴而無位，高而無民，賢人在下位而無輔，是以動而有悔也。165	《論于頔裴均狀》1198～1200	元和三年808	37
193	1. 兩和商量，然後交易也。 2. 利害之間，可以此辨。 3. 夫聖人之舉事也，唯務便人，唯求利物。若損益相半，則不必遷移。若利害相懸，則事須追改。	1.《繫辭下》：日中為市，致天下之民，聚天下之貨，交易而退，各得其所，蓋取諸《噬嗑》。180 2、3.《繫辭下》：情偽相感而利害生。189 3.《文言》：利物足以和義。25 《序卦》：損而不已必益，故受之以益。201	《論和糴狀》1204，1205	元和三年808	37
194	1. 位當星象，職在箴規。皆須問望清方，行實端愨。然可以佐彌綸於草昧，能正其詞。 2. 俯伏憂愧，若無所容。	1.《既濟‧彖》：既濟亨，小者亨也。利貞，剛柔正而位當也。149 《繫辭上》：《易》與天地準，故能彌綸天地之道。160 《屯‧彖》：雷雨之動滿盈，天造草昧。宜建侯而不寧。34 《繫辭下》：理財正辭，禁民為非曰義。179 2.《恒‧象》：不恒其德，無所容也。97	《謝官狀》1262	元和三年808	37
195	我有休命，爾其敬承。	《大有‧象》：君子以遏惡揚善，順天休命。59	《加程執恭撿挍尚書右僕射制》884	元和三年808至元和六年811	37至40
196	1. 言動必中節，故環佩有常聲。 2. 惟土田兮與時日，龜兮著兮偕言吉。	1.《繫辭上》：言行，君子之所以動天地也，可不慎乎？164《蹇‧象》：大蹇朋來，以中節也。106 2.《繫辭上》：探賾索隱，鉤深致遠，以定天下之吉凶，成天下之亹亹者，莫大乎著龜。170	《大唐故賢妃京兆韋氏墓誌銘（并序）》209，210	元和四年809	38

197	1. 聚學飾身，修誠致用。久膺事任，累著勳猷。 2. 服我休命，其惟懋哉！	1.《文言》：修辭立其誠，所以居業也。27 《繫辭上》：備物致用，立成器以為天下利，莫大乎聖人。170 2.《大有·象》：君子以遏惡揚善，順天休命。59	《除趙昌檢校吏部尚書兼太子賓客制》881	元和四年809	38
198	忠厚立誠，果斷効用。慎始終而行有枝葉，踐夷險而道無磷緇。	《文言》：修辭立其誠，所以居業也。27 《繫辭下》：懼以終始，其要无咎，此之謂《易》之道也。189	《除王佖撿挍戶部尚書充靈鹽節度使制》886	元和四年809	38
199	然亦欲以觀卿進退之禮，察卿忠孝之心。	《文言》：知進退存亡，而不失其正者，其唯聖人乎！30	《與王承宗詔》1007	元和四年809	38
200	卿等或詩禮承家，或弓裘奉業。咸鍾新命，慶屬本枝。省所謝陳，深嘉誠懇。	《師》：上六，大君有命，開國承家，小人勿用。49 《文言》：積善之家，必有餘慶；積不善之家，必有餘殃。33	《答李遜等謝恩令附入屬籍表》1011	元和四年809	38
201	論列是非，既庶幾為座隅之誠；發揮獻納，亦足以開臣下之心。	《文言》：六爻發揮，旁通情也。29	《批百僚嚴綬等賀御撰屏風表》1016	元和四年809	38
202	已令有司重議如此，頗謂得中。	《既濟·彖》：初吉，柔得中也。149	《與師道詔》1021	元和四年809	38
203	朕祗膺統序，恭守典常。爰推至公，乃命長子。使主國鬯，用貞邦家。冊畢禮成，良增感慶。	《繫辭下》：初率其辭，而揆其方，既有典常。187 《震》：震，亨。震來虩虩，笑言啞啞，震驚百里，不喪匕鬯。127《震·彖》：震驚百里，驚遠而懼邇也。出，可以守宗廟社稷，以為祭主也。127 孔穎達疏：長子則正體於上，將所傳重，出則撫軍，守則監國，威震驚於百里，可以奉承宗廟，彝器粢盛，守而不失也，故曰「震驚百里，不喪匕鬯」。127	《答段佑等賀冊皇太子禮畢表》1024，1025	元和四年809	38
204	士政承積善之慶，列在王官。	《文言》：積善之家，必有餘慶；積不善之家，必有餘殃。33	《與崇文詔》1137	元和四年809	38

205	1. 電繞樞而夜明，雷出震而時泰。皇帝孝敬寅畏，憂勤勞謙。以謂無疆之休，雖肇自於元聖；莫大之慶，思廣被於群生。 2. 至誠上通於一德，景福旁濟於萬靈。休命耿光，自茲無極。	1.《說卦》曰：帝出乎震。196 《震·象》曰：洊雷，震。君子以恐懼修省。127 《謙》：九三，勞謙，君子有終，吉。61 《謙·象》：勞謙君子，萬民服也。61 《坤·象》：坤厚載物，德合無疆；含弘光大，品物咸亨。31 2.《咸·彖》：天地感而萬物化生，聖人感人心而天下和平。95 《大有·象》：君子以遏惡揚善，順天休命。59	《畫大羅天尊贊文》1151，1152	元和四年809	38
206	爰興利物之利，用表憂人之憂。	《繫辭下》：《損》以遠害，《益》以興利。186 《文言》：利物足以和義。25	《答王鍔賀賑恤江淮德音表》1166	元和四年809	38
207	1. 朕臨御萬國，迨茲五年。惕厲之懷，雖勤於夙夜；懲伏之候，猶害於歲時。思革弊以救災，在濟人而損己。是用欽刑緩死，己責卹貧。 2. 卿等或匡躬獻替，或悉力弼諧。	1.《乾·彖》：首出庶物，萬國咸寧。24 《乾》：九三，君子終日乾乾，夕惕若，厲无咎。22 《雜卦》：革，去故也。202 《繫辭下》：《損》，德之修也。186 《益·彖》：損上益下，民說無疆。109 《中孚·象》：澤上有風，中孚；君子以議獄緩死。146 2.《蹇》：六二，王臣蹇蹇，匪躬之故。105	《答宰相杜佑等賀德音表》1170	元和四年809	38
208	朕統承鴻緒，子育蒼生。累歲有秋，今春不雨。在陰陽之數，雖有盈虛；為父子之心，敢忘惻隱？	《无妄·象》：先王以茂對時育萬物。79 《繫辭上》：廣大配天地，變通配四時，陰陽之義配日月，易簡之善配至德。163 《損·彖》：損益盈虛，與時偕行。108 《說卦》：乾，天也，故稱乎父。198	《答宗正卿李詞等賀德音表》1172	元和四年809	38

209	永言襃贈，自叶典常。況卿孝友承家，勤勞事國。念茲忠節，皆稟義方。	《繫辭下》：初率其辭，而揆其方，既有典常。187 《師》：上六，大君有命，開國承家，小人勿用。49	《與從史詔》1179	元和四年 809	38
210	希朝前在振武，威令大行。至今蕃戎，望風畏伏。	《大畜·象》：何天之衢，道大行也。82	《論太原事狀三件》1212	元和四年 809	38
211	惟此一事，實乖時體，關於損益，臣實惜之。	《損·彖》：損益盈虛，與時偕行。108	《論于頔進歌舞人狀》1218	元和四年 809	38
212	今未逾數月，忽有此消息。	《豐·彖》：天地盈虛，與時消息。139	《奏所聞狀》1235	元和四年 809	38
213	議事以制，擇善而行。是適變通，庶臻康濟。	《繫辭上》：變通莫大乎四時。170	《授吳少陽淮西節度留後制》891	元和五年 810	39
214	1. 忠實有常，文以詞學。 2. 惟有守者，可以執憲。惟無私者，可以閑邪。	1.《繫辭上》：動靜有常，剛柔斷矣。156 2.《文言》：庸言之信，庸行之謹，閑邪存其誠，善世而不伐，德博而化。26	《除柳公綽御史中丞制》968，969	〔註8〕	39
215	負勇果之雄材，蓄變通之明識。	《繫辭上》：廣大配天地，變通配四時。163	《祭吳少誠文》1039	元和五年 810	39
216	勉同王事，以慰朕懷。	《坤》：六三，含章可貞；或從王事，無成有終。32	《與昭義軍將士敕書》1050	元和五年 810	39
217	豈唯繼好私情，亦足叶心王事。	《坤》：六三，含章可貞；或從王事，無成有終。32	《與執恭詔》1058	元和五年 810	39
218	1. 若知非改悔，則無不含弘。 2. 共保終始，稱朕意焉。	1.《坤·象》：坤厚載物，德合無疆；含弘光大，品物咸亨。31 2.《乾·象》：大明終始，六位時成，時乘六龍以御天。23	《與恒州節度下將士書》1059	元和五年 810	39
219	體天地含弘之德，厚君臣終始之恩。常以人安為心，豈欲物失其所？	《坤·象》：坤厚載物，德合無疆；含弘光大，品物咸亨。31 《乾·象》：大明終始，六位時成，時乘六龍以御天。23 《困·彖》：險以說，困而不失其所亨，其唯君子乎！121	《與承宗詔》1061	元和五年 810	39

〔註8〕朱《箋》第3173頁：作於元和五年（810）。

220	朕所以捨其罪悔,議以勳親。垂宥過之恩,尚宜及爾十代。	《解·象》:雷雨作,解;君子以赦過宥罪。106	《批宰相賀赦王承宗表》1062	元和五年810	39
221	雖勞謙彌切,每陳丹府之誠;而憂寄方深,難輟紫垣之務。	《謙》:九三,勞謙,君子有終,吉。61	《與吉甫詔》1068	元和五年810	39
222	至於信使,一往一來,但今疏數得中,足表情意不絕。	《解·象》:其來復吉,乃得中也。106	《與吐蕃宰相尚綺心兒等書》1070	元和五年810	39
223	承家襲慶,誓繼力於前修;補過酬恩,願指期於後效。	《師》:上六,大君有命,開國承家,小人勿用。49 《繫辭上》:无咎者,善補過也。159	《答王承宗謝洗雪及復官爵表》1074	元和五年810	39
224	卿有忠貞之節,立於險中;有清重之名,鎮於朝右。而能始終有道,進退有常。	《繫辭下》:懼以終始,其要无咎,此之謂《易》之道也。189 《繫辭上》:變化者,進退之象也。158 《繫辭上》:動靜有常,剛柔斷矣。156	《答高郢請致仕第二表》1076	元和五年810	39
225	卿修文立身,經武致用。每誓心於忠勇,常濟事以智謀。	《繫辭上》:備物致用,立成器以為天下利,莫大乎聖人。170	《答任迪簡讓易定節度使表》1082	元和五年810	39
226	卿義深報國,孝重承家。既感顯親之恩,願竭戴君之節。	《師》:上六,大君有命,開國承家,小人勿用。49	《與劉總詔》1085	元和五年810	39
227	遷延進退,貴引日時。	《繫辭上》:變化者,進退之象也。158	《請罷兵第二狀》1250	元和五年810	39
228	1. 若又此時不罷,臣實不測聖心。 2. 今日已後,所憂者治亂安危。	1.《繫辭上》:通變之謂事,陰陽不測之謂神。162 2.《繫辭下》:危者,安其位者也;亡者,保其存者也;亂者,有其治者也。是故君子安而不忘危,存而不忘亡,治而不忘亂。是以身安而國家可保也。183	《請罷兵第三狀》1255,1256	元和五年810	39
229	此皆皇明俯察,玄造曲成。	《繫辭上》:範圍天地之化而不過,曲成萬物而不遺。160	《謝官狀》1266	元和五年810	39

230	至於涉是非、關邪正者，辨而守之，則確乎其不可拔也。	《文言》：樂則行之，憂則違之：確乎其不可拔，潛龍也。26	《故鞏縣令白府君事狀》396	元和六年 811	40
231	庶使發揮，因為述序。	《文言》：六爻發揮，旁通情也。29	《答文武百僚……表》1091	元和六年 811	40
232	朕以春候發生，歲功資始。順陽和而布政，賑貧乏而勸農。載念罷人，因除弊事。隨其所利，施以為恩。	《乾·彖》曰：大哉乾元；萬物資始，乃統天。23 《文言》：乾始能以美利利天下，不言所利，大矣哉。29	《答宗正卿李詞等賀德音表》1180	元和六年 811	40
233	1. 冀神魂之不孤，庶窀穸之永安。嗚呼！自爾捨我，歸於下泉。日來月往，二十二年。 3. 進退不可，中心煩冤。	1.《文言》：君子敬以直內，義以方外。敬義立而德不孤。33 3.《繫辭下》：日往則月來，月往則日來，日月相推而明生焉。182 《繫辭上》：變化者，進退之象也。158 《泰·象》：不戒以孚，中心願也。55	《祭小弟文》133	元和八年 813	42
234	1. 三才各有文。天之文三光首之，地之文五材首之，人之文六經首之。就六經言，《詩》又首之。何者？聖人感人心而天下和平。感人心者莫先乎情，莫始乎言，莫切乎聲，莫深乎義。 2. 上自聖賢，下至愚騃，微及豚魚，幽及鬼神，羣分而氣同，形異而情一。未有聲入而不應，情交而不感者。 3. 上下通而一氣泰，憂樂合而百志熙。五帝、三皇所以直道而行、垂拱而理	1.《繫辭下》：《易》之為書也，廣大悉備：有天道焉，有人道焉，有地道焉。兼三才而兩之，故六。188 《賁·彖》：觀乎天文，以察時變；觀乎人文，以化成天下。75 《咸·彖》：天地感而萬物化生，聖人感人心而天下和平。95 2.《中孚·彖》：豚魚吉，信及豚魚也。146 《文言》：夫大人者，與天地合其德，與日月合其明，與四時合其序，與鬼神合其吉凶。30 《繫辭上》：方以類聚，物以群分，吉凶生矣。156 《文言》：同聲相應，同氣相求。28	《與元九書》322～326	元和十年 815	44

	者，揭此以為大柄，決此以為大寶也。 4. 十五六始知有進士，苦節讀書。 5. 不相與者，號為沽名，號為訐謀，號為訕謗。 6. 今之迍窮，理固然也。況詩人多蹇，如陳子昂、杜甫，各授一拾遺，而迍剝至死。 7. 進退出處，何往而不自得哉？	3.《泰·彖》：則是天地交而萬物通也，上下交而其志同也。54 《泰·象》：天地交，泰。55 《繫辭下》：黃帝、堯、舜垂衣裳而天下治，蓋取諸《乾》《坤》。180 4.《節·彖》：苦節不可貞，其道窮也。145 5.《艮·彖》：上下敵應，不相與也，是以不獲其身，行其庭不見其人，无咎也。129 6.《屯》：六二，屯如，邅如，乘馬班如。35 孔穎達疏：屯是屯難，邅是邅迴。35 《屯·彖》曰：屯，剛柔始交而難生；動乎險中，大亨貞。34 《蹇·彖》：蹇，難也，險在前也。105 《剝·彖》：剝，剝也，柔變剛也。不利有攸往，小人長也。76 《雜卦》：剝，爛也。202 7.《文言》：知進退存亡，而不失其正者，其唯聖人乎！30 《繫辭上》：君子之道，或出或處，或默或語。164			
235	今且安時順命，用遣歲月。	《臨·象》：咸臨吉无不利，未順命也。72	《與楊虞卿書》294	元和十一年 816	45
236	1. 雖賦命之間則有厚薄，而忘懷之後亦無窮通。 2. 雖鵩鳥集於前，枯柳生於肘，不能動其心也，而況進退榮辱之累耶？	1.《乾·象》：乾道變化，各正性命。23 《繫辭下》：《易》窮則變，變則通，通則久。180 2.《繫辭上》：變化者，進退之象也。158	《答戶部崔侍郎書》345，346	元和十一年 816	45

237	1. 不謂纔及中年，始登下位。 2. 追思曩昔，同氣四人。	1.《文言》：是故居上位而不驕，在下位而不憂。27 2.《文言》：同聲相應，同氣相求。28	《祭浮梁大兄文》140	元和十二年817	46
238	居易賦命蹇連，與時參差，願於靈山，棲止陋質。	《蹇》：六四，往蹇，來連。106 《蹇·彖》：蹇，難也，險在前也。105 《損·彖》：損益盈虛，與時偕行。108	《祭匡山文》143	元和十二年817	46
239	苟人居之靜謐，則神道之光明。齋心露誠，庶幾有答。	《觀·彖》：觀天之神道，而四時不忒；聖人以神道設教，而天下服矣。73 《艮·彖》：動靜不失其時，其道光明。129	《祭廬山文》145	元和十二年817	46
240	1. 物至致知，各以類至。 2. 一旦蹇剝，來佐江郡。 3. 出處行止，得以自遂。	1.《繫辭上》：方以類聚，物以群分，吉凶生矣。156 2.《蹇·彖》：蹇，難也，險在前也。105 《剝·彖》曰：剝，剝也，柔變剛也。不利有攸往，小人長也。76 《雜卦》：剝，爛也。202 3.《繫辭上》：君子之道，或出或處，或默或語。164	《草堂記》255	元和十二年817	46
241	予方淪落江海，不足以發軔事業。	《文言》：君子黃中通理，正位居體，美在其中，而暢於四支，發於事業：美之至也！34	《代書》281	元和十二年817	46
242	1. 若有人蓄器貯用，急於兼濟者居之，雖一日不樂。若有人養志忘名，安於獨善者處之，雖終身無悶。 2. 何哉？識時知命而已。	1.《繫辭下》：君子藏器於身，待時而動，何不利之有？183 《文言》：龍德而隱者也。不易乎世，不成乎名；遯世無悶，不見是而無悶。26 2.《繫辭上》：旁行而不流，樂天知命，故不憂。160	《江州司馬廳記》249，250	元和十三年818	47
243	王城離域有佛寺，號興善。寺之坎地有僧舍，名傳法堂。	《說卦》：離也者明也，萬物皆相見，南方之卦也。197 《說卦》：坎者水也，正北方之卦也。197	《傳法堂碑》184	元和十四819	48

244	仰睇俯察，絕無人跡，但水石相薄，磷磷鑿鑿，跳珠濺玉，驚動耳目。	《說卦》：天地定位，山澤通氣，雷風相薄，水火不相射，八卦相錯。196	《三遊洞序》274	元和十四年 819	48
245	1. 臣聞玄功盛德，非鴻名不能形容。 2. 伏惟元和聖文神武法天應道皇帝陛下，纂承大業，子育羣生。信及豚魚，威殲梟鏡。 3. 宿弊必除，舊章咸舉。帝王能事，盡集於今。凡在生靈，孰不幸甚。	1.《繫辭上》：盛德大業至矣哉！富有之謂大業，日新之謂盛德。162 《繫辭上》：聖人有以見天下之賾，而擬諸其形容。163 2.《无妄·象》：先王以茂對時育萬物。79 《中孚·彖》：豚魚吉，信及豚魚也。146 3.《繫辭上》：引而伸之，觸類而長之，天下之能事畢矣。顯道神德行，是故可與酬酢，可與佑神矣。166，167	《賀上尊號後大赦天下表》1338	元和十四年 819	48
246	1. 六龍時乘，下壓羣嶽。 2. 精入萬樞，發揮盛祉。 3. 天英神斷，不疾而速。 4. 闢乾位於象帝之文，飾宸耀於稟氣之類。	1.《乾·彖》：大明終始，六位時成，時乘六龍以御天。23 2.《繫辭下》：精義入神，以致用也。182 《文言》：六爻發揮，旁通情也。29 3.《繫辭上》：唯神也，故不疾而速，不行而至。168 4.《繫辭下》：乾為天，為圜，為君，為父。198 《繫辭上》：通其變，遂成天下之文。167	《元和南省請上尊號表》2079	〔註9〕	48
247	1. 臣聞古先哲王，垂衣御極，何嘗不取鑒祖則，作為盛猷？ 2. 執謙德而彌仰崇高，議神功而無以彰灼。	1.《繫辭下》：黃帝、堯、舜垂衣裳而天下治，蓋取諸《乾》《坤》。180 2.《謙·象》：謙尊而光，卑而不可逾，君子之終也。60 3.《履·象》：元吉在上，大有慶也。54	《第三表》2081，2082	〔註10〕	48

〔註9〕 朱《箋》第3929頁：約作於元和十四年（819）。
〔註10〕 朱《箋》第3931頁：約作於元和十四年（819）。

	3. 誕受鴻名，光膺大慶。紹五帝三皇之絕典，光九廟萬國之丕休。	《乾·彖》：首出庶物，萬國咸寧。24			
248	1. 矧陛下踐寶祚，握瑤圖。懸日月而照九圍，鼓雷霆而清八極。 2. 而典冊猶鬱，徽號未崇。何以副萬國之心？何以答三靈之貺？	1.《繫辭上》：鼓之以雷霆，潤之以風雨。157 《說卦》：震為雷，為龍。198 《說卦》：帝出乎震。196 2.《乾·彖》：首出庶物，萬國咸寧。24	《第四表》2083	〔註11〕	48
249	臣非獸臣，不當獻箴。輒思出位，敢諫從禽。	《艮·象》：兼山，艮；君子以思不出其位。129 《屯·象》：即鹿無虞，以從禽也。35	《續虞人箴》87	元和十五 820	49
250	為政廉平易簡，不求赫赫名。	《繫辭上》：易簡，而天下之理得矣；天下之理得，而成位乎其中矣。157	《有唐善人碑》164	長慶元年 821	50
251	1. 才朽命剝，蹇躓不暇。 2. 今予猶小得遇，子卒無成。	1.《蹇·彖》：蹇，難也，險在前也。105 2.《坤》：六三，含章可貞；或從王事，無成有終。32	《送侯權秀才序》284	長慶元年 821	50
252	自居首諫，益勵謇諤。擢領是職，必有可觀。	《序卦》：物大然後可觀。200	《鄭覃可給事中制》475	長慶元年 821	50
253	細大必躬親，剛柔不吐茹。甚稱厥職，惜而不遷。然智者常憂，忠者常勞，亦非吾以平施御臣下之道也。	《繫辭下》：剛柔相推，變在其中矣。178 《謙·象》：地中有山，謙；君子以裒多益寡，稱物平施。60	《柳公綽可吏部侍郎制》522，523	長慶元年 821	50
254	可以靜理而阜安，不宜改張而趨數。以爾精敏，當自得中。	《解·象》：其來復吉，乃得中也。106	《王公亮可商州刺史制》528	長慶元年 821	50
255	況今之尚書，漢公卿也。言動可否，屬人耳目焉。	《繫辭上》：言行，君子之所以動天地也，可不慎乎？164	《韋貫之可工部尚書制》539	長慶元年 821	50

〔註11〕朱《箋》第3932頁：約作於元和十四年（819）。

256	爾宜臨之以莊，示之以信。形儀辭氣，皆有可觀。	《序卦》：物大然後可觀。200	《太子少詹事劉元鼎……三人同制》541	長慶元年821	50
257	今季同以明慎欽恤理刑獄，以文學博雅長圖籍。	《旅·象》：君子以明慎用刑而不留獄。140，141	《許季同可秘書監製》543	長慶元年821	50
258	1. 則思與之始終，厚申恩禮。 2. 尚可以表吾寵重，亦所以成爾謙光。	1.《繫辭下》：懼以終始，其要无咎，此之謂《易》之道也。189 2.《謙·彖》：謙尊而光，卑而不可逾，君子之終也。60	《蕭俛除吏部尚書制》562	長慶元年821	50
259	1. 舟車之所及，日月之所照，威綏仁重，岡不嚮化。 2. 地生奇特，天賜勇智。	1.《恒·彖》：日月得天，而能久照。97 《恒·彖》：聖人久於其道，而天下化成。97 2.《益·彖》：天施地生，其益無方。109	《冊新迴鶻可汗文》603	長慶元年821	50
260	1. 叶德保和，以至今日。 2. 宜乎思大德，稱大名，懋哉始終，欽若唐之休命。	1.《乾·彖》：乾道變化，各正性命，保合大和，乃利貞。23，24 2.《繫辭下》：天地之大德曰生，聖人之大寶曰位。179 《繫辭下》：懼以終始，其要无咎，此之謂《易》之道也。189 《大有·象》：君子以遏惡揚善，順天休命。59	《冊迴鶻可汗加號文》608	長慶元年821	50
261	蓋欲表二三子之道不虛行，而明予一人德無不報也。	《繫辭下》：苟非其人，道不虛行。187	《韋綬從左丞授禮部尚書……制》611，612	長慶元年821	50
262	爾宜率素履，思永圖，敬終如初，足以報我。	《履》：初九，素履，往无咎。53 《履·象》： 素履之往，獨行願也。53	《元稹除中書舍人翰林學士賜紫金魚袋制》620	長慶元年821	50
263	蘊德累行，積中發外。歸於華族，生此哲人。	《大有·象》：大車以載，積中不敗也。59	《韓愈等二十九人亡母追贈國郡太夫人制》629	長慶元年821七月前	50

264	1. 鎮陽之役，實殄王事。茂勳大節，書於旂常。 2. 念義方之訓而不墮，居貴介之地而不驕。 3. 今以濟之仗順積善，宜鍾慶於子孫。	1.《坤》：六三，含章可貞；或從王事，無成有終。32 2.《文言》：是故居上位而不驕，在下位而不憂。27 3.《文言》：積善之家，必有餘慶；積不善之家，必有餘殃。33	《劉總弟約等五人……同制》632～633	長慶元年 821	50
265	朕聞古有履忠仗順，生而大有為者，又有功成身退，殁而永不朽者，	《繫辭上》：是以君子將有為也，將有行也，問焉而以言，其受命也如響，無有遠近幽深，遂知來物。167	《贈劉總太尉冊文》669	長慶元年 821	50
266	指明安危，分別逆順。	《繫辭下》：是故君子安而不忘危，存而不忘亡，治而不忘亂。是以身安而國家可保也。183 《小過·象》：飛鳥遺之音，不宜上宜下，大吉，上逆而下順也。147	《盧元勳除隰州刺史制》697	長慶元年 821	50
267	況聞修省以克己，固將校試而用能。	《震·象》曰：洊雷，震。君子以恐懼修省。127	《盧昂量移虢州司戶長孫鉉量移遂州司戶同制》709	長慶元年 821	50
268	1. 而懿仗忠履義，體仁養勇。 2. 有將相之長才，不得其位。命屈當代，慶流後昆。有外孝孫，為吾賢帥。以忠許國，以順克家。	1.《文言》：君子體仁足以長人。25 2.《文言》：積善之家，必有餘慶；積不善之家，必有餘殃。33 《蒙·象》：子克家，剛柔接也。37	《劉總外祖……贈工部尚書制》725	長慶元年 821	50
269	善積於中，福延於後。段公威德，當流慶於外孫。	《文言》：積善之家，必有餘慶；積不善之家，必有餘殃。33	《劉總外祖母李氏贈趙國夫人制》726	長慶元年 821	50
270	官必有介，所以敬王事而重國命也。	《坤》：六三，含章可貞；或從王事，無成有終。32	《賈臻入迴鶻副使……制》728	長慶元年 821	50
271	況公侯之嗣，幕府之英。餘慶所鍾，有才如是。	《文言》：積善之家，必有餘慶；積不善之家，必有餘殃。33	《張屺授廬州刺史兼御史中丞制》729	長慶元年 821	50

272	而勤於夙夜，疾癘所侵。上陳表章，乞就頤養。	《序卦》：頤者，養也。200	《韓公武授左驍衛上將軍制》730	長慶元年 821	50
273	多歷年紀，備嘗艱危。進退周旋，不聞失道。	《繫辭上》：變化者，進退之象也。158 《觀·象》：觀我生，進退，未失道也。73	《王計除萊州刺史吳暐除蓬州刺史制》737	長慶元年 821	50
274	因而制置，以叶便宜。蓋王者施張變通之要也。	《繫辭上》：變通莫大乎四時。170	《京兆尹盧士玫……制》745	長慶元年 821	50
275	自江而東，政成人义。老而將智，病且知終。方觀闕庭，而捐館舍。	《文言》：知至至之，可與幾也；知終終之，可與存義也。27	《薛戎贈左散騎常侍制》765	長慶元年 821	50
276	1. 大孝有乎始終，殊恩被於幽顯。 2. 發揮婦道，標表母儀。 3. 俾彰積慶於中，故許推恩而上。	1.《繫辭下》：懼以終始，其要无咎，此之謂《易》之道也。189 《繫辭下》：夫《易》，彰往而察來，而微顯闡幽。185 2.《文言》：六爻發揮，旁通情也。29 3.《文言》：積善之家，必有餘慶；積不善之家，必有餘殃。33	《楊於陵亡祖母崔氏等贈郡夫人制》773，774	長慶元年 821	50
277	以冠俗之棲遲下位，道屈於時；以於陵之光大其門，慶鍾於後。	《文言》：是故居上位而不驕，在下位而不憂。27 《坤·彖》：坤厚載物，德合無疆；含弘光大，品物咸亨。31 《文言》：積善之家，必有餘慶；積不善之家，必有餘殃。33	《戶部尚書楊於陵……制》786	長慶元年 821	50
278	或義烈臨奮，失身於戮辱。履危如虎尾，視死如鴻毛。	《履》：六三，眇能視，跛能履，履虎尾咥人，凶。54	《鎮州軍將王怡判官李序……制》817	長慶元年 821	50
279	第四妹端明成性，和順稟教。靜無違禮，故組紃有常訓；動必中節，故環佩有常聲。葳茂穠華，日新淑問。	《繫辭上》：成性存存，道義之門。163 《說卦》：和順於道德而理於義，窮理盡性以至於命。196 《節·象》：澤上有水，節；君子以制數度，議德行。145	《封太和長公主制》831	長慶元年 821	50

		《蹇·象》：大蹇朋來，以中節也。106 《繫辭上》：富有之謂大業，日新之謂盛德。162			
280	連鞫庶獄，多叶平允。加以溫敏靜專，可當是選。	《繫辭上》：夫乾，其靜也專，其動也直，是以大生焉。162 王弼注《乾·彖》：乘變化而御大器，靜專動直，不失大和。23	《王鎰可刑部員外郎制》846	長慶元年 821	50
281	夫事至而功成，時來而節見。此忠良之事業也。	《文言》：君子黃中通理，正位居體，美在其中，而暢於四支，發於事業：美之至也！34	《薛常翮可邢州刺史本州團練使制》850	長慶元年 821	50
282	1. 自天降和，率土同慶。臣等誠歡誠忭，頓首頓首。伏惟皇帝陛下，出震御極，建元發號。大明升而六合曉，一氣薰而萬物春。 2. 斯則陛下出一言不終日必達於朝野。 3. 況具眾美，信足以感人心而致和平。	1.《大有》： 上九，自天佑之，吉无不利。60 《說卦》曰：帝出乎震。196 《乾·彖》：大明終始，六位時成，時乘六龍以御天。23 《渙》：九五，渙汗其大號，渙王居，无咎。144 2.《豫·象》：不終日貞吉，以中正也。62 3.《咸·彖》：天地感而萬物化生，聖人感人心而天下和平。95	《為宰相賀赦表》1317，1318	長慶元年 821	50
283	1. 至公者非欲其名，名生而不讓。不讓故與天合德，不辭故率土歸心。斯所謂應乎天而順乎人者也。伏惟皇帝陛下，嗣興一德，統牧萬方。致時俗之和平，納生靈於富壽。 2. 凡此五者，歷觀列辟，雖甚盛德，莫能兼之。 3. 陛下以萬乘之尊，四海之富，供養長樂，道光化成。推而置之，可塞天地。可不謂孝德乎？	1.《文言傳》：夫大人者，與天地合其德。30 《周易·革·彖》曰：湯武革命，順乎天而應乎人。124 《咸·彖》：天地感而萬物化生，聖人感人心而天下和平。95 2、4.《繫辭上》：盛德大業至矣哉！富有之謂大業，日新之謂盛德。162 3.《艮·彖》：時止則止，時行則行；動靜不失其時，其道光明。129 《恆·彖》：聖人久於其道，而天下化成。97 《繫辭上》：化而裁之謂之變，推而行之謂之通。171	《為宰相請上尊號第二表》1319，1320	長慶元年 821	50

	4. 在玄功不為主宰，於盛德有所形容。	4.《繫辭上》：聖人有以見天下之賾，而擬諸其形容。163			
284	1. 臣聞上理陰陽，下平法度，外撫夷狄，內親黎元，使百官各修其職，一物不失其所，此宰相之任也。臣有何功德，有何才能，越次超倫，忽承此命？下乖人望，上紊朝經。致寇速尤，無甚於此。 2. 豈唯覆餗是憂，實累知人之鑒。	1.《繫辭下》：乾坤，其《易》之門耶？」乾，陽物也；坤，陰物也。陰陽合德而剛柔有體，以體天地之撰，以通神明之德。185 《困・彖》：險以說，困而不失其所亨，其唯君子乎！121 《繫辭上》：「負且乘，致寇至」，盜之招也。165 2.《鼎》：九四，鼎折足，覆公餗，其形渥，凶。126	《為宰相讓官表》1324	長慶元年 821	50
285	而翺翔書府，吟詠秘閣。改命是職，不亦可乎？	《革》：九四，悔亡，有孚改命，吉。125	《王建除秘書郎制》2052	長慶元年 821	50
286	又言邱度介潔靜專，不交勢利，宜加推獎，以勸其徒。	《繫辭上》：夫乾，其靜也專，其動也直，是以大生焉。162 王弼注《乾・彖》：乘變化而御大器，靜專動直，不失大和。23	《辛丘度可工部員外郎……制》497	長慶元年 821 至長慶二年 822	50 至 51
287	1. 溫厚靜專，有端士之操。 2. 變通健決，有良吏之用。	1.《繫辭上》：夫乾，其靜也專，其動也直，是以大生焉。162 王弼注《乾・彖》：乘變化而御大器，靜專動直，不失大和。23 2.《繫辭上》：變通莫大乎四時。170	《楊潛可洋州刺史……制》513	長慶元年 821 至長慶二年 822	50 至 51
288	或左右以書吾言動，或前後以補吾闕遺。	《繫辭上》：言行，君子之所以動天地也，可不慎乎？164	《高釴等一十人亡母鄭氏等贈郡太君制》521	長慶元年 821 至長慶二年 822	50 至 51
289	領王師，死王事，軍書置奏，朕甚悼焉。	《坤》：六三，含章可貞；或從王事，無成有終。32	《康日華贈坊州刺史制》553	長慶元年 821 至長慶二年 822	50 至 51

290	苟自強不息，亦何遠而不屆哉？	《乾‧象》：天行健，君子以自強不息。24	《溫堯卿等授官賜緋充滄景江陵判官制》564	長慶元年 821 至長慶二年 822	50 至 51
291	皆從戰陣，連歿王事。襃贈之數，宜其有加。	《坤》：六三，含章可貞；或從王事，無成有終。32	《高芳穎等四人各贈刺史制》584	長慶元年 821 至長慶二年 822	50 至 51
292	而咸在郎署中推為利用，加以詞學，緣飾吏能。	《繫辭下》：利用安身，以崇德也。182	《崔咸可洛陽縣令制》586	長慶元年 821 至長慶二年 822	50 至 51
293	1. 士子不患無位，患己不立。 2. 籌謀有聞，則鴻漸之資，當從此始。	1.《文言》：貴而無位，高而無民，賢人在下位而無輔，是以動而有悔也。165 2.《漸》：上九，鴻漸於陸，其羽可用為儀，吉。131	《楊景復可檢校膳部員外郎……制》590	長慶元年 821 至長慶二年 822	50 至 51
294	尚書左士郎自奏議彌綸外，凡邦之牲豆之品，醴膳之數，實糾理之。	《繫辭上》：《易》與天地準，故能彌綸天地之道。160	《李德修除膳部員外郎制》595	長慶元年 821 至長慶二年 822	50 至 51
295	俾吏畏如夏日，人歸如流水。慎於終始，典於厥官。	《繫辭下》：懼以終始，其要无咎，此之謂《易》之道也。189	《張正甫可同州刺史制》597	長慶元年 821 至長慶二年 822	50 至 51
296	又言峻守道抱器，可以起用。	《繫辭下》：君子藏器於身，待時而動，何不利之有？183	《授駱峻太子司議郎……制》630	長慶元年 821 至長慶二年 822	50 至 51
297	善修其身，為時良士。善訓其子，為國憲臣。況以時制之年，知終請老。不加優秩，何厚吾風？	《文言》：知至至之，可與幾也；知終終之，可與存義也。是故居上位而不驕，在下位而不憂。27	《王汶加朝散大夫授左贊善大夫致仕制》647	長慶元年 821 至長慶二年 822	50 至 51

298	1. 士之束髮立身，為知己用也。無遠邇，無逸勞，但問所務者何，所從者誰耳。 2. 或從事有勞，或即戎奔命。	1.《繫辭上》：是以君子將有為也，將有行也，問焉而以言，其受命也如響，無有遠近幽深，遂知來物。167 2.《夬》：揚於王庭，孚號有厲。告自邑，不利即戎。利有攸往。116	《奉議郎殿中侍御史內供奉飛騎尉……四人同制》655	長慶元年 821 至長慶二年 822	50 至 51
299	服勤祗事，展四體而竭一心，必信必誠，俾予無悔。	《未濟》：六五，貞吉，無悔，君子之光，有孚吉。151	《崔元略張惟素鄭覃陸灋韋弘景等賜爵制》663	長慶元年 821 至長慶二年 822	50 至 51
300	居將相之位，以光大其門，可謂能揚名矣。	《坤・彖》：坤厚載物，德合無疆；含弘光大，品物咸亨。31	《鄭絪烏重胤馬總劉悟李佑田布薛平等亡母追封國郡太夫人制》653	長慶元年 821 至長慶二年 822	50 至 51
301	某官裴宏泰，以干蠱之才，領鹽鹵之務。	《蠱》：初六，幹父之蠱，有子考，无咎，厲終吉。71	《河北榷鹽使……制》673	長慶元年 821 至長慶二年 822	50 至 51
302	班資遠邇，率以例遷。如聞進修，豈忘牽復？	《文言》：君子進德修業。忠信，所以進德也；修辭立其誠，所以居業也。27 《小畜》：九二，牽復，吉。52	《啖異可滁州長史……制》687，688	長慶元年 821 至長慶二年 822	50 至 51
303	王師伐蔡，爾在行間，致命奮身，挑戰當寇。忠憤所感，卒獲生全。	《困・象》：澤無水，困；君子以致命遂志。121 《咸・彖》：觀其所感，而天地萬物之情可見矣。95	《武昭除石州刺史制》694	長慶元年 821 至長慶二年 822	50 至 51
304	不背俗以矯逸，不趨時以沽名。從容中道，自致問望。	《繫辭下》：變通者，趣時者也。178 《解・象》：九二貞吉，得中道也。107	《陳中師除太常少卿制》704	長慶元年 821 至長慶二年 822	50 至 51
305	爾宜率廩人，佐計務，決繁析滯，期有可觀。	《序卦》：物大然後可觀。200	《奉天縣令崔鄯可倉部員外郎判度支案制》720	長慶元年 821 至長慶二年 822	50 至 51

306	職近而身彌檢慎，任久而心益恭勤。卑以自居，勞而不伐。	《謙·象》：謙謙君子，卑以自牧也。61 《繫辭上》：勞而不伐，有功而不德，厚之至也。語以其功下人者。德言盛，禮言恭。謙也者，致恭以存其位者也。164，165	《王士則除右羽林大將軍制》751	長慶元年821至長慶二年822	50至51
307	以元賞前為廷尉丞，察獄評刑，頗聞敬慎。	《旅·象》：君子以明慎用刑而不留獄。140，141 《需·象》：自我致寇，敬慎不敗也。45	《薛元賞可華原縣令制》756	長慶元年821至長慶二年822	50至51
308	錄勞獎善，故申命焉。況爾生勳伐之家，早階寵祿。宜自修立，以光大其門。	《巽·象》：重巽以申命，剛巽乎中正而志。142 《文言》：修辭立其誠，所以居業也。27 《坤·象》坤厚載物，德合無疆；含弘光大，品物咸亨。31	《王承林可安州刺史制》757，758	長慶元年821至長慶二年822	50至51
309	既展效於即戎，宜試能而補吏。俾之糾邑，庶有可觀。	《夬》：揚於王庭，孚號有厲。告自邑，不利即戎。利有攸往。116 《序卦》：物大然後可觀。200	《鄭枋可河中府河西主簿制》763	長慶元年821至長慶二年822	50至51
310	故視軍功，遞遷憲秩。破竹之勢，其思有終。	《坤》：六三，含章可貞；或從王事，無成有終。32	《義武軍行營兵馬使……制》782	長慶元年821至長慶二年822	50至51
311	國老之子，藩臣之兄。嘗列棘以承家，竟懸車而捐館。	《師》：上六，大君有命，開國承家，小人勿用。49	《故光祿卿致仕李愬贈右散騎常侍制》788	長慶元年821至長慶二年822	50至51
312	蓋積善於閨門，而受封於國邑也。	《文言》：積善之家，必有餘慶；積不善之家，必有餘殃。33	《劉悟妻馮氏可封長樂郡夫人制》789	長慶元年821至長慶二年822	50至51
313	早稱武藝，久隸軍麾。稟命元戎，服勤王事。	《坤》：六三，含章可貞；或從王事，無成有終。32	《夏州軍將二人授侍御史制》790	長慶元年821至長慶二年822	50至51

314	1. 出處進退，皆叶時中。 2. 所以極君道，厚時風，亦聖人有始有卒之義也。	1.《繫辭上》：君子之道，或出或處，或默或語。164 《繫辭上》：變化者，進退之象也。158 《蒙·彖》：蒙亨，以亨行時中也。36 2.《乾·彖》：大明終始，六位時成，時乘六龍以御天。23	《故工部尚書致仕杜羔贈右僕射制》797	長慶元年821至長慶二年822	50至51
315	節著艱貞，情鍾友愛。	《明夷》：明夷，利艱貞。101	《幽州兵馬使劉悚除左驍衛將軍制》798	長慶元年821至長慶二年822	50至51
316	夫壯而奮發，以忠事國；老而知退，以道安身，	《文言》：知進退存亡，而不失其正者，其唯聖人乎！30 《繫辭下》：利用安身，以崇德也。182	《前幽州押衙瀛州刺史劉令璆除工部尚書致仕制》800	長慶元年821至長慶二年822	50至51
317	自明為武寧裨將，隸於元戎。凡所指蹤，必先致命。	《困·象》：澤無水，困；君子以致命遂志。121	《武寧軍陣亡……制》819	長慶元年821至長慶二年822	50至51
318	將明餘慶，其在追榮。不唯垂裕後昆，抑亦光昭幽壤。	《文言》：積善之家，必有餘慶；積不善之家，必有餘殃。33	《馬總亡祖母韋氏贈夫人制》827	長慶元年821至長慶二年822	50至51
319	以貞和陶其性，以禮樂文其身。善積德門，慶連戚里。	《文言》：積善之家，必有餘慶；積不善之家，必有餘殃。33	《駙馬都尉鄭何除右衛將軍制》829	長慶元年821至長慶二年822	50至51
320	或退卒于師，或進歿于戰。俱死王事，深惻朕心。	《坤》：六三，含章可貞；或從王事，無成有終。32	《贈陣亡軍將等刺史制》833	長慶元年821至長慶二年822	50至51

321	爾等或以文華，或以吏職，有所修立，稟于義方。	《文言》：修辭立其誠，所以居業也。27	《裴度韓弘等各賜一子官並授姪女婿等制》835	長慶元年821至長慶二年822	50至51
322	德合上玄，才終下位。命屈於當代，慶流於後昆。故其孝孫，實登貴仕。	《坤‧象》坤厚載物，德合無疆。31 《文言》：是故居上位而不驕，在下位而不憂。27 《文言》：積善之家，必有餘慶；積不善之家，必有餘殃。33	《張惟素亡祖紘贈戶部郎中制》839	長慶元年821至長慶二年822	50至51
323	進修所致，班秩不卑。改命序遷，各適其用。	《文言》：君子進德修業。忠信，所以進德也；修辭立其誠，所以居業也。27 《革》：九四，悔亡，有孚改命，吉。125	《興州刺史鄭公逵授王府長史……制》840	長慶元年821至長慶二年822	50至51
324	夫速旌其能則吏勸，久於其政則化成。	《恒‧象》：聖人久於其道，而天下化成。97	《權知陵州刺史李正卿正除刺史制》841	長慶元年821至長慶二年822	50至51
325	1. 夫積善者慶鍾於後，顯揚者光昭於先。 2. 庶使幽顯，兩無恨焉。	1.《文言》：積善之家，必有餘慶；積不善之家，必有餘殃。33 2.《繫辭下》：夫《易》，彰往而察來，而微顯闡幽。185	《馬總準制追贈亡父請迴贈亡祖制》864	長慶元年821至長慶二年822	50至51
326	專習武經，旁通吏道。	《文言》：六爻發揮，旁通情也。29	《權知朔州刺史樂璘正授兼御史中丞制》865	長慶元年821至長慶二年822	50至51
327	朕以文明御時，以仁信柔遠。聲教所及，駿奔而來。況溟漲一隅，舟航萬里。爾慕我化，我圖爾勞。隨其等倫，命以寵秩。	《賁‧象》：文明以止，人文也。觀乎天文，以察時變；觀乎人文，以化成天下。75 《乾‧象》：大明終始，六位時成，時乘六龍以御天。23 《繫辭上》：勞而不伐，有功而不德，厚之至也。164	《新羅賀正使金良忠授官歸國制》871	長慶元年821至長慶二年822	50至51

328	臣伏以陰陽氣數，盈縮相隨。去秋多霖，今春少雨。宿麥猶茂，農功未妨。陛下念物憂人，先時戒事。廌神不舉，有感必通。故雲出于山，月離于畢。初灑塵以靃霂，漸破塊而霶霈。圃圃田疇，無不霑足。雨之所致，臣知其由。自上而來，雖因天降；從中而得，實與心期。發於若屬之誠，散作如膏之澤。	1.《繫辭下》：乾坤，其《易》之門耶？」乾，陽物也；坤，陰物也。陰陽合德而剛柔有體，以體天地之撰，以通神明之德。185 《咸·彖》：咸，感也。柔上而剛下，二氣感應以相與。95 《豐·彖》：日中則昃，月盈則食；天地盈虛，與時消息，而況於人乎？況於鬼神乎？139 《咸·彖》：天地感而萬物化生，聖人感人心而天下和平。95 《繫辭上》：《易》無思也，無為也，寂然不動，感而遂通天下之故，非天下之至神，其孰能與於此？167 《益·彖》：益，損上益下，民說無疆；自上下下，其道大光。109 《乾》：九三，君子終日乾乾，夕惕若，厲无咎。22	《為宰相賀雨表》1326	長慶元年821至長慶二年822	50至51
329	六官之屬，升降隨時。	《隨·彖》：隨，大亨，貞无咎，而天下隨時。隨時之義大矣哉！69	《盧元輔可吏部郎中制》2054	長慶元年821至長慶二年822	50至51
330	厄窮不振，以至沒齒。鳴呼！其命也夫！古人云：「道不虛行。」又云：「其後必有達者。」故公之子大理評事諴以節行聞於時，公之孫戶部侍郎平叔以才位光于國。報施之道，信昭昭矣。不在其身，則在子孫，相去幾何哉？	《繫辭下》：苟非其人，道不虛行。187 《節·彖》：說以行險，當位以節，中正以通。145 《文言》：積善之家，必有餘慶；積不善之家，必有餘殃。33	《唐故通議大夫和州刺史吳郡張公神道碑銘（并序）》173	長慶二年822	51
331	秉潤色筆，提糾繆綱，而書命無繁詞，決事無留獄，受寵有憂色，納忠多苦言。	《旅·象》：君子以明慎用刑而不留獄。140，141	《牛僧孺可戶部侍郎制》489	長慶二年822	51

332	慎檢和易，介然有常。	《繫辭上》：動靜有常，剛柔斷矣。156	《何士乂可河南縣令制》557	長慶二年822	51
333	然則退藏疏賤之士，苟有一善，尚搜而揚之。況任久位崇，才全望重，而不致於急官要職者，將何以紀綱庶政而羽儀朝廷焉？	《繫辭上》：聖人以此洗心，退藏於密，吉凶與民同患。169《漸》：上九，鴻漸於陸，其羽可用為儀，吉。131孔穎達疏：處高而能不以位自累，則其羽可用為物之儀表，可貴可法也。131	《孔戣授尚書左丞制》623	長慶二年822	51
334	正在頤養之際，豈任朝謁之勞？誠宜許以便安，不可闕其祿食。	《序卦》：頤者，養也。200《頤·彖》：天地養萬物，聖人養賢以及萬民。頤之時大矣哉！82	《崔羣可秘書監分司東都制》682	長慶二年822	51
335	此王者所以明終始之恩，厚君臣之道也。	《乾·彖》：大明終始，六位時成，時乘六龍以御天。23	《杜式方可贈禮部尚書制》692	長慶二年822	51
336	苟能贊察廉，掌奏記，孜孜不怠，翩翩有聲。	《泰》：六四，翩翩，不富，以其鄰不戒以孚。55	《姚元康等授官充推官掌書記制》732	長慶二年822	51
337	戮力戎行，叶謀王事。既展扞城之效，彌彰奉國之心。	《坤》：六三，含章可貞；或從王事，無成有終。32	《李懷金等各授官制》754	長慶二年822	51
338	1. 檢校司徒、兼太子少保嚴綬，文雅成器，恭謙致用。 2. 況理心以體道，知命而安時。	1.《繫辭上》：備物致用，立成器以為天下利，莫大乎聖人。170 2.《繫辭上》：旁行而不流，樂天知命，故不憂。160	《嚴綬可太子少傅制》759	長慶二年822	51
339	朕以師律授智興，智興以軍書辟師閔。	《師》：初六，師出以律，否臧凶。48	《王師閔可檢校水部員外郎徐泗濠等州觀察判官制》779	長慶二年822	51
340	前負瑕疵，事多曖昧。今聞修省，善亦昭彰。	《震·象》：洊雷，震；君子以恐懼修省。127	《盧昂可監察御史裏行知轉運永豐院制》837	長慶二年822	51

341	1. 禮行於己，心禱於天。天且不違，物寧無應？況正陽月朔，亭午時中，和氣周流，密雲布護。 2. 所謂誠至於中而感通於上也。臣等敢不再陳事理，重考徵祥？三光忌盈，必有時蝕。 3. 事彰天鑒孔明，道配日新其德。	1.《文言》：先天而天弗違，後天而奉天時。天且弗違，而況於人乎？況於鬼神乎？30 《蒙·彖》：蒙亨，以亨行時中也。36 《繫辭下》：變動不居，周流六虛，上下無常，剛柔相易。186，187 《小畜》：亨。密雲不雨，自我西郊。51 2.《咸·彖》：天地感而萬物化生，聖人感人心而天下和平。95 《豐·彖》：日中則昃，月盈則食；天地盈虛，與時消息，而況於人乎？況於鬼神乎？139 3.《繫辭上》：富有之謂大業，日新之謂盛德。162	《賀雲生不見日蝕表》1330	長慶二年822	51
342	唯當夙興夕惕，焦思苦心。恭守詔條，勤恤人庶。	《乾》：九三，君子終日乾乾，夕惕若，厲无咎。22	《杭州刺史謝上表》1340	長慶二年822	51
343	陛下許行則進，不許則退。進退之分，斷之不疑。	《繫辭上》：變化者，進退之象也。158	《為宰相謝官表》1347	長慶二年822	51
344	1. 巧之小者有為，可得而闚。巧之大者無跡，不可得而知。蓋取之於《巽》，授之以《隨》。動而有度，舉必合規。 2. 然後任道弘用，隨形製器。信無為而為，因所利而利。不凝滯於物，必簡易於事。 3. 則知巧在乎不違天真，非勞形於木人之內。	1.《繫辭上》：是以君子將有為也，將有行也，問焉而以言，其受命也如響，無有遠近幽深，遂知來物。167 《說卦》：巽為木，為風。198 《序卦》：豫必有隨，故受之以《隨》。200 2.《繫辭上》：備物致用，立成器以為天下利，莫大乎聖人。170 《繫辭上》：以動者尚其變，以製器者尚其象。167 《文言》：乾始能以美利利天下，不言所利，大矣哉。29	《大巧若拙賦》41，42	長慶三年823以前	52

		《繫辭上》：乾以易知，坤以簡能；易則易知，簡則易從。157 3.《繫辭上》：與天地相似，故不違。160			
345	1. 及夫親手澤，隨指顧。秉以律，動有度。 2. 苟名實之相副者，信動靜而似之。 3. 挫萬物而人文成，草八行而鳥跡落。	1.《師》：初六，師出以律，否臧凶。48 2.《艮·象》：時止則止，時行則行；動靜不失其時，其道光明。129 3.《乾·象》曰：大哉乾元；萬物資始，乃統天。23 《賁·象》：觀乎天文，以察時變；觀乎人文，以化成天下。75	《雞距筆賦》47	長慶三年 823 以前	52
346	1. 將使內外必聞，上下交正。 2. 諷諫者於焉盡節，獻納者由是正辭。言之者無罪，擊之者有時。故謇謇匪躬，道之行也。 3. 洋洋盈耳，幽贊逆耳之言。 4. 未若備察朝闕，發揮廷諍。	1.《泰·象》：則是天地交而萬物通也，上下交而其志同也。54 2.《繫辭下》：理財正辭，禁民為非曰義。179 《損·象》：損剛益柔有時，損益盈虛，與時偕行。108 《蹇》：六二，王臣蹇蹇，匪躬之故。（蹇通「謇」，忠直貌）105 3.《說卦》：昔者聖人之作《易》也，幽贊於神明而生蓍。195 4.《文言》：六爻發揮，旁通情也。29	《敢諫鼓賦》62，63	長慶三年 823 以前	52
347	1. 觀夫義類錯綜，詞采舒布。 2. 可以潤色鴻業，可以發揮皇猷。	1.《繫辭上》：參伍以變，錯綜其數：通其變，遂成天地之文 167 2.《文言》：六爻發揮，旁通情也。29	《賦賦》73，74	長慶三年 823 以前	52
348	1. 無幽不通，有感必應。 2. 敢不增修像設，重薦馨香，歌舞鍾鼓，備物以報。 3. 惟神裁之，敬以俟命。	1.《易》無思也，無為也，寂然不動，感而遂通天下之故，非天下之至神，其孰能與於此？167 2.《繫辭上》：備物致用，立成器以為天下利，莫大乎聖人。170	《祈皋亭神文》156	長慶三年 823	52

		3.《繫辭上》：化而裁之謂之變，推而行之謂之通。171			
349	惟龍其色玄，其位坎，其神壬癸，與水通靈。昨者，歷禱四方，寂然無應。今故虔誠潔意，改命於黑龍。	《說卦》：坎者水也，正北方之卦也。197 《革》：九四，悔亡，有孚改命，吉。125	《祭龍文》158	長慶三年 823	52
350	於是五亭相望，如指之列，可謂佳境殫矣，能事畢矣。	《繫辭上》：引而伸之，觸類而長之，天下之能事畢矣。顯道神德行，是故可與酬酢，可與佑神矣。166，167	《冷泉亭記》286	長慶三年 823	52
351	1. 今屬潮濤失常，奔激西北。 2. 是用備物致誠，躬自虔禱。庶俾水反歸壑，谷遷為陵，土不騫崩，人無蕩析。敢以醴幣羊豕，沈奠於江，惟神裁之，無忝祀典。	1.《需・象》：利用恒无咎，未失常也。45 2.《繫辭上》：備物致用，立成器以為天下利，莫大乎聖人。170 《繫辭上》：化而裁之謂之變，推而行之謂之通。171	《祭浙江文》161	長慶四年 824	53
352	1. 粹靈均者，其文蔚溫雅淵。 2. 丘園之安樂，山水風月之趣。	1.《革・象》：君子豹變，其文蔚也。125 2.《賁》：六五，賁於丘園，束帛戔戔。吝，終吉。76	《故京兆元少尹文集序》1823，1824	寶曆元年 825	54
353	穴之上，不封不樹，不廟不碑，不勞人，不傷財。	《繫辭下》：古之葬者，厚衣之以薪，葬之中野，不封不樹，喪期無數 181 《節・彖》：天地節而四時成。節以制度，不傷財不害民。145	《如信大師功德幢記》1830	寶曆元年 825	54
354	必擬夕惕夙興，焦心苦節。唯詔條是守，唯人瘝是求。	《乾》：九三，君子終日乾乾，夕惕若，厲无咎。22 《節・彖》：苦節不可貞，其道窮也。145	《蘇州刺史謝上表》1847	寶曆元年 825	54
355	1. 浮沉消息，無往而不自得者，其達人乎！ 2. 肥遁不可以立訓，吾將業儒以馳名。名競不可以恬神，吾將體玄以育德。	1.《剝・象》：君子尚消息盈虛，天行也。76 2.《遁》：上九，肥遁，无不利。98 《蒙・象》：山下出泉，蒙；君子以果行育德。36	《故饒州刺史吳府君神道碑銘（并序）》1881，1882	寶曆元年 825	54

	3. 澹乎自處，與天和始終。 4. 屈伸寵辱，委順而已。	3.《繫辭下》：懼以終始，其要无咎，此之謂《易》之道也。189 4.《繫辭下》：尺蠖之屈，以求信也；龍蛇之蟄，以存身也。182			
356	1. 夫人敬恭勤儉，柔順慈惠。 2. 斯所謂類以相從，合而具美者也。 3. 高邑之祥，降於李氏。相門之慶，鍾於女子。	1.《坤·象》：牝馬地類，行地無疆，柔順利貞。31 2.《繫辭上》：方以類聚，物以群分，吉凶生矣。156 3.《文言》：積善之家，必有餘慶；積不善之家，必有餘殃。33	《海州刺史裴君夫人李氏墓誌銘（并序）》1827	大和元年 827	56
357	所謂同出而異名，殊途而同歸者也。	《繫辭上》：天下何思何慮？天下同歸而殊塗，一致而百慮。182	《三教論衡》1851	大和元年 827	56
358	抑又不知鼓衰氣竭，自此為遷延之役耶？進退唯命。	《繫辭上》：變化者，進退之象也。158 《乾·彖》：乾道變化，各正性命。23	《因繼集重序》1891	大和二年 828	57
359	至於應誠來感，隨願往生，神速變通。	《繫辭上》：變通莫大乎四時。170	《繡西方幀贊（并序）》1955	大和二年 828 至開成四年 839	57 至 68
360	窮通榮悴之感，離合存歿之悲。	《繫辭下》：《易》窮則變，變則通，通則久。180	《祭中書韋相公文》1897	大和三年 829	58
361	1. 惟公家積善慶，天鍾粹和，生為國楨，出為人瑞。 2. 行止通塞，靡所不同。	1.《文言》：積善之家，必有餘慶；積不善之家，必有餘殃。33 2.《節·象》：不出戶庭，知通塞也。145	《祭微之文》1907，1908	大和五年 831	60
362	1. 善慶所積，實生司空。 2. 以學發身，以文飾吏，以干蠱克家，以忠壯許國。 3. 天道有知，善積慶鍾。昭哉報施，其在司空。	1、3.《文言》：積善之家，必有餘慶；積不善之家，必有餘殃。33 2.《蠱》：初六，幹父之蠱，有子考，无咎，厲終吉。71 《蠱·彖》：蠱，元亨而天下治也。70 《蠱·象》：山下有風，蠱；君子以振民育德。71	《唐故湖州長城縣令贈戶部侍郎博陵崔府君神道碑銘（并序）》1912，1913	大和五年 831	60

		《蒙·象》：子克家，剛柔接也。37			
363	1. 隱居樂道，獨行善身。斂跡市朝，息機名利。 2. 倘蒙真彼周行，縻之好爵，降羔鴈之禮命，助鳾鷺之羽儀，足以厚貞退之風，遏躁進之俗。	1.《夬》：九三，壯於頄，有凶。君子夬夬獨行，遇雨若濡，有慍，无咎。116 2.《中孚》：九二，鳴鶴在陰，其子和之；我有好爵，吾與爾縻之。（縻通「靡」，同享）146 《漸》：上九，鴻漸於陸，其羽可用為儀，吉。131 孔穎達疏：處高而能不以位自累，則其羽可用為物之儀表，可貴可法也。131 《繫辭下》：吉人之辭寡，躁人之辭多。190	《薦李晏韋楚狀》1874	大和六年 832	61
364	1. 公既得位，方將行己志，答君知。 2. 勤而行之，則坎壈而不偶。 3. 次以權道濟世，變而通之。 4. 通介進退，卒不獲心。 5. 逢時與不逢時同，得位與不得位同，富貴與浮同。何者？時行而道未行，身遇而心不遇也。	1、5.《漸·象》：進得位，往有功也。130 2.《說卦》：坎為水，為溝瀆，為隱伏，為矯輮，為弓輪，其於人也為加憂。199 3.《繫辭下》：變通者，趣時者也。178 4.《文言》：知進退存亡，而不失其正者，其唯聖人乎！30 《繫辭上》：變化者，進退之象也。158 5.《艮·象》：時止則止，時行則行；動靜不失其時，其道光明。129	《唐故……戶部尚書鄂州刺史兼御史大夫賜紫金魚袋尚書右僕射河南元公墓誌銘（并序）》1928～1930	大和六年 832	61
365	否極則泰，物數之常。	《雜卦轉》：否泰，反其類也。202 《否》：上九，傾否，先否後喜。57 《否·象》：否終則傾，何可久也。57	《與劉禹錫書》2063	大和六年 832	61
366	德修於室家，慶積於閨門。訓著趨庭，善彰卜鄰。故其嗣子，休有令聞。	1.《文言》：積善之家，必有餘慶；積不善之家，必有餘殃。33	《唐故溧水縣令太原白府君墓誌銘（并序）》1946	大和七年 833	62

367	引而伸之，隨日廣大。	《繫辭上》：引而伸之，觸類而長之，天下之能事畢矣。166，167 《繫辭下》：《易》之為書也，廣大悉備。188	《大唐……僧正明遠大師塔碑銘（并序）》1917	大和八年834	63
368	1. 蓋執政者惜其去，將欲馴致而復用之。 2. 死生定分，何足過哀？ 3. 交遊服其義，可不謂德行乎？	1.《坤·象》：履霜堅冰，陰始凝也；馴致其道，至堅冰也。32 2.《繫辭上》：原始反終，故知死生之說。160 《小過·象》：君子以行過乎恭，喪過乎哀，用過乎儉。147 3.《繫辭上》：默而成之，不言而信，存乎德行。172	《唐故虢州刺史贈禮部尚書崔公墓誌銘（并序）》1939	大和九年835	64
369	1. 餘慶濟美，宜在於公。 2. 在官寬重易簡，綽然有長吏體。 3. 凡所踐歷，皆有可觀。	1.《文言》：積善之家，必有餘慶；積不善之家，必有餘殃。33 2.《繫辭上》：易簡，而天下之理得矣；天下之理得，而成位乎其中矣。157 3.《序卦》：物大然後可觀。200	《唐故銀青光祿大夫……范陽張公墓誌銘（并序）》1975，1976	開成二年837	66
370	1. 佻然巽風，一變至道。 2. 法隱則無上之道幾乎息矣。	1.《說卦》：巽，東南也。197 《說卦》：巽為木，為風。198 2.《繫辭上》：《易》不可見，則乾坤或幾乎息矣。171	《蘇州南禪院千佛堂轉輪經藏石記》1987	開成二年837	66
371	凡人之性鮮得中，必有所偏好。	《解·象》：其來復吉，乃得中也。106	《醉吟先生傳》1982	開成三年838	67
372	1. 境心相遇，固有時耶？ 2. 三賢始終，能事畢矣。 3. 革弊興利，若改茶法，變稅書之類是也。	1.《姤·彖》：天地相遇，品物咸章也。117 《損·象》：損剛益柔有時，損益盈虛，與時偕行。108 2.《繫辭下》：《易》之為書也，原始要終以為質也。187 《繫辭上》：引而伸之，觸類而長之，天下之能事畢矣。166，167 3.《雜卦》：革，去故也。202 《繫辭下》：《損》以遠害，《益》以興利。186	《白蘋洲五亭記》2005	開成四年839	68

373	1. 其友居易以李氏宗祖世家名爵與僕射志行官業書于麗牲之碑。 2. 避榮樂道，與時浮沉。 3. 郳縣泊晉陵府君咸善積于躬，道屈於位，儲祉流慶而僕射生焉。 4. 尹正河洛，以革弊為急。 5. 公既下車，盡知情偽，刑賞信惠，合以為用。 6. 蕭然丕變，薰然大和。 7. 軍門不擊柝，里巷無犬吠。 8. 祭祀從貴，爵土有秩。 9. 載膺休命，載踐右職。 10. 光大遺訓，顯揚先德。子孫承之，垂裕無極。	1.《屯·象》：雖磐桓，志行正也。35 2.《損·彖》：損益盈虛，與時偕行。108 3.《文言》：積善之家，必有餘慶；積不善之家，必有餘殃。33 4.《雜卦》：革，去故也。202 5.《繫辭上》：聖人立象以盡意，設卦以盡情偽。171 6.《乾·彖》：乾道變化，各正性命，保合大和，乃利貞。23，24 7.《繫辭下》：重門擊柝，以待暴客，蓋取諸《豫》。181 8.《蹇·象》：利見大人，以從貴也。106 9.《大有·象》：君子以遏惡揚善，順天休命。59 10.《坤·彖》：坤厚載物，德合無疆；含弘光大，品物咸亨。31	《淮南節度使檢校尚書右僕射趙郡李公家廟碑銘（并序）》1993～1995	會昌元年841	70
374	1. 道不苟合，居常寡徒。 2. 乃鈎深致遠，獻瓌納奇。	1.《說卦》：物不可以苟合而已，故受之以《賁》。200 2.《繫辭上》：探賾索隱，鈎深致遠，以定天下之吉凶，成天下之亹亹者，莫大乎蓍龜。170	《太湖石記》2059	會昌三年843	72
375	何以報國？在乎匪躬。	《蹇》：六二，王臣蹇蹇，匪躬之故。105	《除李絳平章事制》902	不詳	
376	1. 進退終始，不失其道。 2. 國有大事，入議否臧。忠臣愛君，豈必在位。	1.《文言》：知進退存亡，而不失其正者，其唯聖人乎！30 2.《師》：初六，師出以律，否臧凶。48 《家人·象》：富家大吉，順在位也。103	《杜佑致仕制》935，936	不詳	

377	可使典禮，以和神人。	《繫辭上》：聖人有以見天下之動，而觀其會通，以行其典禮。163	《中書舍人韋貫之授禮部侍郎制》942	不詳	
378	居必靜專，言皆讜正。	《繫辭上》：夫乾，其靜也專，其動也直，是以大生焉。162 王弼注《乾·彖》：乘變化而御大器，靜專動直，不失大和。23	《薛存誠除御史中丞制》944	不詳	
379	既非中道，皆不得已而罷之。	《解·象》：九二貞吉，得中道也。107	《除李遜京兆尹制》949	不詳	
380	1. 諫議大夫孔戣，靜專貞白，不涉聲利。 2. 廉潔直方，飾以詞藻。中立不倚，介然風規。 3. 臨事有立，屬詞可觀。	1.《繫辭上》：夫乾，其靜也專，其動也直，是以大生焉。162 王弼注《乾·彖》：乘變化而御大器，靜專動直，不失大和。23 2.《坤》：六二，直方大，不習无不利，地道光也。32 3.《序卦》：物大然後可觀。200	《除孔戣等官制》952，953	不詳	
381	發自修己，施于為政。可以守土，可以長人。	《文言》：君子體仁足以長人。25	《除某王魏博節度使制》958	不詳	
382	是謂羽儀之臣，可居師傅之任。	《漸》：上九，鴻漸於陸，其羽可用為儀，吉。131 孔穎達疏：處高而能不以位自累，則其羽可用為物之儀表，可貴可法也。131	《除鄭余慶太子少傅制》973	不詳	
383	京兆少尹裴向，器蘊利用，學通政事，	《繫辭下》：君子藏器於身，待時而動，何不利之有？183 《繫辭下》：利用安身，以崇德也。182	《除裴向同州刺史制》978	不詳	
384	至於治軍國，寵忠賢，其致一也。	《繫辭下》：《易》曰：「三人行，則損一人；一人行，則得其友。」言致一也。184	《除袁滋襄陽節度制》984	不詳	
385	河南縣尉牛僧孺，志行修飾，詞學優長。	《屯·象》：雖磐桓，志行正也。35	《牛僧孺監察御史制》990	不詳	

386	寬猛舉措，甚得其中。官不易方，府無留事。	《恒·象》：雷風，雷風，恒；君子以立不易方。97	《竇易直給事中制》998	不詳	
387	常州刺史孟簡，簡易勤儉，以養其人。政不至嚴，心未嘗怠。曾未再稔，續立風行。	《繫辭上》：乾以易知，坤以簡能；易則易知，簡則易從。157《小畜·象》：風行天上，小畜；君子以懿文德。52	《孟簡賜紫金魚袋制》999	不詳	
388	自參禁司，益播其美。貞方敬慎，久而彌彰。	《需·象》：自我致寇，敬慎不敗也。45	《錢徽司封郎中知制誥制》1002	不詳	
389	綸言樞命，既重且難。委以發揮，甚聞稱職。	《文言》：六爻發揮，旁通情也。29	《獨孤郁司勳郎中知制誥制》1004	不詳	

附錄 2　白居易詩與《周易》關聯及類似語彙對照表

序號	白居易詩原文	《周易》原文〔註12〕、頁碼	白詩題目〔註13〕頁碼	寫作時間	年齡
1	1. 政靜民無訟，刑行吏不欺。撝謙驚主寵，陰德畏人知。白玉慚溫色，朱繩讓直辭。行為時領袖，言作世蓍龜。 2. 射策端心術，遷喬整羽儀。	1.《訟·彖》：終凶，訟不可成也。46 《旅·象》：君子以明慎用刑而不留獄。140，141 《謙·象》：无不利撝謙，不違則也。61 《繫辭上》：探賾索隱，鉤深致遠，以定天下之吉凶，成天下之亹亹者，莫大乎蓍龜。170 2.《漸》：上九，鴻漸於陸，其羽可用為儀，吉。131 孔穎達疏：處高而能不以位自累，則其羽可用為物之儀表，可貴可法也。131	《敘德書情四十韻上宣歙翟中丞》997	貞元十六年800	29
2	良璞含章久，寒泉徹底幽。	《坤》：六三，含章可貞；或從王事，無成有終。32	《玉水記方流詩》2832	貞元十六年800	29
3	寵新卿典禮，會盛客徵文。	《繫辭上》：聖人有以見天下之動，而觀其會通，以行其典禮。163	《與諸同年賀座主……》995	貞元十七年801	30
4	才與世會合，物隨誠感通。德星降人福，時雨助歲功。化行人無訟，囹圄千日空。政順氣亦和，黍稷三年豐。	《文言》：修辭立其誠，所以居業也。27 《繫辭上》：《易》無思也，無為也，寂然不動，感而遂通天下之故，非天下之至神，其孰能與於此？167	《旅次華州贈袁右丞》485	貞元十七年801至貞元十九年803	30至32

〔註12〕表中所列《周易》文辭及疏引自〔清〕阮元校刻，《十三經注疏·周易》（清嘉慶刊本），第 1 版，北京：中華書局，2009 年版。

〔註13〕表中所列白居易詩引自謝思煒撰，《白居易詩集校注》，第 1 版，北京：中華書局，2006 年版。部分文章題目較長，在不影響查閱的情況下有省略。181～195 謝思煒校注本未注明寫作時間，採用朱金城箋注本時間。

		《訟·象》：終凶，訟不可成也。46			
		《旅·象》：君子以明慎用刑而不留獄。140，141			
		《說卦》：和順於道德而理於義，窮理盡性以至於命。196			
5	1. 工拙性不同，進退跡遂殊。 2. 蘭臺七八人，出處與之俱。	1. 《文言》：知進退存亡，而不失其正者，其唯聖人乎！30 2. 《繫辭上》：君子之道，或出或處，或默或語。164	《常樂裏閑居偶題十六韻……》447	貞元十九年803	32
6	夏至一陰生，稍稍夕漏遲。	《復·象》：先王以至日閉關。78 王弼注：冬至陰之復也。夏至陽之復也。78 孔穎達疏：冬至一陽生，是陽動用而陰復於靜也。夏至一陰生，是陰動用而陽復於靜也。78	《思歸》757	貞元十九年803	32
7	如何天不弔，窮悴至終身。愚者多貴壽，賢者獨賤迍。龍亢彼無悔，蠖屈此不伸。哭罷持此辭，吾將詰羲文。	《屯》：六二，屯如，邅如，乘馬班如。35 孔穎達疏：屯是屯難，邅是邅迴。35 《屯·象》曰：屯，剛柔始交而難生；動乎險中，大亨貞。34 《乾·象》：亢龍有悔，盈不可久也。25 《未濟》：六五，貞吉，無悔，君子之光，有孚吉。151 《繫辭下》：尺蠖之屈，以求信也；龍蛇之蟄，以存身也。182 （羲文：伏羲氏與周文王，借指《周易》。）	《哭劉敦質》39	貞元二十年804	33
8	寡欲雖少病，樂天心不憂。何以明吾志，周易在床頭。	《繫辭上》：旁行而不流，樂天知命，故不憂。160 《繫辭上》：夫《易》，聖人所以崇德而廣業也。163	《永崇里觀居》456	永貞元年805	34
9	性情懶慢好相親，門巷蕭條稱作鄰。	《文言》：利貞者，性情也。29	《春中與盧四周諒華陽觀同居》1017	永貞元年805	34

10	一為同心友，三及芳歲闌。	《繫辭上》：二人同心，其利斷金；同心之言，其臭如蘭。164	《贈元稹》37	元和元年806	35
11	王事牽身去不得，滿山松雪屬他人。	《坤》：六三，含章可貞；或從王事，無成有終。32	《酬王十八李大見招遊山》1021	元和元年806	35
12	權重持難久，位高勢易窮。驕者物之盈，老者數之終。四者如寇盜，日夜來相攻。	《文言》：亢龍有悔，窮之災也。28 《乾·象》：亢龍有悔，盈不可久也。25 《謙·象》：天道虧盈而益謙，地道變盈而流謙，鬼神害盈而福謙，人道惡盈而好謙。60 《繫辭下》：是故愛惡相攻而吉凶生，遠近相取而悔吝生，情偽相感而利害生。189	《凶宅》15	〔註14〕	35至40
13	四面無附枝，中心有通理。	《繫辭下》：中心疑者其辭枝。190 《文言》：君子黃中通理，正位居體，美在其中，而暢於四支，發於事業：美之至也！34	《雲居寺孤桐》31	〔註15〕	35至40
14	又愛從禽樂，馳騁每相隨。	《屯·象》：即鹿無虞，以從禽也。35	《雜興三首》（一）42	〔註16〕	35至44
15	窮通各問命，不繫才不才。	《繫辭下》：《易》窮則變，變則通，通則久。180	《論友》117	〔註17〕	35至44
16	1. 面色不憂苦，血氣常和平。 2. 舉動無尤悔，物莫與之爭。	1.《咸·象》：天地感而萬物化生，聖人感人心而天下和平。95 2.《復》：初九，不遠復，無祗悔，元吉。78	《丘中有一士》（一）119	〔註18〕	35至44

〔註14〕朱《箋》第9頁：約作於元和元年（806）至元和六年（811）。「朱《箋》」：〔唐〕白居易著，朱金城箋注，《白居易集校箋》，第1版，上海：上海古籍出版社，1988年版。
〔註15〕朱《箋》第17頁：約作於元和元年（806）至元和六年（811）。
〔註16〕朱《箋》第25頁：約作於元和元年（806）至元年十年（815）。
〔註17〕朱《箋》第63頁：約作於元和元年（806）至元年十年（815）。
〔註18〕朱《箋》第64頁：約作於元和元年（806）至元年十年（815）。

17	鄉人化其風，薰如蘭在林。	《繫辭上》：二人同心，其利斷金；同心之言，其臭如蘭。164	《丘中有一士》（二）121	〔註19〕	35至44
18	嘉魚薦宗廟，靈龜貢邦家。	《頤》：初九，舍爾靈龜，觀我朵頤，凶。82	《蝦蟆》126	〔註20〕	35至44
19	相知豈在多，但問同不同。同心一人去，坐覺長安空。	《繫辭上》：二人同心，其利斷金；同心之言，其臭如蘭。164	《別元九後詠所懷》732	元和二年807	36
20	數日非關王事繫，牡丹花盡始歸來。	《坤》：六三，含章可貞；或從王事，無成有終。32	《醉中歸盩厔》1023	元和二年807	36
21	兩度見山心有愧，皆因王事到山中。	《坤》：六三，含章可貞；或從王事，無成有終。32	《再因公事到駱口驛》1025	元和二年807	36
22	淮海妖氛滅，乾坤嘉氣通。	《繫辭上》乾坤其易之蘊耶？乾坤成列，而《易》立乎其中矣！171《說卦》：山澤通氣，然後能變化，既成萬物也。197	《大社觀獻捷詩》2844	元和二年807	36
23	眼看欲合抱，得盡生生理。	《繫辭上》：生生之謂易。162	《杏園中棗樹》125	〔註21〕	36至44
24	窮通尚如此，何況死與生。	《繫辭下》：《易》窮則變，變則通，通則久。180	《寓意詩五首》（三）197	〔註22〕	36至47
25	勢去未須悲，時來何足喜。寄言榮枯者，反覆殊未已。	《乾‧象》：終日乾乾，反復道也。25	《讀史五首》（四）205，206	〔註23〕	36至47
26	1. 況餘蹇薄者，寵至不自意。2. 豈不思匡躬，適遇時無事。	1.《蹇‧象》：蹇，難也，險在前也。105 2.《蹇》：六二，王臣蹇蹇，匪躬之故。105	《初授拾遺》35	元和三年808	37

〔註19〕 朱《箋》第64頁：約作於元和元年（806）至元年十年（815）。
〔註20〕 朱《箋》第68頁：約作於元和元年（806）至元和十年（815）。
〔註21〕 朱《箋》第67頁：約作於元和二年（807）至元和十年（815）。
〔註22〕 朱《箋》第102頁：約作於元和二年（807）至元和十三年（818）。
〔註23〕 朱《箋》第104頁：約作於元和二年（807）至元和十三年（818）。

27	形骸委順動，方寸付空虛。	《豫‧彖》天地以順動，故日月不過，而四時不忒；聖人以順動，則刑罰清而民服。61	《松齋自題》468	元和三年 808	37
28	歌哭雖異名，所感則同歸。	《咸‧彖》：觀其所感，而天地萬物之情可見矣。95 《繫辭上》：天下何思何慮？天下同歸而殊塗，一致而百慮。182	《寄唐生》78	〔註24〕	37 至 39
29	夜雪有佳趣，幽人出書帷。	《履》：九二，履道坦坦，幽人貞吉。54 《履‧象》幽人貞吉，中不自亂也。54	《春夜喜雪有懷王二十二》1101	元和三年 808 至元和五年 810	37 至 39
30	始知無正色，愛惡隨人情。	《繫辭下》：是故愛惡相攻而吉凶生，遠近相取而悔吝生。189	《白牡丹》73	〔註25〕	37 至 40
31	詩人多蹇厄，近日誠有之。	《蹇‧彖》：蹇，難也，險在前也。105	《讀鄧魴詩》781	元和三年 808 至元和六年 811	37 至 40
32	1. 宥死降五刑，已責寬三農。 2. 順人人心悅，先天天意從。 3. 乃知王者心，憂樂與眾同。皇天與后土，所感無不通。 4. 敢賀有其始，亦願有其終	1.《解‧象》：雷雨作，解；君子以赦過宥罪。106 　《中孚‧象》：澤上有風，中孚；君子以議獄緩死。146 2.《文言》：先天而天弗違，後天而奉天時。30 3.《繫辭上》：聖人以此洗心，退藏於密，吉凶與民同患。169 　《咸‧象》：觀其所感，而天地萬物之情可見矣。95 　《繫辭上》：《易》無思也，無為也，寂然不動，感而遂通天下之故，非天下之至神，其孰能與於此？176 4.《繫辭下》：懼以終始，其要无咎，此之謂《易》之道也。189	《賀雨》1，2	元和四年 809	38

〔註24〕朱《箋》第44頁：約作於元和三年（808）至元和五年（810）。
〔註25〕朱《箋》第39頁：作於元和三年（808）至元和六年（811）。

33	其體順而肆，可以播於樂章歌曲也。	《繫辭下》：其旨遠，其辭文，其言曲而中，其事肆而隱。185	《新樂府（并序）》267	元和四年 809	38
34	1. 則知不獨善戰善乘時，以心感人人心歸。 2. 歌七德，舞七德，聖人有作垂無極。豈徒耀神武，豈徒誇聖文。	1.《乾・彖》：大明終始，六位時成，時乘六龍以御天。23 《咸・彖》：天地感而萬物化生，聖人感人心而天下和平。95 2.《文言》：聖人作而萬物睹：本乎天者親上，本乎地者親下，則各從其類也。28 《繫辭上》：古之聰明睿知，神武而不殺者夫！169	《七德舞》276	元和四年 809	38
35	1. 法曲法曲歌大定，積德重熙有餘慶。 2. 法曲法曲歌堂堂，堂堂之慶垂無疆	1.《文言》：積善之家，必有餘慶；積不善之家，必有餘殃。33 2.《坤・彖》：坤厚載物，德合無疆；含弘光大，品物咸亨。31	《法曲歌》283	元和四年 809	38
36	1. 司天臺，仰觀俯察天人際。 2. 天文時變兩如斯，九重天子不得知。	1.《繫辭上》：《易》與天地準，故能彌綸天地之道。仰以觀於天文，俯以察於地理，是故知幽明之故。160 2.《賁・彖》：觀乎天文，以察時變；觀乎人文，以化成天下。75	《司天臺》318	元和四年 809	38
37	1. 興元兵久傷陰陽，和氣蠱蠹化為蝗。 2. 一人有慶兆民賴，是歲雖蝗不為害。	1.《繫辭下》：乾坤，其《易》之門耶？」乾，陽物也；坤，陰物也。陰陽合德而剛柔有體，以體天地之撰，以通神明之德。185 《咸・彖》：咸，感也。柔上而剛下，二氣感應以相與。95 2.《益・彖》：自上下下，其道大光。利有攸往，中正有慶。109	《捕蝗》321，322	元和四年 809	38
38	聞君政化甚聖明，欲感人心致太平。感人在近不在遠，太平由實非由聲。觀身理國國可濟，君如心兮民如體。體生疾苦心憯悽，民得和平君愷悌。	《咸・彖》：天地感而萬物化生，聖人感人心而天下和平。95	《驃國樂》347	元和四年 809	38

39	吾君修己人不知，不自逸兮不自嬉。吾君愛人人不識，不傷財兮不傷力。	《蹇・象》：君子以反身修德。105 《節・彖》：天地節而四時成。節以制度，不傷財不害民。145	《驪宮高》357	元和四年 809	38
40	人間臣妾不合照，背有九五飛天龍。	《乾》：九五，飛龍在天，利見大人。23	《百錬鏡》359，360	元和四年 809	38
41	時世流行無遠近，腮不施朱面無粉。	《繫辭上》：其受命也如響，無有遠近幽深，遂知來物。167	《時世妝》402	元和四年 809	38
42	但能濟人治國調陰陽，官牛領穿亦無妨。	《繫辭下》：乾坤，其《易》之門耶？」乾，陽物也；坤，陰物也。陰陽合德而剛柔有體，以體天地之撰，以通神明之德。185	《官牛》422	元和四年 809	38
43	狐假女妖害猶淺，一朝一夕迷人眼。	《文言》：臣弒其君，子弒其父，非一朝一夕之故，其所由來者漸矣！由辯之不早辯也。33	《古冢狐》432	元和四年 809	38
44	陰陽神變皆可測，不測人間笑是瞋。	《繫辭上》：通變之謂事，陰陽不測之謂神。162	《天可度》436	元和四年 809	38
45	為君使無私之光及萬物，蟄蟲昭蘇萌草出。	《文言》：坤至柔而動也剛，至靜而德方，後得主而有常，含萬物而化光。33	《鴉九劍》440	元和四年 809	38
46	言者無罪聞者誡，下流上通上下泰。	《泰・彖》：則是天地交而萬物通也，上下交而其志同也。54 《履・象》：君子以辯上下，定民志。53 《序卦》：泰者通也。200	《采詩官》443	元和四年 809	38
47	1. 唯有沅犀屈未伸，握中自謂駭雞珍。 2. 蹇步何堪鳴佩玉，衰容不稱著朝衣。 3. 須知通塞尋常事，莫歎浮沉先後時。	1.《繫辭下》：往者屈也，來者信也，屈信相感而利生焉。尺蠖之屈，以求信也。龍蛇之蟄，以存身也。182 2.《蹇・彖》：蹇，難也，險在前也。105 3.《節・象》：不出戶庭，知通塞也。145	《醉後走筆酬劉五主簿……》909，910	元和四年 809	38
48	竟不得一日，謇謇立君前。	《蹇》：六二，王臣蹇蹇，匪躬之故。（蹇通「謇」，忠直貌）105	《孔戡》12	元和五年 810	39

49	1. 富貴人所愛，聖人去其泰。 2. 預恐耄及時，貪榮不能退。	1.《文言》：知進退存亡，而不失其正者，其唯聖人乎！30《序卦》：泰者通也。200 2.《大壯》：上六，羝羊觸藩，不能退，不能遂，无攸利。艱則吉。99	《高僕射》70，71	元和五年 810	39
50	又如妖婦人，綢繆蠱其夫。	《雜卦》：蠱則飭也。202	《紫藤》92	〔註26〕	39
51	1. 厚地植桑麻，所要濟生民。 2. 歲暮天地閉，陰風生破村。	1.《坤·彖》：坤厚載物，德合無疆；含弘光大，品物咸亨。31 2.《文言》：天地閉，賢人隱。34	《重賦》157	元和五年 810	39
52	豐屋中櫛比，高牆外迴環。累累六七堂，棟宇相連延。	《豐》：上六，豐其屋，蔀其家，窺其戶，闃其無人，三歲不覿，凶。140 《繫辭下》：上古穴居而野處，後世聖人易之以宮室，上棟下宇，以待風雨。181	《傷宅》162	元和五年 810	39
53	1. 又云傷苦節士。（副題） 2. 曩者膠漆契，邇來雲雨睽。	1.《節·彖》：苦節不可貞，其道窮也。145 2.《序卦》：家道窮必乖，故受之以睽，睽者，乖必有難，故受之以蹇，蹇者，難也。201	《傷友》166	元和五年 810	39
54	灼灼百朵紅，戔戔五束素。	《賁》：六五，賁於丘園，束帛戔戔。吝，終吉。76	《買花》181	元和五年 810	39
55	君恩若雨露，君威若雷霆。	《繫辭上》：鼓之以雷霆，潤之以風雨。157 《說卦》：帝出乎震。196 《說卦》：震為雷，為龍。198	《和思歸樂》214	元和五年 810	39
56	次言陽公節，謇謇居諫司。	《蹇》：六二，王臣蹇蹇，匪躬之故。（蹇通「謇」，忠直貌）105	《和陽城驛》219	元和五年 810	39
57	1. 云待我成器，薦之於穆清。 2. 受君歲月功，不獨資生成。	1.《繫辭上》：備物致用，立成器以為天下利，莫大乎聖人。170 2.《坤·彖》曰：至哉坤元！萬物資生，乃順承天。31	《答桐花》223	元和五年 810	39

〔註26〕朱《箋》第 51 頁：作於元和五年（810）。

58	1. 祥瑞來白日，神聖占知風。陰作北斗使，能為人吉凶。 2. 主人富家子，身老心童蒙。 3. 豈無乘秋隼，羈絆委高墉。 4. 慈烏爾奚為，來往何憧憧。	1.《繫辭上》：聖人設卦觀象，繫辭焉而明吉凶，剛柔相推而生變化。是故吉凶者，失得之象也。158 2.《蒙》：亨。匪我求童蒙，童蒙求我。36 3.《解》：上六，公用射隼於高墉之上，獲之，无不利。107 4.《咸》：九四，貞吉，悔亡。憧憧往來，朋從爾思。96	《和大觜烏》227	元和五年810	39
59	1. 隨時有顯晦，秉道無磷緇。 2. 前瞻惠太子，左右生羽儀。 3. 豈如四先生，出處兩逶迤。	1.《隨·象》：位，隨；君子以向晦入宴息。69 《隨·彖》：隨，大亨，貞无咎，而天下隨時。隨時之義大矣哉！69 《繫辭上》：顯諸仁，藏諸用，鼓萬物而不與聖人同憂。161，162 《明夷·象》：君子以蒞眾，用晦而明。101 2.《漸》：上九，鴻漸於陸，其羽可用為儀，吉。131 孔穎達疏：處高而能不以位自累，則其羽可用為物之儀表，可貴可法也。131 3.《繫辭上》：君子之道，或出或處，或默或語。164	《答四皓廟》231，232	元和五年810	39
60	汎然而不有，進退得自由。	《文言》：知進退存亡，而不失其正者，其唯聖人乎！30	《贈吳丹》474	〔註27〕	39
61	百體如槁木，兀然無所知。方寸如死灰，寂然無所思。	《繫辭上》：《易》無思也，無為也，寂然不動，感而遂通天下之故，非天下之至神，其孰能與於此？167	《隱几》523，524	元和五年810	39
62	時物又若此，道情復何如？	《繫辭下》：六爻相雜，唯其時物也。187	《春暮寄元九》735	元和五年810	39
63	幽人坐相對。心事共蕭條。	《履》：九二，履道坦坦，幽人貞吉。54 《履·象》幽人貞吉，中不自亂也。54	《秋題牡丹叢》742	元和五年810	39

〔註27〕朱《箋》第286頁：作於元和五年（810）。

| 64 | 1. 分定金蘭契，言通藥石規。
2. 度日曾無悶，通宵靡不為。
3. 運偶千年聖，天成萬物宜。
4. 既在高科選，還從好爵靡。
5. 伸屈須看蠖，窮通莫問龜。 | 1.《繫辭上》：二人同心，其利斷金；同心之言，其臭如蘭。164
2.《文言》：龍德而隱者也。不易乎世，不成乎名；遯世無悶，不見是而無悶。26
3.《繫辭上》：範圍天地之化而不過，曲成萬物而不遺。160
4.《中孚》：九二，鳴鶴在陰，其子和之；我有好爵，吾與爾靡之。（靡通「縻」，同享）146
5.《繫辭下》：往者屈也，來者信也，屈信相感而利生焉。尺蠖之屈，以求信也。龍蛇之蟄，以存身也。182
《繫辭下》：《易》窮則變，變則通，通則久。180
《繫辭上》：探賾索隱，鉤深致遠，以定天下之吉凶，成天下之亹亹者，莫大乎蓍龜。170 | 《代書詩一百韻寄微之》977～979 | 元和五年810 | 39 |
| 65 | 1. 存誠期有感，誓志貞無黷。
2. 淒淒隔幽顯，冉冉移寒燠。
3. 逢時念既濟，聚學思大畜。端詳筮仕蓍，磨拭穿楊鏃。
4. 月中照形影，天際辭骨肉。 | 1.《文言》：庸言之信，庸行之謹；閑邪存其誠，善世而不伐，德博而化。26
2.《繫辭下》：夫《易》，彰往而察來，而微顯闡幽。185
3.《既濟》：亨小，利貞。初吉終亂。149
《既濟·象》：水在火上，既濟；君子以思患而預防之。149
《大畜·象》：天在山中，大畜；君子以多識前言往行，以畜其德。81
《繫辭上》：探賾索隱，鉤深致遠，以定天下之吉凶，成天下之亹亹者，莫大乎蓍龜。170
4.《豐·象》：豐其屋，天際翔也。140 | 《和夢遊春詩一百韻（并序）》1131，1132 | 元和五年810 | 39 |

66	苦節二十年，無人振陸沉。	《節·彖》：苦節不可貞，其道窮也。145	《贈能七》491	〔註28〕	39至40
67	1. 大君貞元初，求賢致時雍。 2. 丹竈燒煙熅，黃精花豐茸。	1.《師》：上六，大君有命，開國承家，小人勿用。49 2.《繫辭下》：天地絪縕，萬物化醇。（煙熅：同「絪縕」）184	《題贈鄭秘書徵君石溝溪隱居》493	〔註29〕	39至40
68	上天有時令，四序平分別。寒燠苟反常，物生皆夭閼。	《屯·象》：六二之難，乘剛也；十年乃字，反常也。35	《春雪》67	元和六年811	40
69	1. 新浴支體暢，獨寢神魄安。 2. 至適無夢想，大和難名言。	1.《文言》：君子黃中通理，正位居體，美在其中，而暢於四支，發於事業：美之至也！34 2.《乾·彖》：乾道變化，各正性命，保合大和，乃利貞。23，24	《春眠》525	元和六年811	40
70	我生來幾時，萬有四千日。自省於其間，非憂即有疾。	《觀·象》：觀我生，進退，未失道也。73 《觀》：九五，觀我生，君子无咎。73	《首夏病間》531	元和六年811	40
71	平生洗心法，正為今宵設。	《繫辭上》：聖人以此洗心，退藏於密，吉凶與民同患。169	《送兄弟迴雪夜》787	元和六年811	40
72	可憐苦節士，感此涕盈巾。	《節·象》：苦節不可貞，其道窮也。145	《續古詩十首》（四）145	〔註30〕	40至43
73	甘心謝名利，滅跡歸丘園。	《賁》：六五，賁於丘園，束帛戔戔。吝，終吉。76	《養拙》481	〔註31〕	40至43
74	乃知名與器，得喪俱為害。頹然環堵客，蘿蕙為巾帶。自得此道來，身窮心甚泰。	《文言》：龍德而隱者也。不易乎世，不成乎名；遁世無悶，不見是而無悶。26 《繫辭上》：是故形而上者謂之道，形而下者謂之器。171	《遣懷》521	元和六年811至元和九年814	40至43

〔註28〕朱《箋》第299頁：約作於元和五年（810）至元和六年（811）。
〔註29〕朱《箋》第301頁：約作於元和五年（810）至元和六年（811）。
〔註30〕朱《箋》第79頁：約作於元和六年（811）至元和九年（814）。
〔註31〕朱《箋》第291頁：約作於元和六年（811）至元和九年（814）。

		《序卦》：家道窮必乖，故受之以睽，睽者，乖必有難，故受之以蹇，蹇者，難也。201 《序卦》：窮大者必失其居，故受之以旅。201 《序卦》：泰者通也。200			
75	知君善易者，問我決疑不。不卜非他故，人間無所求。	《繫辭上》：夫《易》，聖人所以崇德而廣業也。163 《繫辭上》：以卜筮者尚其占。167	《答卜者》536	元和七年812	41
76	何言十年內，變化如此速？此理固是常，窮通相倚伏。	1‧《乾》：乾道變化，各正性命。23 《繫辭下》：《易》窮則變，變則通，通則久。180	《歸田三首》（三）539	元和七年812	41
77	言動任天真，未覺農人惡。	《繫辭上》：言行，君子之所以動天地也，可不慎乎？164	《觀稼》547	元和七年812	41
78	我生日日老，春色年年有。	《觀‧象》：觀我生，進退，未失道也。73 《觀》：九五，觀我生，君子无咎。73	《同友人尋澗花》788	元和七年812	41
79	誰人言最靈，知得不知失。	《文言》：亢之為言也，知進而不知退，知存而不知亡，知得而不知喪。其唯聖人乎！知進退存亡而不失其正者，其唯聖人乎！30	《對酒》798	元和七年812至元和八年813	41至42
80	1. 人生未死間。變化何終極。 2. 況彼身外事。悠悠通與塞。	1.《乾》：乾道變化，各正性命。23 2.《節‧象》：不出戶庭，知通塞也。145	《諭懷》800	元和七年812至元和八年813	41至42
81	常聞古人語，損益周必復。	《損‧彖》：損益盈虛，與時偕行。108 《雜卦》：《復》，反也。202	《納粟》107	元和七年812至元和九年814	41至43
82	1. 所稟有巧拙，不可改者性。所賦有厚薄，不可移者命。我性愚且憃，我命薄且屯。	1、2、3.《乾‧象》：乾道變化，各正性命。23 孔穎達疏：性者，天生之質，若剛柔遲速之別；命者，人所稟受，若貴賤夭壽之屬也。24	《詠拙》552，553	〔註32〕	41至43

〔註32〕朱《箋》第 335 頁：約作於元和七年（812）至元和九年（814）。

	2. 從茲知命薄，摧落不逡巡。 3. 性命苟如此，反則成苦辛。	《屯》：六二，屯如，邅如，乘馬班如。35 孔穎達疏：屯是屯難，邅是邅迴。35 《屯·彖》曰：屯，剛柔始交而難生；動乎險中，大亨貞。34			
83	直道漸光明，邪謀難蓋覆。每因匪躬節，知有匡時具。	《艮·彖》：艮，止也。時止則止，時行則行；動靜不失其時，其道光明。129 《蹇》：六二，王臣蹇蹇，匪躬之故。105	《薛中丞》110	元和八年813	42
84	連延四五酌，酣暢入四肢。	《文言》：君子黃中通理，正位居體，美在其中，而暢於四支，發於事業：美之至也！34	《效陶潛體詩十六首》（四）502	元和八年813	42
85	我有同心人，邈邈崔與錢。	《繫辭上》：二人同心，其利斷金；同心之言，其臭如蘭。164	《效陶潛體詩十六首其》（七）505	元和八年813	42
86	1. 湛湛樽中酒，有功不自伐。不伐人不知，我今代其說。 2. 咸陽秦獄氣，冤痛結為物。	1.《文言》：庸言之信，庸行之謹；閑邪存其誠，善世而不伐，德博而化。26 2.《繫辭上》：精氣為物，遊魂為變，是故知鬼神之情狀。160	《效陶潛體詩十六首》（十）508	元和八年813	42
87	答云君不知，位重多憂虞。	《繫辭上》：悔吝者，憂虞之象也。158	《效陶潛體詩十六首》（十五）515	元和八年813	42
88	同時號賢聖，進退不相妨。	《文言》：知進退存亡，而不失其正者，其唯聖人乎！30	《效陶潛體詩十六首》（十六）517	元和八年813	42
89	1. 窮通合易交，自笑知何晚。 2. 不因身病久，不因命多蹇。	1.《繫辭下》：《易》窮則變，變則通，通則久。180 2.《蹇·彖》：蹇，難也，險在前也。105	《寄元九》794	元和九年814	43

90	1. 朝野分倫序，賢愚定否臧。 2. 世慮休相擾，身謀且自強。 3. 滅私容點竄，窮理折毫芒。 4. 慎微參石奮，決密與張湯。 5. 疏放遺千慮，愚蒙守一方。樂天無怨歎，倚命不劬勤。	1.《師》：初六，師出以律，否臧凶。48 2.《乾》象：天行健，君子以自強不息。24 3.《說卦》：和順於道德而理於義，窮理盡性以至於命。196 4.《繫辭上》：君不密則失臣，臣不密則失身，機事不密則害成。是以君子慎密而不出也。165 《繫辭下》：君子知微知彰，知柔知剛，萬夫之望。184 5.《蒙·彖》：蒙以養正，聖功也。36 《繫辭上》：旁行而不流，樂天知命，故不憂。160	《渭村退居寄禮部崔侍郎翰林錢舍人詩一百韻》1149～1151	永和九年814	43
91	上可裨教化，舒之濟萬民。	《觀·彖》：聖人以神道設教，而天下服矣。73 《繫辭下》：神而化之，使民宜之。180	《讀張籍古樂府》8	元和十年815	44
92	由茲六氣順，以遂萬物性。時令一反常，生靈受其病。	《屯·象》：六二之難，乘剛也；十年乃字，反常也。35	《贈友五首》（一）183	元和十年815	44
93	誰能變此法，待君贊彌縫。	《繫辭上》：《易》與天地準，故能彌綸天地之道。160	《贈友五首》（四）190	元和十年815	44
94	外順世間法，內脫區中緣。進不厭朝市，退不戀人寰。	《泰·彖》：內陽而外陰，內健而外順。54 《文言》：知進退存亡，而不失其正者，其唯聖人乎！30	《贈杓直》583	元和十年815	44
95	兵刀與水火，盡可違之去。	《文言》：樂則行之，憂則違之：確乎其不可拔，潛龍也。26	《送春》811	元和十年815	44
96	努力各自愛，窮通我爾身。	《繫辭下》：《易》窮則變，變則通，通則久。180	《寄微之三首》（三）819	元和十年815	44
97	賦句詩章妙入神，未年三十即無身。	《繫辭下》：精義入神，以致用也。182	《見楊弘貞詩賦因題絕句以自論》1186	元和十年815	44

98	堆土漸高山意出，終南移入戶庭間。	《節・象》：不出戶庭，知通塞也。145	《累土山》1190	元和十年 815	44
99	洪濤白浪塞江津，處處邅迴事事迍。	《屯》：六二，屯如，邅如，乘馬班如。35 迴穎達疏：屯是屯難，邅是邅迴。35 《屯・彖》曰：屯，剛柔始交而難生；動乎險中，大亨貞。34	《臼口阻風十日》1221	元和十年 815	44
100	意氣銷磨羣動裏，形骸變化百年中。	《乾》：乾道變化，各正性命。23	《晏坐閑吟》1227	元和十年 815	44
101	龜靈未免剖腸患，馬失應無折足憂。	《頤》：初九，舍爾靈龜，觀我朵頤，凶。82	《放言五首》（二）1231	元和十年 815	44
102	贈君一法決狐疑，不用鑽龜與祝蓍。	《繫辭上》：探賾索隱，鈎深致遠，以定天下之吉凶，成天下之亹亹者，莫大乎蓍龜。170	《放言五首》（三）1232	元和十年 815	44
103	潯陽欲到思無窮，庾亮樓南湓口東。	《臨・象》：君子以教思無窮，容保民無疆。72	《初到江州》1241	元和十年 815	44
104	早攀霄漢上天衢，晚落風波委世途。雨露施恩無厚薄，蓬蒿隨分有榮枯。	《大畜・象》：何天之衢，道大行也。82	《初到江州寄翰林張李杜三學士》1265	元和十年 815	44
105	慕君遺榮利，老死此丘園。	《賁》：六五，賁於丘園，束帛戔戔。吝，終吉。76	《訪陶公舊宅》595	〔註33〕	45
106	勿言不深廣，但取幽人適。	《履》：九二，履道坦坦，幽人貞吉。54 《履・象》幽人貞吉，中不自亂也。54	《官舍內新鑿小池》600	元和十一年 816	45
107	1. 吾聞達士道，窮通順冥數。 2. 大必籠天海，細不遺草樹。	1.《繫辭下》：《易》窮則變，變則通，通則久。180 《說卦》：昔者聖人之作《易》也，將以順性命之理。196 《說卦》：數往者順，知來者逆，是故《易》逆數也。196 2.《繫辭上》：範圍天地之化而不過，曲成萬物而不遺。160	《讀謝靈運詩》603	元和十一年 816	45

〔註33〕朱《箋》第 363 頁：作於元和十一年（816）。

108	乾坤無厚薄，草木自榮衰。	《繫辭上》乾坤其易之蘊耶？乾坤成列，而《易》立乎其中矣！171	《薔薇花一叢獨死不知其故因有是篇》1279	元和十一年816	45
109	1. 新覺眼猶昏。無思心正住。 2. 行禪與坐忘，同歸無異路。	1.《繫辭上》：《易》無思也，無為也，寂然不動，感而遂通天下之故，非天下之至神，其孰能與於此？167 2.《繫辭上》：天下何思何慮？天下同歸而殊塗，一致而百慮。182	《睡起晏坐》607	元和十一年816至元和十二年817	45至46
110	吾無奈爾何，爾非久得志。	《益·象》：惠我德，大得志也。110	《大水》139	〔註34〕	45至47
111	君子防悔尤，賢人戒行藏。嫌疑遠瓜李，言動慎毫芒。立教圖如此，撫事有非常。為君持所感，仰面問蒼蒼。	《文言》：貴而無位，高而無民，賢人在下位而無輔，是以動而有悔也。165 《繫辭上》：言行，君子之樞機。樞機之發，榮辱之主也。言行，君子之所以動天地也，可不慎乎？164 《繫辭上》：子曰：「亂之所生也，則言語以為階。君不密則失臣，臣不密則失身，機事不密則害成。是以君子慎密而不出也。」165 《觀·彖》：聖人以神道設教，而天下服矣。73 《咸·彖》：觀其所感，而天地萬物之情可見矣。95	《雜感》263	〔註35〕	45至47
112	秋鴻次第過，哀猿朝夕聞。是日孤舟客，此地亦離羣。	《文言》：上下無常，非為邪也；進退無恒，非離群也。27	《秋江送客》772	元和十一年816至元和十三年818	45至47

〔註34〕朱《箋》第76頁：約作於元和十一年（816）至元和十三年（818）。
〔註35〕朱《箋》第135頁：約作於元和十一年（816）至元和十三年（818）。

113	千官起居環珮合，萬國會同車馬奔。	《乾·彖》：首出庶物，萬國咸寧。24	《江南遇天寶樂叟》905	元和十一年816至元和十三年818	45至47
114	窮通與遠近，一貫無兩端。	《繫辭下》：《易》窮則變，變則通，通則久。180	《答崔侍郎錢舍人書問因繼以詩》626	元和十二年817	46
115	迴顧趨時者，役役塵壤間。	《繫辭下》：變通者，趣時者也。（趣通趨）178	《閉關》629	元和十二年817	46
116	不如放身心，防然任天造。	《屯·彖》：雷雨之動滿盈，天造草昧。34	《首夏》828	元和十二年817	46
117	井鮒思反泉，籠鶯悔出谷。	《井》：九二，井谷射鮒，甕敝漏。123	《孟夏思渭村舊居寄舍弟》829	元和十二年817	46
118	1. 夷音語嘲哳，蠻態笑睢盱。 2. 龍智猶經醢，龜靈未免刳。窮通應已定，聖哲不能逾。	1.《豫》：六三：盱豫悔，遲有悔。62 王弼注：若其睢盱而豫，悔亦生焉。62 孔穎達疏：盱謂睢盱。睢盱者，喜說之貌。62 2.《頤》：初九，舍爾靈龜，觀我朵頤，凶。82 《繫辭下》：《易》窮則變，變則通，通則久。180	《東南行一百韻寄通州元九……》1245～1247	元和十二年817	46
119	與君何日出屯蒙，魚戀江湖鳥厭籠。	《屯》：六二，屯如，邅如，乘馬班如。35 孔穎達疏：屯是屯難，邅是邅迴。35 《屯·彖》曰：屯，剛柔始交而難生；動乎險中，大亨貞。34 《蒙·彖》：蒙，山下有險，險而止，蒙。36	《憶微之》1303	元和十二年817	46

120	長笑靈均不知命，江蘺叢畔苦悲吟。	《繫辭上》：旁行而不流，樂天知命，故不憂。160	《詠懷》1308	元和十二年817	46
121	豈止形骸同土木，兼將壽夭任乾坤。	《繫辭上》乾坤其易之蘊耶？乾坤成列，而《易》立乎其中矣！171	《香爐峰下新卜山居草堂初成偶題東壁》1314	1314元和十二年817	46
122	人事多端何足怪，天文至信猶差忒。	《繫辭上》：《易》與天地準，故能彌綸天地之道。仰以觀於天文，俯以察於地理，是故知幽明之故。160《豫‧彖》：天地以順動，故日月不過，而四時不忒。61	《偶然二首》（一）1323	元和十二年817	46
123	人道蓍神龜骨聖，試卜魚牛那至此？六十四卦七十鑽，畢竟不能知所以。	《繫辭上》：探賾索隱，鉤深致遠，以定天下之吉凶，成天下之亹亹者，莫大乎蓍龜。170《繫辭上》：是故《易》有太極，是生兩儀，兩儀生四象，四象生八卦，八卦定吉凶，吉凶生大業。169，170	《偶然二首》（二）1323	元和十二年817	46
124	虎尾難容足，羊腸易覆輪。行藏與通塞，一切任陶鈞。	《履》：履虎尾，不咥人。亨。53《節‧象》：不出戶庭，知通塞也。145	《江南謫居十韻》1337	元和十二年817	46
125	道屈才方振，身閑業始專。天教聲烜赫，理合命迍邅。	《繫辭下》：往者屈也，來者信也，屈信相感而利生焉。尺蠖之屈，以求信也；龍蛇之蟄，以存身也。182《屯》：六二，屯如，邅如，乘馬班如。35孔穎達疏：屯是屯難，邅是邅迴。35《屯‧象》曰：屯，剛柔始交而難生；動乎險中，大亨貞。34	《江樓夜吟元九律詩成三十韻》1339	元和十二年817	46
126	驛路使憧憧，關防兵草草。	《咸》：九四，貞吉，悔亡。憧憧往來，朋從爾思。96	《望江樓上作》632	元和十二年817至元和十三年818	46至47

127	浮生多變化，外事有盈虛。	《乾》：乾道變化，各正性命。23 《損·彖》：損益盈虛，與時偕行。108	《垂釣》635	元和十二年817至元和十三年818	46至47
128	常慕古人道，仁信及魚豚。	《中孚·彖》：豚魚吉，信及豚魚也。146	《矕雞》637	元和十二年817至元和十三年818	46至47
129	若用此理推，窮通兩無悶。	《繫辭上》：化而裁之謂之變，推而行之謂之通。171 《繫辭下》：《易》窮則變，變則通，通則久。180 《文言》：龍德而隱者也。不易乎世，不成乎名；遯世無悶，不見是而無悶。26	《齊物二首》（一）640	元和十二年817至元和十三年818	46至47
130	窮通不由己，歡戚不由天。命即無奈何，心可使泰然。	《繫辭上》：是故闔戶謂之坤，闢戶謂之乾，一闔一闢謂之變，往來不窮謂之通。169 《說卦》：昔者聖人之作《易》也，將以順性命之理。196 《序卦》：泰者通也。200	《詠懷》645	元和十三年818	47
131	何物壯不老，何時窮不通？如彼音與律，宛轉旋為宮。我命獨何薄，多悴而少豐。當壯已先衰，暫泰還長窮。我無奈命何，委順以待終。	《繫辭上》：是故闔戶謂之坤，闢戶謂之乾，一闔一闢謂之變，往來不窮謂之通。169 《豐·彖》：豐，大也，明以動，故豐。139 《序卦》：泰者通也。物不可以終通，故受之以否。200 《說卦》：昔者聖人之作《易》也，將以順性命之理。196	《達理二首》（一）648	元和十三年818	47
132	流注隨地勢，窪坳無定質。泓澄白龍臥，宛轉青蛇屈。	《繫辭下》：尺蠖之屈，以求信也；龍蛇之蟄，以存身也。182	《湖亭晚望殘水》650	元和十三年818	47
133	歲功成者去，天數極則變。潛知寒燠間，遷次如乘傳。	《繫辭下》：寒往則暑來，暑往則寒來，寒暑相推而歲成焉。往者屈也，來者信也，屈信相感而利生焉。182	《苦熱喜涼》837	元和十三年818	47

		孔穎達：乾卦之象，其應然也。但陰陽二氣，共成歲功，故陰興之時，仍有陽在，陽生之月，尚有陰存。22 《繫辭上》：天數五，地數五，五位相得而各有合。166 《繫辭上》：極其數，遂定天下之象。167 《繫辭下》：《易》窮則變，變則通，通則久。180			
134	頭白始得志，色衰方事人。	《益·象》：惠我德，大得志也。110	《秋槿》842	元和十三年818	47
135	行道佐時須待命，委身下位無為恥。命苟未來且求食，官無卑高及遠邇。	《文言》：是故居上位而不驕，在下位而不憂。27 《說卦》：昔者聖人之作《易》也，將以順性命之理。196 《繫辭上》：天尊地卑，乾坤定矣。卑高以陳，貴賤位矣。156	《王夫子》904	元和十三年818	47
136	藥爐有火丹應伏，云碓無人水自舂。欲問參同契中事，更期何日得從容。	參同契：《周易參同契》〔註36〕	《尋郭道士不遇》1354	元和十三年818	47
137	我正退藏君變化，一杯可易得相逢。	《繫辭上》：聖人以此洗心，退藏於密，吉凶與民同患。169 《乾》：乾道變化，各正性命。23	《元十八從事南海……》1360	元和十三年818	47
138	榮銷枯去無非命，壯盡衰來亦是常。已共身心要約定，窮通生死不驚忙。	《說卦》：和順於道德而理於義，窮理盡性以至於命。196 《繫辭上》：動靜有常，剛柔斷矣。156 《繫辭下》：《易》窮則變，變則通，通則久。180	《遣懷》1362	元和十三年818	47
139	未濟卦中休卜命，參同契裏莫勞心。	《未濟·象》：火在水上，未濟；君子以慎辨物居方。150 參同契：《周易參同契》	《對酒》1364	元和十三年818	47

〔註36〕參見章偉文譯著，《周易參同契·前言》：關於本書的真偽、作者及著書年代。章偉文譯著，《周易參同契》，第1版，北京：中華書局，2014年版。

140	漫把參同契，難燒伏火砂。有時成白首，無處問黃牙。	參同契：《周易參同契》。黃牙：亦作「黃芽」。《周易參同契》：陰陽之始，玄含黃芽，五金之主，北方河車。〔註37〕	《對酒》1384	元和十三年818	47
141	苦竹林邊蘆葦叢，停舟一望思無窮。	《臨·象》：君子以教思無窮，容保民無疆。72	《風雨晚泊》1385	元和十三年818	47
142	1. 且昧隨時義，徒輸報國誠。 2. 虎尾憂危切，鴻毛性命輕。 3. 多知非景福，少語是元亨。晦即全身藥，明為伐性兵。	1.《隨·彖》：隨，大亨，貞无咎，而天下隨時。隨時之義大矣哉！69 2.《履》：履虎尾，不咥人。亨53 《乾·彖》：乾道變化，各正性命，保合大和，乃利貞。23，24 3.《乾》：元、亨、利、貞。21 《文言》：元者，善之長也；亨者，嘉之會也。25 《隨·象》：澤中有雷，隨；君子以向晦入宴息。69 《明夷·象》：君子以莅眾，用晦而明。101	《江州赴忠州至江陵已來舟中示舍弟五十韻》1422	元和十四年819	48
143	況吾時與命，蹇舛不足恃。	《蹇·彖》：蹇，難也，險在前也。105	《初入峽有感》845	元和十四年819	48
144	因話出處心，心期老岩壑。	《繫辭上》：君子之道，或出或處，或默或語。164	《寄王質夫》853	元和十四年819	48
145	命屯分已定，日久心彌安。	《屯》：六二，屯如，邅如，乘馬班如。35 孔穎達疏：屯是屯難，邅是邅迴。35 《屯·象》曰：屯，剛柔始交而難生；動乎險中，大亨貞。34	《歲晚》883	元和十四年819	48
146	外融百骸暢，中適一念無。	《文言》：君子黃中通理，正位居體，美在其中，而暢於四支，發於事業：美之至也！34	《負冬日》884	元和十四年819	48

〔註37〕章偉文譯著，《周易參同契》，第 1 版，北京：中華書局，2014 年版，第 87頁。

147	竟歲何曾悶，終身不擬忙。	《文言》：龍德而隱者也。不易乎世，不成乎名；遁世無悶，不見是而無悶。26	《郡齋暇日憶廬山草堂……》1433	元和十四年819	48
148	反照前山雲樹明，從君苦道似華清。	《革·象》：小人革面，順以從君也。125	《和行簡望郡南山》1456	元和十四年819	48
149	亦曾燒大藥，消息乖火候。至今殘丹砂，燒乾不成就。	《豐·彖》：天地盈虛，與時消息。139（燒乾：以《易》象解說之金丹燒煉變化。）	《不二門》864	元和十五年820	49
150	賦命有厚薄，委心任窮通。通當為大鵬，舉翅摩蒼穹。窮則為鷦鷯，一枝足自容。苟知此道者，身窮心不窮。	《說卦》：昔者聖人之作《易》也，將以順性命之理。196《繫辭下》：《易》窮則變，變則通，通則久。180	《我身》866	元和十五年820	49
151	出身既蹇連，生世仍須臾。	《蹇》：六四，往蹇，來連。106《蹇·彖》：蹇，難也，險在前也。105	《哭王質夫》867	元和十五年820	49
152	云何茂枝葉，省事寬刑書。移此為郡政，庶幾甿俗蘇。	《中孚·象》：澤上有風，中孚；君子以議獄緩死。146《旅·象》：君子以明慎用刑而不留獄。140，141	《東坡種花二首》（二）870	元和十五年820	49
153	富貴本非望，功名須待時。	《繫辭下》：君子藏器於身，待時而動，何不利之有？183	《東澗種柳》876，877	元和十五年820	49
154	樂往必悲生，泰來猶否極。誰言此數然，吾道何終塞？嘗求詹尹卜，拂龜竟默默。亦曾仰問天，天但蒼蒼色。自茲唯委命，名利心雙息。	《雜卦》：否泰，反其類也。202《序卦》：泰者通也。200《鼎》：九三：鼎耳革，其行塞。126《說卦》：昔者聖人之作《易》也，將以順性命之理。196	《遣懷》882	元和十五年820	49
155	窮冬不見雪，正月已聞雷。震蟄蟲蛇出，驚枯草木開。	《繫辭上》：鼓之以雷霆，潤之以風雨。157《說卦》：雷以動之，風以散之。雨以潤之，日以烜之。196《說卦》：萬物出乎震，震東方也。196《震·象》：震驚百里，驚遠而懼邇也。127	《聞雷》1466	元和十五年820	49

		《解·彖》：天地解而雷雨作，雷雨作而百果草木皆甲坼。106			
156	是非都付夢，語默不妨禪。	《繫辭上》：君子之道，或出或處，或默或語。164	《新昌新居書事四十韻因寄元郎中張博士》1543	長慶元年 821	50
157	我生本無鄉，心安是歸處。	《觀·象》：觀我生，進退，未失道也。73 《觀》：九五，觀我生，君子无咎。73	《初出城留別》656	長慶二年 822	51
158	何乃獨多君，丘園居者少。	《賁》：六五，賁於丘園，束帛戔戔。吝，終吉。76	《過駱山人野居小池》657	長慶二年 822	51
159	我生寄其間，孰能逃倚伏。	《觀·象》：觀我生，進退，未失道也。73 《觀》：九五，觀我生，君子无咎。73	《宿清源寺》659	長慶二年 822	51
160	天生二物濟我窮，我生合是棲棲者。	《觀·象》：觀我生，進退，未失道也。73 《觀》：九五，觀我生，君子无咎。73	《朱藤杖紫驄吟》663	長慶二年 822	51
161	事有得而失，物有損而益。	《晉》：六五，悔亡，失得勿恤，往吉，无不利。101 《序卦》：損而不已必益，故受之以益。201	《詠懷》683	長慶二年 822	51
162	龍蛇隱大澤，麋鹿遊豐草。	《繫辭下》：龍蛇之蟄，以存身也。182	《玩松竹二首》（一）896	長慶二年 822	51
163	地壓坤方重，官兼憲府雄。桂林無瘴氣，柏署有清風。	《說卦》：坤也者地也，萬物皆致養焉，故曰致役乎坤。197 《坤·彖》：西南得朋，乃與類行。（坤方：西南方。）31	《送嚴大夫赴桂州》1560	長慶二年 822	51
164	雪溪殊冷僻，茂苑太繁雄。唯此錢唐郡，閑忙恰得中。	《解·彖》：其來復吉，乃得中也。106	《初到郡齋寄錢湖州李蘇州》1597	長慶二年 822	51

165	不緣衣食系，尋合返丘園。	《賁》：六五，賁於丘園，束帛戔戔。吝，終吉。76	《晚歲》1609	長慶二年 822	51
166	何言太守宅。有似幽人居。	《履》：九二，履道坦坦，幽人貞吉。54 《履·象》幽人貞吉，中不自亂也。54	《官舍》688	長慶三年 823	52
167	1. 胡為乎分愛惡於生死，繫憂喜於窮通。 2. 何禍非福？何吉非凶？ 3. 是以達人靜則脗然與陰合跡，動則浩然與陽同波。委順而已，孰知其他。時耶命耶，吾其無奈彼何。委耶順耶，彼亦無奈吾何。夫兩無奈何，然後能冥至順而合大和。故吾所以飲大和，扣至順，而為無可奈何之歌。	1.《繫辭下》：是故愛惡相攻而吉凶生，遠近相取而悔吝生。189 《繫辭下》：《易》窮則變，變則通，通則久。180 2.《繫辭上》：吉凶者，言乎其失得也。159 3.《說卦》：和順於道德而理於義，窮理盡性以至於命。196 《繫辭下》：夫坤，天下之至順也，德行恒簡以知阻。189 《乾·彖》：乾道變化，各正性命，保合大和，乃利貞。23，24	《無可奈何》2840，2841	長慶三年 823以前	52
168	有時騎馬醉，兀兀冥天造。窮通與生死，其奈吾懷抱。	《屯·彖》：雷雨之動滿盈，天造草昧。34 《繫辭下》：《易》窮則變，變則通，通則久。180	《除官去未間》699	長慶四年 824	53
169	舊句時時改，無妨悅性情。	《文言》：利貞者，性情也。29	《詩解》1820	長慶四年 824	53
170	早潮才落晚潮來，一月周流六十迴。	《繫辭下》：變動不居，周流六虛，上下無常，剛柔相易。186，187	《潮》1821	長慶四年 824	53
171	清暢堪銷疾，恬和好養蒙。	《蒙·彖》：蒙以養正，聖功也。36	《好聽琴》1837	長慶四年 824	53
172	由來能事皆有主，楊氏創聲君造譜。	《繫辭上》：引而伸之，觸類而長之，天下之能事畢矣。166，167	《霓裳羽衣歌》1669	寶曆元年 825	54
173	三年閑悶在餘杭，曾為梅花醉幾場。	《文言》：龍德而隱者也。不易乎世，不成乎名；遁世無悶，不見是而無悶。26	《憶杭州梅花因敘舊遊寄蕭協律》1850	寶曆元年 825	54

174	辭人命薄多無位，戰將功高少有文。	《文言》：貴而無位，高而無民，賢人在下位而無輔，是以動而有悔也。165	《宣武令狐相公……》1874	寶曆元年825	54
175	1. 豈獨支體暢，仍加志氣大。 2. 五十年來心，未如今日泰。	1.《文言》：君子黃中通理，正位居體，美在其中，而暢於四支，發於事業：美之至也！34 2.《序卦》：泰者通也。200。	《卯時酒》1692	寶曆二年826	55
176	自反丘園頭盡白，每逢旗鼓眼猶明。	《賁》：六五，賁於丘園，束帛戔戔。吝，終吉。76	《奉送三兄》1917	寶曆二年826	55
177	戀他朝市求何事，想取丘園樂此身。	《賁》：六五，賁於丘園，束帛戔戔。吝，終吉。76	《想歸田園》1953	寶曆二年826	55
178	彼來此須去，品物之常理。	《乾·彖》：雲行雨施，品物流形。23	《有感三首》（一）1695	寶曆二年826 至 大和元年827	55 至 56
179	懶鈍尤知命，幽棲漸得朋。	《繫辭上》：旁行而不流，樂天知命，故不憂。160	《與僧智如夜話》1972	大和元年827	56
180	慈光一照燭，奧法相烟煴。	《繫辭下》：天地絪縕，萬物化醇。（煙煴：同「絪縕」）184	《和送劉道士遊天臺》1726	大和二年828	57
181	因讀管蕭書，竊慕大有為。	《繫辭上》：是以君子將有為也，將有行也，問焉而以言，其受命也如響，無有遠近幽深，遂知來物。167	《和我年三首》（二）1732	大和二年828	57
182	善惡有懲勸，剛柔無吐茹。	《大有·象》：君子以遏惡揚善，順天休命。59 《繫辭下》：小人不恥不仁，不畏不義，不見利不勸，不威不懲。小懲而大誡，此小人之福也。183 《繫辭下》：剛柔相推，變在其中矣。178	《和三月三十日四十韻》1734	大和二年828	57
183	會笑始啞啞，離嗟乃唧唧。	《震·象》：笑言啞啞，後有則也。震驚百里，驚遠而懼邇也。127	《和寄樂天》1738	大和二年828	57

184	病來心靜一無思，老去身閑百不為。	《繫辭上》：《易》無思也，無為也，寂然不動，感而遂通天下之故，非天下之至神，其孰能與於此？167	《齋月靜居》2036	大和二年 828	57
185	清洛飲冰添苦節，碧嵩看雪助高情。	《節·彖》：苦節不可貞，其道窮也。145	《送河南尹馮學士赴任》2042	大和二年 828	57
186	茶能散悶為功淺，萱縱忘憂得力遲。	《文言》：龍德而隱者也。不易乎世，不成乎名；遯世無悶，不見是而無悶。26	《鏡換杯》2044，2045	大和二年 828	57
187	貴重榮華輕壽命，知君悶見世間人。	《文言》：龍德而隱者也。不易乎世，不成乎名；遯世無悶，不見是而無悶。26	《贈王山人》2053	大和二年 828	57
188	有起皆因滅，無睽不暫同。	《睽·彖》：天地睽而其事同也，男女睽而其志通也，萬物睽而其事類也。103	《觀幻》2055	大和二年 828	57
189	歎我同心人，一別春七換。	《繫辭上》：二人同心，其利斷金；同心之言，其臭如蘭。164	《和曉望》1748	大和三年 58	58
190	勤操丹筆念黃沙，莫使飢寒囚滯獄。	《旅·象》：君子以明慎用刑而不留獄。140，141	《和自勸二首》（一）1754	大和三年 829	58
191	1. 似出復似處，非忙亦非閑。 2. 窮通與豐約，正在四者間。	1.《繫辭上》：君子之道，或出或處，或默或語。164 2.《繫辭下》：《易》窮則變，變則通，通則久。180	《中隱》1765	大和三年 829	58
192	寂然無他念，但對一爐香。	《繫辭上》：《易》無思也，無為也，寂然不動，感而遂通天下之故，非天下之至神，其孰能與於此？167	《偶作二首》（二）1772	大和三年 829	58
193	動者樂流水，靜者樂止水。利物不如流，鑒形不如止。	《繫辭上》：以動者尚其變。167 《文言》：利物足以和義。25	《玩止水》1774	大和三年 829	58
194	從君飽富貴，曾作此遊無。	《革·象》：小人革面，順以從君也。125	《宿杜曲花下》2015	大和三年 829	58

195	1. 牛斗天垂象，台明地展圖。 2. 船頭龍夭矯，橋腳獸睢盱。 3. 雨來萌盡達，雷後蟄全蘇。	1. 《繫辭上》：天垂象，見吉凶，聖人象之；河出圖，洛出書，聖人則之。170 2. 《豫》：六三：盱豫悔，遲有悔。62 　王弼注：若其睢盱而豫，悔亦生焉。62 　孔穎達疏：盱謂睢盱。睢盱者，喜說之貌。62 3. 《繫辭上》：鼓之以雷霆，潤之以風雨。157 　《解·象》：天地解而雷雨作，雷雨作而百果草木皆甲坼。106	《和微之春日投簡陽明洞天五十韻》2063	大和三年 829	58
196	1. 物表疏形役，人寰足悔尤。 2. 未死癡王湛，無兒老鄧攸。蜀琴安膝上，周易在床頭。	1. 《文言》：貴而無位，高而無民，賢人在下位而無輔，是以動而有悔也。165 2. 《繫辭上》：夫《易》，聖人所以崇德而廣業也。163	《想東遊五十韻》2119	太和三年 829	58
197	陰德自然宜有慶（自注：於公陰德，其後蕃昌。），皇天可得道無知？	《益·彖》：自上下下，其道大光。利有攸往，中正有慶。109 《文言》：積善之家，必有餘慶；積不善之家，必有餘殃。33	《予與微之老而無子……》2185	大和三年 829	58
198	起坐兀無思，叩齒三十六。	《繫辭上》：《易》無思也，無為也，寂然不動，感而遂通天下之故，非天下之至神，其孰能與於此？167	《晨興》1778	大和四年 830	59
199	且有承家望，誰論得力時。	《師》：上六，大君有命，開國承家，小人勿用。49	《和微之道保生三日》2213	大和四年 830	59
200	孔山刀劍立，沁水龍蛇走。	《繫辭下》：尺蠖之屈，以求信也；龍蛇之蟄，以存身也。182	《遊坊口懸泉偶題石上》1784	大和五年 831	60
201	後來變化三分貴，同輩凋零太半無。	《繫辭上》：在天成象，在地成形，變化見矣。156	《代夢得吟》2027	大和五年 831	60
202	日月天衢仰面看，尚淹池鳳滯臺鸞。碧幢千里空移鎮，赤筆三年未轉官。	《大畜·象》：何天之衢，道大行也。82	《和令狐相公寄劉郎中兼見示長句》2150	大和五年 831	60

203	必若不能分黑白，卻應無悔復無尤。	《未濟》：六五，貞吉，無悔，君子之光，有孚吉。151	《病眼花》2219	大和五年 831	60
204	絕境應難別，同心豈易求。	《繫辭上》：二人同心，其利斷金；同心之言，其臭如蘭。164	《府西池北新葺水齋即事招賓偶題十六韻》2224	大和五年 831	60
205	郡縣獄空虛，鄉閭盜奔逸。	《賁·象》：君子以明庶政，無敢折獄。75 《旅·象》：君子以明慎用刑而不留獄。140，141	《六年春贈分司東都諸公》1712	大和六年 832	61
206	旱日乾密雲，炎煙燋茂草。	《小畜》：亨。密雲不雨，自我西郊。51	《贈韋處士六年夏大熱旱》1718	大和六年 832	61
207	吾若默無語，安知吾快活？吾欲更盡言，復恐人豪奪。	《繫辭上》：君子之道，或出或處，或默或語。164 《繫辭上》：書不盡言，言不盡意。170	《再授賓客分司》2255	大和七年 833	62
208	窮通諒在天，憂喜即由己。	《繫辭下》：《易》窮則變，變則通，通則久。180	《把酒》2255	大和七年 833	62
209	丘園共誰卜，山水共誰尋？	《賁》：六五，賁於丘園，束帛戔戔。吝，終吉。76 《繫辭上》：以卜筮者尚其占。167	《哭崔常侍晦叔》2259	大和七年 833	62
210	歇時情不斷，休去思無窮。	《臨·象》：君子以教思無窮，容保民無疆。72	《箏》2357	大和七年 833	62
211	1. 吾師道與佛相應，念念無為法法能。 2. 盡離文字非中道，長住虛空是小乘。	1.《文言》：同聲相應，同氣相求。28 2.《解·象》：九二貞吉，得中道也。107	《贈草堂宗密上人》2367	大和七年 833	62
212	所樂雖不同，同歸適其宜。	《繫辭上》：天下何思何慮？天下同歸而殊塗，一致而百慮。182	《詠所樂》2272	大和八年 834	63
213	一彈愜中心，一詠暢四支。	《泰·象》：不戒以孚，中心願也。55 《文言》：君子黃中通理，正位居體，美在其中，而暢於四支，發於事業：美之至也！34	《北窗三友》2280	大和八年 834	63

214	忘榮知足委天和，亦應得盡生生理。	《繫辭上》：生生之謂易。162	《吟四雖》2281	大和八年834	63
215	未曾一日悶，已得六年閑。	《文言》：龍德而隱者也。不易乎世，不成乎名；遁世無悶，不見是而無悶。26	《喜閑》2431	大和八年834	63
216	由來世間法，損益合相隨。	《損·彖》：損益盈虛，與時偕行。108	《老去》2456	大和八年834	63
217	吉凶禍福有來由，但要深知不要憂。	《繫辭上》：是故吉凶者，失得之象也。158	《感興二首》（一）2427	大和八年834至大和九年835	63至64
218	1. 疏鑿出人意，結構得地宜。 2. 一詠清兩耳，一酣暢四支。 3. 從容就中道，俛僂來保釐。	1.《繫辭下》：仰則觀象於天，俯則觀法於地，觀鳥獸之文，與地之宜。179 2.《文言》：君子黃中通理，正位居體，美在其中，而暢於四支，發於事業：美之至也！34 3.《解·象》：九二貞吉，得中道也。107	《裴侍中晉公以集賢林亭即事詩二十六韻……》2283，2284	大和九年835	64
219	豈唯樂肥遁，聊復袪憂患。	《遁》：上九，肥遁，无不利。98 《繫辭下》：作《易》者，其有憂患乎？186	《晚歸香山寺因詠所懷》2288	大和九年835	64
220	1. 高人樂丘園，中人慕官職。 2. 遑遑干世者，多苦時命塞。	1·《賁》：六五，賁於丘園，束帛戔戔。吝，終吉。76 2·《鼎》：九三：鼎耳革，其行塞。126	《詠懷》2293	大和九年835	64
221	進退者誰非我事，世間寵辱常紛紛。	《文言》：知進退存亡，而不失其正者，其唯聖人乎！30	《詔下》2329	大和九年835	64
222	大抵吉凶多自致，李斯一去二疏迴。	《繫辭上》：是故吉凶者，失得之象也。158	《閑臥有所思二首》（二）2429	大和九年835	64
223	世事聞常悶，交遊見即歡。	《文言》：龍德而隱者也。不易乎世，不成乎名；遁世無悶，不見是而無悶。26	《初夏閑吟兼呈韋賓客》2436	大和九年835	64

224	蟋蟀啼相應，鴛鴦宿不孤。	《文言》：同聲相應，同氣相求。28 《繫辭上》：敬義立而德不孤。33	《南塘暝興》2475	大和九年835	64
225	千年落公便，進退處中央。	《文言》：知進退存亡，而不失其正者，其唯聖人乎！30	《奉和裴令公新成午橋莊綠野堂即事》2490	大和九年835	64
226	我生業文字，自幼及老年。	《觀·象》：觀我生進退，未失道也。73 《觀》：九五，觀我生，君子无咎。73	《題文集櫃》2323	大和九年835至開成元年836	64至65
227	漸以狂為態，都無悶到心。	《文言》：龍德而隱者也。不易乎世，不成乎名；遁世無悶，不見是而無悶。26	《尋春題諸家園林》2496	開成元年836	65
228	上客清談何亹亹，幽人閑思自寥寥。請君休說長安事，膝上風清琴正調。	《繫辭上》：探賾索隱，鉤深致遠，以定天下之吉凶，成天下之亹亹者，莫大乎蓍龜。170 《履》：九二，履道坦坦，幽人貞吉。54 《履·象》幽人貞吉，中不自亂也。54	《贈談客》2516	開成元年836	65
229	隨時求伴侶，逐日用風光。	《隨·彖》：隨，大亨，貞无咎，而天下隨時。隨時之義大矣哉！69	《分司洛中多暇……》2572	開成二年837	66
230	上參差而下觝觸，曾何足以少安。	《困》：上六，困於葛藟，於臲卼。122	《齒落辭》2849	開成二年837	66
231	暮齒忽將及，同心私自憐。	《繫辭上》：二人同心，其利斷金；同心之言，其臭如蘭。164	《新歲贈夢得》2582	開成三年838	67
232	始知天造空閑境，不為忙人富貴人。	《屯·彖》：雷雨之動滿盈，天造草昧。34	《春日題乾元寺上方最高峰亭》2593	開成三年838	67
233	出處雖無意，升沉亦有媒。	《繫辭上》：君子之道，或出或處，或默或語。164	《奉和思黯相公……》2594	開成三年838	67

234	自夏及秋晴日少，從朝至暮悶時多。	《文言》：龍德而隱者也。不易乎世，不成乎名；遯世無悶，不見是而無悶。26	《久雨閑悶對酒偶吟》2600	開成三年 838	67
235	杜康能散悶，萱草解忘憂。	《文言》：龍德而隱者也。不易乎世，不成乎名；遯世無悶，不見是而無悶。26	《酬夢得比萱草見贈》2623	開成四年 839	68
236	若問樂天憂病否，樂天知命了無憂。	《繫辭上》：旁行而不流，樂天知命，故不憂。160	《枕上作》2629	開成四年 839	68
237	豈徒暢支體，兼欲遺耳目。	《文言》：君子黃中通理，正位居體，美在其中，而暢於四支，發於事業：美之至也！34	《春日閑居三首》（一）2711	開成四年 839	68
238	魚鳥人則殊，同歸於遂性。	《繫辭上》：天下何思何慮？天下同歸而殊塗，一致而百慮。182	《春日閑居三首》（二）2712	開成四年 839	68
239	洛橋歌酒今朝散，絳路風煙幾日行？欲識離羣相戀意，為君扶病出都城。	《文言》：上下無常，非為邪也；進退無恒，非離羣也。27	《皇甫郎中親家翁……》2654	開成五年 840	69
240	賴有消憂治悶藥，君家濃酎我狂歌。	《文言》：龍德而隱者也。不易乎世，不成乎名；遯世無悶，不見是而無悶。26	《春晚詠懷贈皇甫朗之》2657	開成五年 840	69
241	化成同軌表清平，恩結連枝感聖明。	《恒·彖》：聖人久於其道，而天下化成。97	《開成大行皇帝挽歌詞四首奉敕撰進》（四）2664	開成五年 840	69
242	是非愛惡銷停盡，唯寄空身在世間。	《繫辭下》：是故愛惡相攻而吉凶生，遠近相取而悔吝生。189	《閑居》2812	開成五年 840	69
243	周易休開卦，陶琴不上弦。	《繫辭上》：夫《易》，聖人所以崇德而廣業也。163	《喜老自嘲》2814	開成五年 840	69
244	進退是非俱是夢，丘中闕下亦何殊？	《文言》：知進退存亡，而不失其正者，其唯聖人乎！30	《楊六尚書頻寄新詩……》2694	會昌元年 841	70
245	相府潮陽俱夢中，夢中何者是窮通？	《繫辭下》：《易》窮則變，變則通，通則久。180	《寄潮州繼之》2696	會昌元年 841	70

246	順之多吉壽，違之或凶夭。	《說卦》：昔者聖人之作《易》也，將以順性命之理。196 《文言》：樂則行之，憂則違之：確乎其不可拔，潛龍也。26	《逸老》2725	會昌元年841	70
247	于何保終吉，強弱剛柔間。	《需‧象》：雖小有言，以終吉也。45 《繫辭下》：剛柔相推，變在其中矣。178	《遇物感興因示子弟》2726	會昌元年841	70
248	爾爭伉儷泥中鬪，吾整羽儀松上棲。	《漸》：上九，鴻漸於陸，其羽可用為儀，吉。131 孔穎達疏：處高而能不以位自累，則其羽可用為物之儀表，可貴可法也。131	《鶴答雞》2778	會昌元年841至會昌二年842	70至71
249	我每夜啼君怨別，玉徽琴裏忝同聲。	《文言》：同聲相應，同氣相求。28	《烏贈鶴》2778	會昌元年841至會昌二年842	70至71
250	形容非一，世事幾變。	《繫辭上》：聖人有以見天下之蹟，而擬諸其形容。163	《香山居士寫真詩》2738	會昌二年842	71
251	睡足支體暢，晨起開中堂。	《文言》：君子黃中通理，正位居體，美在其中，而暢於四支，發於事業：美之至也！34	《二年三月五日齋畢開素當食偶吟贈妻弘農郡君》2740	會昌二年842	71
252	全家遁世曾無悶，半俸資身亦有餘。	《文言》：龍德而隱者也。不易乎世，不成乎名；遁世無悶，不見是而無悶。26	《刑部尚書致仕》2789	會昌二年842	71
253	藥停有喜閑銷疾，金盡無憂醉忘貧。	《无妄》：九五，无妄之疾，勿藥有喜。80 孔穎達疏：若其自然之疾，非己所致，疾當自損，勿須藥療而有喜也。80	《狂吟七言十四韻》2798	會昌四年844	73
254	是非一以遣，動靜百無妨。	《艮‧象》：艮，止也。時止則止，時行則行；動靜不失其時，其道光明。129	《齋居偶作》2821	會昌六年846	75

附錄 3　白居易年譜簡表和涉《周易》詩文分布表

時　間	年齡	職　位	事　跡	涉《易》文數量	涉《易》詩數量
德宗建中二年 781	10		解讀書，白季庚徐州彭城縣令以功授徐州別駕。		
德宗興元元年 784	13		弟白幼美（金剛奴）生，楊虞卿生。		
德宗貞元二年 786	15		在江南，知有進士，苦節讀書，能屬文。		
德宗貞元三年 787	16		袖詩謁顧況，李德裕生。		
德宗貞元四年 788	17		在衢州，白季庚除大理少卿，衢州別駕。		
德宗貞元五年 789	18		在江南。		
德宗貞元六年 790	19		李賀生。		
德宗貞元七年 791	20		在符離縣，勉學，白季庚除襄州別駕。		
德宗貞元八年 792	21		金剛奴夭，柳宗元為鄉貢，韓愈 25 歲，進士及第。		
德宗貞元九年 793	22		元稹年 15，明經及第。柳宗元年 21、劉禹錫年 22，進士及第。		
德宗貞元十年 794	23		白季庚卒，年 66。		
德宗貞元十一年 795	24		守喪		
德宗貞元十二年 796	25		劉禹錫太子校書，韓愈秘書省校書郎。		
德宗貞元十三年 797	26		父喪滿，居符離。		
德宗貞元十四年 798	27		兄白幼文為饒州浮梁主簿，赴浮梁，移洛陽。		
德宗貞元十五年 799	28		自浮梁返洛陽省母。	3	

年代	年齡	官職	事蹟		
德宗貞元十六年 800	29		進士登第，《策五道》《性習相近遠賦》，十七人中年最少。	13	2
德宗貞元十七年 801	30		春在符離、宣州，秋歸洛陽。	2	1+1*〔註38〕
德宗貞元十八年 802	31		在長安，試書判拔萃科，擬《百道判》。	54	
德宗貞元十九年 803	32	秘書省校書郎	書判拔萃科登第，韓愈為監察御史，貶連州陽山縣令。	3	2
德宗貞元二十年 804	33	秘書省校書郎	在長安。	4	1
德宗貞元二十一年 順宗永貞元年 805	34	秘書省校書郎	作《為人上宰相書》。柳宗元除禮部員外郎，「永貞新政」失敗，貶「二王八司馬」，柳宗元加貶為永州司馬。	2	2
憲宗元和元年 806	35	授盩厔尉	擬《策林》，才識兼茂明於體用科登第。韓愈授權知國子博士。	61	2+7*
憲宗元和二年 807	36	翰林學士	自盩厔尉調充進士考官。行簡登第。	24+9*	4+3*
憲宗元和三年 808	37	翰林學士，左拾遺	充制策考官，《初授拾遺獻書》，韓愈除國子博士。	14+1*	2+4*
憲宗元和四年 809	38	翰林學士，左拾遺	女金鑾子生，屢陳時政，皆從之，《新樂府》五十首。	17	16
憲宗元和五年 810	39	左拾遺改京兆府戶曹參軍，充翰林學士	上疏罷討王承宗兵、論元稹不當貶，皆不納	17	18+2*
憲宗元和六年 811	40	京兆府戶曹參軍，充翰林學士	母陳氏卒，年57。丁憂於下邽。	3	4+3*
憲宗元和七年 812	41		丁憂，杜佑致仕，卒，李商隱生。		4+4*
憲宗元和八年 813	42		除服，居下邽。	1	6
憲宗元和九年 814	43	太子左贊善大夫	病眼，居下邽。		2
憲宗元和十年 815	44	太子左贊善大夫，貶江州司馬	劉禹錫、柳宗元回長安，柳宗元為柳州刺史。	1	14

〔註38〕標「*」為作於是年或其後數年間，確切日期不詳。

憲宗元和十一年 816	45	江州司馬	遊廬山、陶潛宅，幼文攜親至。	2	4+5*
憲宗元和十二年 817	46	江州司馬	廬山草堂成，幼文卒，《祭浮梁大兄文》	5	12+4*
憲宗元和十三年 818	47	江州司馬	行簡至。	1	12
憲宗元和十四年 819	48	忠州刺史	柳宗元柳州刺史，卒，年 47，韓愈貶潮州刺史，改袁州刺史。	6	7
憲宗元和十五年 820	49	尚書司門員外郎，改主簿郎中，知制誥	韓愈召回，國子祭酒。	1	7
穆宗長慶元年 821	50	尚書主客郎中，知制誥	行簡除拾遺，居易為重考進士考官。	36+44*	1
穆宗長慶二年 822	51	除中書舍人，改杭州刺史	敏中進士登第，韓愈吏部侍郎。	13	9
穆宗長慶三年 823	52	杭州刺史	韓愈兵部侍郎，改任吏部侍郎。	8	2
穆宗長慶四年 824	53	杭州刺史	修錢塘湖堤，并六，韓愈卒，年 57。	1	4
敬宗寶曆元年 825	54	太子左庶子分司東都		4	3
文宗寶曆二年 826	55	蘇州刺史	落馬傷足。弟行簡卒，51 歲。		3+1*
文宗大和元年 827	56	秘書監，賜金紫	返洛陽，復居長安新昌里第。	1	1
文宗大和二年 828	57	刑部侍郎，晉陽縣男		1+1*	9
文宗大和三年 829	58	罷刑部侍郎，以太子賓客分司東都	作《中隱》詩。子阿崔生。	1	9
文宗大和四年 830	59	太子賓客分司東都			2
文宗大和五年 831	60	除河南尹	阿阿崔夭，年 3 歲。	2	5
文宗大和六年 832	61	河南尹		4	2
文宗大和七年 833	62	太子賓客分司東都	風頭病免河南尹。	1	5

文宗大和八年 834	63	太子賓客分司東都		1	5+1*
文宗大和九年 835	64	太子賓客分司東都	甘露之變，編《白氏文集》。十月改太子少傅分司東都。	1	8+1*
文宗開成元年 836	65	太子少傅分司東都	成《白氏文集》《劉白唱和集》，敏中除右拾遺。		2
文宗開成二年 837	66	太子少傅分司東都	與劉禹錫等十餘人修禊洛濱。	2	2
文宗開成三年 838	67	太子少傅分司東都	敏中為殿中侍御分司東都。	1	4
文宗開成四年 839	68	太子少傅分司東都	得風疾，放妓賣馬。	1	4
文宗開成五年 840	69	太子少傅分司東都	出樊素。		5
武宗會昌元年 841	70	停少傅以班部尚書致仕	與劉禹錫飲。	1	4+2*
武宗會昌二年 842	71	刑部尚書致仕	給半俸，劉禹錫卒，年 71。		3
武宗會昌三年 843	72	刑部尚書致仕	敏中轉職方郎中，依前充翰林學士。	1	
武宗會昌四年 844	73	刑部尚書致仕	施家財，開龍門八節石灘，以利舟楫。		1
武宗會昌五年 845	74	刑部尚書致仕	於履道里宅為「七老會」。武宗毀佛寺四萬所。		
武宗會昌六年 846	75	刑部尚書致仕	敏中兵部侍郎同中書門下平章事。八月卒，大中三年（849）敏中上疏請諡，曰「文」。		1
日期不詳				16	

後　記

　　謹以此書，獻給敬愛的恩師胡遂教授。

　　恩師謝世，於茲五載矣。湘波浩渺，麓山蒼翠，恩師英靈，長寓其間。

　　學生有幸多年親炙於恩師胡遂教授，本書為研習所得，初以「白居易精神世界」切入。材料整理中，窺見白居易精神世界實為複雜，諸家經籍頻繁徵引、詳加闡發，難於充分厘清其思想本源。然《周易》貫穿始終、頗為突出。恩師垂教，謂班固有文：「《易》不可見，則乾坤或幾乎息矣。」天地之不存，文將其焉附？故專注白居易對「群經之首」「大道之源」《周易》的接受，詳盡搜羅其著作與《周易》相關文辭，逐一對應，分類考察，連綴成篇。旨在以白居易為個案，探究唐代文士與《周易》之關係，白居易著作中《周易》思想原理的體現，及其對《周易》此一中華原典之闡揚與躬行。作為後學，於經典思想研究中，尋索一隅以棲身，固才識不逮，亦樂在其中。

　　切近觀察，白居易政治生涯並非順遂，較「貞觀之治」中「房杜」「開元盛世」間「姚宋」，敢稱同列？然則塞翁失馬焉知非福。延伸考量，白居易政治思想、價值觀念、藝術表達與生存模式諸方面影響之廣泛綿遠，又非公侯宰輔可相比擬。故精思博會以文為生，有志於「經國大業」「不朽盛事」者，可心安理得于淡泊寧靜矣。

　　大德生生，人居其一。有人則有言，有言則有文，有文則有理。「理」之精髓是為「經」。劉勰《文心雕龍・序志》曰：「唯文章之用，實經典枝條，五禮資之以成，六典因之致用，君臣所以炳煥，軍國所以昭明，詳其本源，莫非經典。」精髓之不存，則人將何以立！

拙著付梓，由衷感謝臺灣花木蘭文化事業有限公司。諸方家傾力於中國學術之推廣，中華傳統文化之弘揚，善莫大焉。

譚　立　謹撰

2022 年 6 月 18 日